rowohlt
PAPERBACK

Tex Rubinowitz

RUMGURKEN

Reisen ohne Plan, aber mit Ziel

Rowohlt Taschenbuch Verlag

3. Auflage September 2014

Originalausgabe
Veröffentlicht im Rowohlt Taschenbuch Verlag,
Reinbek bei Hamburg, Juni 2012

Umschlaggestaltung any.way, Walter Hellmann
(Fotos: Hertha Hurnaus; eSeL.at)
Satz Concorde PostScript, InDesign,
bei Pinkuin Satz und Datentechnik, Berlin
Druck und Bindung CPI books GmbH, Leck
Printed in Germany
ISBN 978 3 499 25775 9

Paralleltourismus

Die Zeit hat mir die Brille in den Koffer gelegt.
HOLGER HILLER

Weil ich noch nie richtig gearbeitet habe, bis auf nicht erwähnenswerte fünfzehn Bundeswehrmonate und ein Jahr Zeitvernichtung bei einer angenehm verzopften Werbeagentur, hatte ich auch noch nie in meinem Leben Urlaub, also Urlaub im Sinne von bezahltem Wegfahren zu Regenerationszwecken. In den Schulferien arbeitete ich bei der Stachelbeerernte, um Geld zu haben, und davor, als ich noch zu dumm zum Arbeiten war, schleppten mich meine Eltern, die an und für sich ausgewiesene Kommunistenhasser waren, regelmäßig in die DDR, weil da alle Angehörigen lebten, die zu lahm oder zu doof gewesen waren, vor dem August 1961 das System zu wechseln. Prerow, heiße Kiefernwälder, weißer Strand, grünes Wasser, einmal musste mir ein Backenzahn gezogen werden, das ist alles, was an Erinnerung geblieben ist. Leider, denn ich würde gerne den Backenzahn gegen das Bild eines dauerhaft schlechtgelaunten und fluchenden Vaters tauschen.

Der Familienspuk endete, als ich sechzehn Jahre alt wurde. Ich flog von der Schule, zog aus, in eine ranzige Wohngemeinschaft in einen alten Wasserturm in Lüneburg, und jobbte da und dort (Lünebest Spezialjoghurt), naturgemäß ohne Festanstellung, weswegen es auch keinen Urlaub gab. Wenn ich wegfuhr, nannte ich das Wegfahren oder vom Acker machen, in den neunzehnhundertsiebziger Jahren war ja alles Mobile landwirtschaftlich konnotiert – pflanz dich, verdufte, mach dich vom Acker, schwing die Hufe, lass rüberwachsen, ruf in einen Kartoffelsack und warte auf das Echo (bedeute: mit deiner Meinung stehst du hier alleine) –, vielleicht ein später Nachhall des ein paar Jahre vorher für das in Trümmern liegende Deutschland angedachten Morgenthau-Plans, dem man so knapp entronnen war.

Wenn ich also wegfuhr, dann sicher nicht, um an irgendeinem Ziel zu entspannen oder etwas zu lernen, das Wegfahren war vielmehr zur Arbeit geworden; schon allein das zähe, tagelange, bange und demütigende Autostoppen. Angekommen bin ich auch nie, musste immer weiter, durch ganz Europa, und über die Grenzen hinaus, bis nach Alma-Ata, und dann gleich wieder zurück, einen Kanister mit 15 Litern Kumys im Gepäck, also vergorener Stutenmilch, damit wollte ich in meiner unendlichen Naivität einen schwunghaften Handel aufziehen. Das musste natürlich allein schon daran scheitern, dass ich mich auf dem langen Rückweg an der nahrhaften Milch labte bei gleichzeitiger Gewichtsminimierung.

So wie der Stubenkamerad während der Bundeswehrzeit in Westerland auf Sylt, ein Zuhälter aus Hannover («Ich hab nur ein Pferdchen laufen»), der immer vom Lindener Bier schwärmte, das das beste sei, was man trinken könne, und versprach, das nächste Mal eine Flasche mitzubringen, damit ich mal koste, was mir, der ich nie übers Wochenende heimfuhr, entgehe, und jeden Sonntag kam er mit leeren Händen zurück, er hatte die Flasche auf der beschwerlichen Zugfahrt ausgetrunken. (Als ich dann viel später einmal in Hannover war, bekam ich schon beim Anflug einen enormen Lindenerdurst, aber, welche Enttäuschung, die Brauerei existiert seit 1997 nicht mehr. Mit Hannover assoziiere ich seither nur noch eine pauschale Komplettdrainage.)

Nach der Stutenmilchaktion kam ich auf die Idee, von nun an immer etwas zu *machen*, Reisen mit Auftrag, damit das mühselige Unterwegssein wenigstens mit etwas Sinn befüllt wird und ich den Ländern, Gegenden und Völkern irgendetwas zurückgeben kann, Geld bekommen ja immer nur die Falschen und hatte ich sowieso nicht. Und wenn mir schon nicht unbedingt die große Vision des Entrepreneurs zur Verfügung stand, so konnte man aus den Vorhaben immer noch eine Kunstaktion generieren, Kunst geht immer, wie Martin Kippenberger sagte, der ein globales U-BahnNetz baute, bestehend nur aus Attrappen von Eingängen und Lüftungsschächten, bei denen regelmäßig abgespielte Fahrgeräusche und durch Ventilatoren erzeugte Luftströme die Fiktion verstärkten (Stationen etwa auf der Kykladeninsel Syros, in Dawson City in Kanadas Yukon-Territorium und in Münster, Westfalen). Aber es gibt ja auch weniger aufwendige Fluxusaktionen, kleine Eingriffe oder Hinterlassenschaften, die man irgendwo deponiert, wie James Lee Byars, der mit Gehrock, goldenem Zylinder und Gamaschen das Matterhorn erklomm, um dort nichts anderes zu hinterlassen als einen Tropfen Parfüm – an Pathos zwar schwer topbar, aber als Ansporn durchaus attraktiv fürs geistige Reisegepäck. Man kann sich natürlich auch, wie es die Situationisten empfohlen haben, in irgendeiner, für einen selbst fremden Stadt einen Hund ausleihen und sich von ihm gleichsam durch die Stadt ziehen lassen, nachvollziehen, wie er sich durch seine Stadt schnüffelt, das überschreitet dann die Grenzen der Kunst und betritt die olfaktorische Welt der Psychogeographie.

Ich bin einmal durch halb Europa getrampt, mit einem Unguis incarnatus, vulgo eingewachsener Fußnagel, eine stark pochende Entzündung, es bildet sich Granulationsgewebe, sogenanntes «wildes Fleisch», ein Reisegefährte, der unbedingte Aufmerksamkeit fordert, und das war in dem Moment vielleicht nicht wirklich lustig, aber rückblickend betrachtet natürlich ein exquisites Beispiel für das etwas andere Reisen. Urlaub mit Schmerzen, man nimmt alles um sich herum ganz anders wahr, einem selbstverständlichen Umstand wie der Straße wird endlich einmal die Aufmerksamkeit geschenkt, die er verdient, jeder Schritt ein stechender Schmerz, kanalisiert noch durch meine engen, klobigen, nach vorne spitz zulaufenden Rockabilly-Schuhe, die ich zu jener Zeit trug. Ich kaufte mir dann in Belgien erbsgrüne Flip-Flops, wie furchtbar stillos, aber meine Zehen verlangten nach Luft. Die Rockabilly-Creepers schmiss ich in einem pathetischen Akt in den Ärmelkanal, von dem einen Pier in Blankenberge, natürlich nicht dem aus Beton, sondern dem aus Holz, zu dem ich immer wieder gerne zurückkehre, um mich dort mit Duvel volllaufen zu lassen, kleine viskose Passagen ins Paradies. Trotz der neuen Fußfreiheit quoll mein rechter Zeh, der befallene, auf wie ein Ballon, heiß und prall mit gelbem Eiter. Ab und zu stach ich den Ballon mit einem Kugelschreiber an und ließ Eiter ab, aber es änderte natürlich nichts, die bösen Keime reisten mit mir im Zeh bis Portugal, eine Spur des Eiters, der Auftrag war also, dem Schmerz Europa zu zeigen, oder andersherum. Wie Joseph Beuys einst dem toten Hasen die Kunst erklärt hat, während draußen vor der verschlossenen Tür die murrenden Museumsbesucher warten mussten.

In Porto lernte ich einen Zahnarzt kennen, einen etwa zwei Meter großen, schwulen Afrobrasilianer namens Marco, der als Barmann arbeiten musste, weil es viel zu viele brasilianische Zahnärzte in Portugal gibt. Ihm klagte ich mein Leid. Er sah sich meinen Zeh an und meinte, das könne man behelfsmäßig reparieren. Zunächst gab er mir einen Wodka, den sollte ich mir über den Zeh kippen, zwecks Sterilisation, der gehe «aufs Haus», daheim habe er ein kleines Instrumentarium, keimfreies Operationsbesteck, Skalpell, Nadeln und Faden. Auf meinen Einwand hin, dass das, was mich plage, antipodisch am gegenüberliegenden Punkt dessen liege, was eigentlich sein Aufgabenbereich sei, meinte er, völlig richtig, aber er sehe hier etwas, was auch ein Laie rasch beheben könne, das sei ganz einfach. Er zeichnete mir auf eine Serviette, was er vorhatte, es sah seriös aus, ich solle nur seine Schicht abwarten, dann könnten wir das bei ihm zumindest versuchen. Ich wartete also in seiner Bar und trank mir die Skepsis weg. Um vier Uhr morgens gingen wir in seine Wohnung. Ich bin bei solchen Sachen immer sehr arglos und denke, mit Arglosigkeit macht man sich immun, Angst macht empfindlich, schreckhaft und verwundbar, und mein pochender Zeh sagte, geh mit. Ich hatte Marco zwar vorsorglich angedeutet, ich sei nicht schwul, wenn er es *darauf* anlegen würde, könne er sich den Vorwand, den Umweg über die Operation sparen, aber er meinte nur, er wisse das natürlich, und auch wenn ich «zip zip» (bisexuell wahrscheinlich) sei, möchte er mir nur helfen, er habe das auch mal gehabt, das mit dem Zeh. Ich war so betrunken, dass das als Anästhetikum ausgereicht hätte, aber als er in einer nierenförmigen Schale sein Besteck zurechtlegte, beschlichen mich allerdunkelste Jeffrey-Dahmer-Szenarios: Was mache ich eigentlich hier, ein riesiger, schwarzer Voodoo-Zahnarzt amputiert mir nicht den Zeh, sondern betäubt mich, bohrt mir ein Loch in den Kopf und träufelt Säure hinein, um mich zum willenlosen Sexzombie zu machen usw. Ich sagte, ich müsse noch mal schnell aufs Klo, der viele Gin vorhin in der Bar, die Oliven, die Bolinhos de Bacalhau (Kugeln aus Stockfischabfällen), die Zigaretten, ich deutete auf meinen Magen, und das war nicht einmal gelogen, in mir rumorte eine Rastlosigkeit wie die eines läufigen Riesenschnauzers, ich fürchtete bei jedem Flatus, dass Land mitgeht. Marco nickte, und während er sich Gummihandschuhe anzog, suchte ich das Klo, schloss die Tür ab und inspizierte natürlich sofort das Fenster: Es war sehr klein und ließ sich nicht öffnen, sondern bestand aus sieben Glaslamellen zum Kippen, die in Bleischienen steckten. Ich zog alle einzeln heraus und stellte sie behutsam auf den Fußboden, dann zwängte ich mich kopfüber durch das Fensterloch, weil ich mit den Füßen voran nicht hochkam; ich plante, um nicht auf den Kopf zu fallen, so eine Art Purzelbaum auf der anderen Seite. Mit einiger Mühe konnte ich mich an einem Sims festkrallen und den Rest des Körpers aus Marcos Wohnung, die praktischerweise im ersten Stock lag, ziehen wie eine Motte aus ihrem Kokon. Ich plumpste in einem Innenhof auf eine Wäschespinne, was in zweierlei Hinsicht ideal war. Einmal federten die Spinnenspeichen den Fall, und außerdem konnte ich mir ein paar Kleidungsstücke, drei weiße T-Shirts und ein paar Unterhosen, mitnehmen, Letztere waren sogar dringend nötig, denn während des Fallens war das eingetreten, was sich im gärenden Unterbauch bereits drohend angekündigt hatte, und meine Plastiktüte mit dem Gepäck war noch in Marcos Wohnung, auch meine Flip-Flops, aber die konnte man ja nachkaufen. Ich war plötzlich vollkommen ausgenüchtert, gleichzeitig hundemüde, latschte barfuß zum Douro, dem öligen Fluss Portos, der Fuß tat auch gar nicht mehr weh, die Sonne ging auf, ich legte mich auf eine Bank, um dort irgendwie noch ein bisschen Schlaf zu ergattern, nahm mir aber vor, Marco in der nächsten Nacht in seiner Bar wieder zu besuchen und zur Rede zu stellen, obwohl er ja gar nichts gemacht hatte. Als ich ein paar Stunden später mit mörderischen Kopfschmerzen aufwachte, hatte ich selbst dazu keine Lust mehr und verließ die Stadt. So bleibt es ein Geheimnis, was Marco in jener Nacht wirklich im Sinn stand.

Die meisten meiner Reisen mit Auftrag waren indessen konkreterer Natur und sind es nach wie vor. Man kann sich in Indien einen Anzug schneidern lassen, die Jacke mit drei Ärmeln, und die Hose mit drei Beinen, und die Aufgabe besteht eben dann darin, den Schneider ernsthaft davon zu überzeugen, dass das zwar nicht für einen selbst, aber für einen «Freund» sei, der bis auf die zwei überzähligen Gliedmaßen die gleichen Maße hat wie man selbst, soll vorkommen, die Launen der Herrn sind unergründlich, und der Schneider solle sich doch mal seine eigenen Gottheiten anschauen, Vishnu, der Alldurchdringende, hat vier Arme, und Kali sogar zehn, und zusätzlich ein drittes Auge, er solle sich mal vorstellen, sagte ich dem Schneider, er sei Optiker und ich bestelle eine Brille mit drei Gläsern, aber er wollte mir nicht folgen.

Ich war einmal mit Martin Sonneborn in Usbekistan unterwegs, und er wollte unbedingt einen Elefanten kaufen. Nun ist ja Usbekistan für so manches bekannt (wofür eigentlich?), aber nicht direkt dafür, eine elefantenproduzierende Nation zu sein, was Sonneborn nicht daran hinderte zu insistieren, ja, auch laut zu werden, wo er denn jetzt bitte, verdammt noch mal, den Elefanten herbekomme. Geschäftstüchtige Usbeken machten sich tatsächlich mit uns Gedanken, warfen theatralisch ihre Stirnen in Wellen, recherchierten, vermutlich schon den Anteil ausrechnend, den sie bei so einem großen Ding mitschneiden könnten, einer bot uns auf Sonneborns gebelltes «Elefant, Elefant» ein Telefon zum Kauf an, womit ich mich an Sonneborns Stelle schon zufriedengegeben hätte, denn es war ein ganz großes klobiges Mobiltelefon, beige wie die Zähne des Anbieters, der vielleicht Linguist war und sich gesagt haben mochte, das eine ist des anderen Anagram, ungefähr zumindest, vielleicht ist dieser Wunsch in Wahrheit eine linguistische Rätselfrage. Aber Sonneborn lehnte hier wie auch bei anderen Angeboten (Plüschelefant) ab. Für ihn war eben die unlösbare Aufgabe mit impliziertem Scheitern zur pataphysischen Versuchsanordnung geworden, Riesenaufwand mit vergleichsweise mickrigem Resultat.

Mein Vater war ein echter Kotzbrocken. Nicht nur, dass er mich regelmäßig verdrosch, sondern er log auch und klaute gerne, nahm immer und überall etwas mit, für ihn war das so eine Art Sport. Er wechselte oft die Anstellung, arbeitete eine Zeitlang in einer Freibank, wo minderwertiges Fleisch verkauft wurde, Tiere, die durch Unfälle zu Tode kamen, das Fleisch durchaus noch genießbar, und er brachte immer große Blöcke Flomen (Bauchwandspeck von Schweinen) mit, aus denen meine Mutter Schmalz sieden musste, aber auch riesige Rinderlebern, ob gestohlen oder Teil seines Lohns, weiß ich nicht. Von der Leber aßen wir tagelang. Meine Mutter briet sie steinhart, dazu gab es Kartoffelbrei, Zwiebeln und gebratene Äpfel. Manchmal schnitt mein Vater sich und mir vorher kleine Stückchen von der rohen Leber ab und meinte, ich solle es ihm gleichtun und das Stück kauen, Eskimos machten das auch, sei gesund. Ich hatte weder Bedenken noch Ekel, schmeckte interessant und erinnerte in seiner Beschaffenheit an Kaugummi. Am Ende hatte man das Blut aus dem Brocken gekaut, übrig blieb ein weißes fasriges Stück Fleisch, das man ausspucken durfte, macht man ja mit Kaugummis auch.

Einmal unternahmen wir mit unserem kleinen weißen Lada 1200 einen Familienausflug zum Steinhuder Meer, im Winter, wir gingen übers Eis zum Schloss Wilhelmstein, dort war dann gar nichts. Mein Vater schimpfte wie üblich, und wir mussten wieder zurück, aber später auf dem Eis sah ich, dass er gar nicht mehr so unfroh aussah und etwas bei sich trug, eingewickelt in seinem Taschentuch. Ich fragte, was das sei, und er meinte nur: nichts. Schwieg und schleppte das Ding, weit vor uns fünf Kindern und der Frau, die die Leber zu hart briet, marschierend, ans Ufer, zum Lada. Als wir ankamen, saß er vergnügt im Wagen und rauchte, dann zeigte er uns seine Beute: Eine bestimmt 10 Kilo schwere Kanonenkugel, ich konnte sie nicht heben, zu schwach, er lachte mich aus. Die Kugel folgte uns mit jedem Umzug: Als ich dann aber von zu Hause auszog, stahl ich sie ihm, ohne genau zu wissen, was ich mit ihr sollte, sie war ja nicht mal schön oder beredt, halt ein großer schwerer Klumpen verrosteten Eisens. Wie alt war sie? Wurde sie je abgeschossen? Welches Erz wurde für sie wo ausgewrungen? Ich glaube, ich war nur fasziniert von dem schieren Gewicht der zur Wirkungslosigkeit verdammten Geschichte.

Ich wohnte in diesem alten Wasserturm in Lüneburg mit einem Leichtfuß namens Jens. Wir klauten wie die Raben, meistens Alkohol aus Gaststättenlagern, tranken diesen an langen Abenden, während wir uns gegenseitig tätowierten, ABBA hörten und Siebzehnundvier um Geld spielten. Man kann, wenn man geschickt ist und der Gegner unerfahren, bei dem Spiel leicht gewinnen. Ich erinnere mich an einen Typen, der bei uns häufiger Gast war, Ralf, genannt Ralle, den nahmen wir regelmäßig aus. Er war ein bisschen langsam in allem, und in seiner Not ließ er, wenn er sich übernommen hatte, Karten verschwinden. Einmal sah ich ihn eine Karte unter seinen Oberschenkel schieben; auf die Frage, was das werden solle, antwortete er hilflos: «Wenn da eine Karte unter meinem Bein liegt, ist das nicht meine.» Das brach uns das Herz, und wir beendeten das Spiel aus Mitleid, aber nur für diesen Abend, denn wir mussten ja qua Ralle unser Einkommen sichern. Weil ich ja nirgends angestellt war, konnte ich jederzeit wegfahren, was ich auch tat, auch mal mit dem Fahrrad, natürlich auch gestohlen, das ich am Zielort üblicherweise verkaufte, den mühsamen Rückweg wollte ich mir nicht auch noch antun, zurück fuhr ich Zug. Eines Abends spielten wir wieder fröhlich, ich versuchte meine Reisekasse noch aufzufüllen, Sachen waren bereits gepackt, Satteltaschen befüllt, Rad stand unten im Hof, weiß nicht mehr, ob ich noch was verdiente an dem Abend. Ich stand sehr früh auf, um sechs oder so, denn ich wollte an dem Tag viel schaffen, ich wollte nach Bamberg, ohne Grund, mir gefiel einfach der Name, natürlich hysterisch auf der ersten Silbe kreischend ausgesprochen, und mit gedehntem M, wie Dieter Hallervorden in dem Sketch «Mich schickt der Herr Bamberger», ein Kammerspiel, über dem ich in meiner Jugend regelmäßig barst vor Lachen. Morgens schob ich das Rad vom Hof und fuhr los. Ich trat wie eine Maschine in die Pedalen. Irgendwann zu Mittag machte ich Pause, lehnte das Rad an einen Baum und wunderte mich, warum das Hinterrad so schwer war und zudem einen Linksdrall hatte, ich nahm doch kaum Gepäck mit. Ich schaute in die Satteltasche, da lag die Kanonenkugel, die hatte mir der niederträchtige Mitbewohner eingepackt. Er fand das wohl «witzig»: Ich überlegte. Die konnte ich doch nicht einfach wegschmeißen, zurück wollte ich auch nicht, ich war etwa bei Soltau, schaute auf meine Karte, und da sah ich das am Rande der Heide schimmernde blaue Auge des Steinhuder Meeres. Nun war klar, was ich zu tun hatte. Ich sparte mir Bamberg für später auf, die Stadt läuft ja nicht weg und Bombardements waren aus der Mode gekommen, fuhr stattdessen Richtung Neustadt am Rübenberge, was ziemlich nah am «Meer» liegt und ebenfalls einen schwungvollen Namen hat, wickelte die Kugel dort in ein T-Shirt ein, ein Taschentuch, um den Akt noch authentischer zu machen, hatte ich natürlich nicht. Dann fuhr ich mit der Fähre hinüber zum Schloss Wilhelmsburg, fand den Kanonenkugelhaufen, packte meine aus und legte sie zurück. Ich bildete mir ein, dass sie ein seufzendes Geräusch machte, wie ein Tier, das nach ein paar Minuten der Schur oder ein paar Tagen Quarantäne wieder zurück zur Herde entlassen wird.

Die Entenmuschelkur

We went up that mountain to see Jesus Christ, which turns out to be quite smaller than either the statue of liberty or the Eiffel tower. Guillermo got an awful toothache, and drank two enormous glasses full of whiskey in the restaurant, as a sort of anaesthetic. He said it didn't do anything for the pain, just turned him into a drunk with a toothache.

DONALD BAECHLER

Es ist Februar, ich bin krank. Eine schwere Lungenentzündung hat mich in ihrem gichtigen Würgegriff, ich huste mich um den Verstand. Meine an und für sich granitene Kehle ist so wund, dass das, was sie da so regelmäßig produziert und auswirft, ein kompaktes Quantum bronchialen Eiters darstellt, würfelförmig fast, ich warte auf Blut, hätte dann eigentlich jetzt mal langsam kommen können, dass das auch erledigt wäre. Die verquollene, eiskalte Denkniere ist dicht, komplett zu, ich höre dumpf, das Auge, über das sich zum Schutz die Nickhaut geschoben hat, gebrochen, Schwitzen und Frösteln lösen sich in Wellen ab, Glieder geschwollen, Gelenke versulzt, kochend heiße Füße, triefäugig, kurzatmig, rasselnd, hängetittrig, truthahnhalsig, schludrig, trostverlassen, alles kommt zusammen. Ich bin der Schatten eines Wracks im Zwielicht meines eigenen Mitleids, oder so ähnlich, niemand hilft mir, nichts geht mehr, ich bin alleine, fünfzig Jahre, nichts geleistet, hier kommt deine Strafe, Kafka kam nur bis Kierling, ich buche einen Flug nach Porto.

Ich besinne mich für meine letzte Stunde auf diese Stadt, weil ich hier zum ersten Mal ankam. Der Ring schließt sich («Ringen sluttet», Knut Hamsun), hier am Rande Europas fühlte ich mich zum ersten Mal wohl. Wie sang einst der große Genesis P. Orridge: «When all the numbers swim together and all the shadows settle», und jetzt sollte der gehetzte Schatten einer niedrigen Nummer hier endlich Ruhe finden. Porto befriedigte offenbar bestimmte Bedürfnisse, aber wodurch, wusste ich damals nicht, und ich weiß es bis heute nicht genau, irgendein okkultes Zusammenspiel von rätselhaften Sinneseindrücken und einer improvisierten Ordnung in aller Kaputtheit (die DDR löste das bei mir übrigens auch immer aus). Das gekachelte Land, immer wieder schmiege ich mich an die kühlende, trostspendende Fliese.

Dabei kenne ich Portugal, das restliche Land, überhaupt nicht, ich weiß nicht einmal, ob Lissabon überhaupt existiert. O.k., die Azoren kenne ich, sogar gut, na ja, zumindest vier von neun Inseln. Auf den Azoren habe ich sogar ein Konto eröffnet, Banco Comercial dos Açores, auf das ich immer wieder Geld transferiere, vom meinem anderen Konto, jenem auf den Åland-Inseln, Ålandsbanken, oder von diesem auf die Azoren, wo ich halt gerade bin, kleine Summen natürlich, und das auch nur, weil ich mir während des Überweisungsvorgangs eine selten benutzte Pipeline vorstelle, durch die das Sümmchen tröpfelt, dieser kaum beachtete Transfermuskel, einer muss ihn doch in Bewegung halten, dass ich also einer der wenigen bin, wenn nicht gar der Einzige, der dieses Nebengeleis überhaupt noch befährt (Mitleid mit Dingen).

Mit sechzehn war ich zum ersten Mal in Porto. Ich kaufte mir natürlich gleich eine Flasche Portwein meines Jahrgangs, diese schönen schwarzen Flaschen mit den groben, mit Schablonen aufgemalten Basisinformationen, PORTO 1961, macht das nicht jeder? Bei mir kam noch dazu, dass ich sechzehn Jahre nach Kriegsende geboren wurde, und 16 von hinten ist 61, das musste gefeiert werden. Ich leerte die schöne Flasche auf einen Sitz, dieser warme, süße Wein, spürte dann eigentlich gar nichts, bekam lediglich Sodbrennen und belegte Ohren. Vielleicht war's ja alkoholfreier Wein, das glaube ich aber nicht, all die alkoholfreien Irrtümer wurden erst Jahre später gemacht.

Porto, eine verrottete, kariöse Stadt, in der die Möwen das urbane Gefüge prägen, und die Tauben den weit entfernten Strand. Die Möwen haben sie verdrängt, rausgeschmissen, eine Stadt, die offenbar nur noch von Katzenpisse zusammengehalten wird, jedes zweite Haus eine Ruine, in denen kranke Katzen nisten und nasses Brot fressen, sie haben nichts zu tun, außer zu resignieren. Wenn also nicht Schimmel und Katzen wären, würde das hier bald alles zusammenbrechen wie ein Kartenhaus, diese Stadt korrodiert, genau wie ich, passt ja. Es ist auch immer besser, in der Fremde krank zu sein, ein Unsichtbarer, in vertrauter Umgebung muss man sich dauernd rechtfertigen und falsches Mitgefühl erdulden, «Was, schon wieder krank?», «Ich dachte, du wirst nie krank?». Krankheit ist peinlich, so ist das nun mal, jeder siecht für sich allein.

Einmal am Morgen macht mich meine Qual in meinem schweißnassen Faulbett dann doch lachen, so schlimm kann es wohl dann doch nicht sein: Ich wache auf, ich muss niesen und gleichzeitig husten, und als ich den Mund aufmache, will sich auch noch ein Gähnen dazwischendrängen, sei es aus parasitären Gründen oder solchen der Effizienz.

Immer rufen mich meine portugiesischen Freunde an

oder schicken Durchhalteparolen auf mein kleines Nokiatelefon. Paulo, ein Maracujabauer und ehemaliger Mosambiksöldner, fragt, ob's mir gutginge, ob ich nicht mal vorbeikommen möge, ob ich etwas brauche, aber ich krächze kaum glaubhaft, ich sei auf dem Weg der Besserung. In Wirklichkeit verschlimmert sich mein Zustand, die Nässe kriecht mir in die Knochen, ins Gebälk, draußen regnet es sauer seit Tagen, ich fühle mich wie ein von seinem Schutzbefohlenen verlassenes Kind. Die verfluchte Kälte versucht zum Reaktorkern vorzudringen, ich liege da wie eine Sporttasche voller nasser Handtücher in einem Tunnel, dessen Ausgang zugemauert ist, ich bin so schwach, dass mir nur noch verblödete Metaphern einfallen.

Meine Hauptsorge gilt den Knien, die Knie sind immer so kalt, man muss die Knie wärmen, bei mir geht sehr viel über diese Organe, sie sind empfindlich wie Fühler. Als Walter Kempowski in seiner achtjährigen Zuchthauszeit einmal bestraft wurde, indem man ihn nackt in eine kahle Betonzelle setzte und mit kaltem Wasser übergoss, gab ein mitfühlender Aufseher (Russe) dem Schlotternden den Rat, seine Knie anzuhauchen, weil er wohl auch von der Leichtleitfähigkeit dieser Knorpelsensoren wusste. Deshalb bestelle ich mir hier, in der klammen Stadt, immer zwei Kaffees gleichzeitig und stelle sie mir auf die Knie. Manchmal schleppe ich mich auch fiebrig aus der muffigen Stube runter ins Restaurant Portista Marisqueira, gegenüber der phantastischen Parkhaustorte im brutalistischen Stil (dem Silo Auto), die aussieht wie das Guggenheimmuseum in New York. Das Wirtshaus ist so schön, dass man das Innere streicheln möchte, draußen leuchtet die Galp-Tankstelle orange, überhaupt geht nachts ein orangenes Glosen von dieser Stadt aus, man sieht es gut, wenn man sie von oben betrachtet, beispielsweise aus der umwerfenden Bar im siebzehnten Stock des Hotels Dom Henrique, direkt neben dem Autosilo. Da sieht man dann und wann geordnet ungeordnet Wolken orangener Pünktchen aufstieben, als seien es Funken, es sind aber nur von unten orange angestrahlte Taubenschwärme bei ihrer letzten Vergnügungstour des Abends, denn nachts tauschen sie ihr Revier wieder mit den Möwen, die sich zur Bettruhe an den Strand verziehen.

Das Glosen kommt natürlich vom fauligen Atem der Häuser, nachts, so kennt man's, wenn man's kennt, aus dem Hochmoor bei Worpswede, grün glimmende Irrwische, Faulgase sind das, hier ist das, was die Stadt aushaucht, eben orange.

Ich würge in der Portista Marisqueria ein frugales Mahl herunter, zwei *Bolos de Bacalhau*, frittierte Kugeln aus Stockfischabfällen und Kartoffelbrei, spüle mit Portwein nach, mir schmeckt das. Dabei beobachte ich Berto, den geistig behinderten Parkplatzeinweiser vorm großen Fenster, eine echte Hilfe ist er nicht, die Leute geben ihm Geld, damit er nichts tut, ab und zu kommt er rein und trinkt ein großes Glas warme Milch. Die Gegend hier ist absolut phantastisch, der schönste Teil Portos, fraglos, nebenan die Confeitaria Cunha, die so aussieht und in der man sich so behaglich fühlt wie in einer Bar im Weltraum. Ich würde diese Gegend ein retrofuturistisches Kleintokio nennen. Es gibt diese rätselhafte Autobahnspange (hinter der Metrostation Trindade, einem Meisterwerk von Souto de Moura), sie soll eine Kreuzung entlasten. Staus an der Kreuzung gibt es aber nach wie vor, man kann also beides benutzen, entlastet wird gar nichts. Die Spange steht auf Stelzen, so wie die vielen herrlichen, übereinandergeschichteten Kettenglieder Tokios, Autobahnen und Kanäle, überhaupt das Japanische an Portugal, oder umgekehrt, es ist ja nicht nur das Danke, das die Portugiesen den Japanern überlassen haben *(Obrigado / Arigato)*, und dass sie ihnen beigebracht haben, wie man Tempura macht, kannten sie ja alles nicht. Knöpfe auch nicht, die kamen auch von den Portugiesen, und außerdem verbindet beide Nationen das ständige Lachen, Keckern eher, selbst bei Tragödien, wie den aktuellen in beiden Ländern, Finanzkollaps, Nuklearkatastrophe, aber es ist kein Lachen, wie wir es verstehen, wenn man uns kitzelt oder wenn wir einen Hund mit drei Beinen sehen, sondern eine soziale Technik, um mit ausweglosen Situationen fertigzuwerden. Und wenn das Portugiesische gesprochen klingt, als würde ein halskranker Holländer versuchen, Russisch zu gurgeln, all diese Nasallaute, so klingt es gesungen wie Japanisch. Man höre sich nur mal die Schnulzen von Amália Rodrigues an, während die sie begleitende Gitarre überraschenderweise wie eine Anton-Karas-Zither scheppert, genau die Musik dudelt übrigens gerade in der Portista Marisqueria, während ich schwach am Tresen hänge, aber vielleicht ist hier auch nur der Wunsch Vater des Gedankens. Es ist einfach zu viel Japan hier in dieser Ecke, beziehungsweise Nagasaki, die europäischste Stadt Japans, auch da stinkt es nach Katzenpisse, die Katzen dort haben allerdings alle eigenartigerweise keine Schwänze, irgendjemand muss sie ihnen abgeschnitten haben, spät in der Nacht, ohne Zeugen. Und was soll ich sagen? Beim anschließenden Googeln, mit wem denn Porto so städteverpartnert ist, kommt doch tatsächlich Nagasaki raus. Jena ist übrigens auch mit Porto auf diese Art verbunden, die Stadt, in der ich kurz vor dem ersten Portotrip meine Unschuld ließ, na bitte, sie hieß Ute, hallo Ute, wie geht's dir?

Wieder im Hotelzimmer (Albergaria Miradouro, dieser mächtige Aztekentempel), erfahre ich aus dem Fernsehen, dass Prinz Charles gerade ebenfalls im Lande weilt. Man sieht ihn beim Besuch einer Landwirtschaftsmesse eine mittelgroße Tomate verschlingen. Er nimmt sie ganz in den Mund, nun stellt man sich vor, wie es ausgesehen hätte, wenn sie im Rachenraum ungünstig geplatzt und dem Prinzen der Schleim des Paradeisers aus der Nase geschossen wäre, ich hätte das als Zeichen der Solidarität mit meiner eigenen Limnizität wertgeschätzt.

Nicht wirklich überrascht war ich, als, während ich einen Tag darauf in einem schmierigen Laden, einer beliebten Traditionsfressanstalt namens Conga-Casa das Bifanas kauere, da gibt's Codorniz, in widerlicher Schweinefleischsuppe gegarte Wachteln, draußen plötzlich Blaulicht zuckt. Ein Konvoi, ich hab ihn am Zinken erkannt, oder waren es die Ohren, durch die sich das Zwielicht streute? Charles, Chucky, die Sohnespuppe, fuhr vorbei, ohne auch nur zu ahnen, was sich hier drinnen für Dramen abspielen. Im Conga stinkt es erbärmlich, nach dieser mit Bier, Portwein und Pfeffer gewürzten Schweinebrühe, die Tag und Nacht brodelt, deren Kessel laut Informationen meiner Gewährsleute niemals gereinigt wird, worauf der Besitzer ganz besonders stolz zu sein scheint, Gesetzesbrüche feiern hier fröhliche Urständ. Immer wieder stolziert er durch seinen Laden und verteilt klebrige Karamellbonbons an die Gäste, generös wie ein Fürst an sein Volk, denn er hat zu allem Überfluss zu seiner brummenden Bude auch noch zweimal hintereinander im Lotto gewonnen. Die Bonbons sollen wohl im Nasenrachenraum diesen pestilenzialischen Brodem überlagern. Interessanterweise ging es mir nach dem Besuch der Kaschemme erheblich besser, als habe das Miasma die bösen Kräfte aus meiner siechen Hülle verblasen, Elend mit Elend beikommen, Methode Gegenschmerz. Vielleicht war mein Körper einfach nur erleichtert, dass er aus dieser Stinkestube herauskam, und zeigte sich auf diese Art erkenntlich.

An einem Abend gehe ich zu einer Lesung von Ingo Schulze, dem Ostdeutschen mit den Ringelhaaren wie Oberst Gaddafi, er liest in einer Buchhandlung namens Gato Vadio, passt ja, Räudige Katze. Eingeführt wird Schulze vom verehrungswürdigen Hubert Winkels, Literaturgroßwesir der Altpapierattacke DIE ZEIT, ein Mann, der sein Handwerk versteht wie kein Zweiter und keine Gefangenen macht. Man muss ihn nicht kennen, um seinem Urteil zu vertrauen, zwei Meter groß, oben diese weiße Haarsäule, sie verleiht ihm etwas von einem Papst, aber nicht einem dieser weinerlichen aktuellen, sondern einem jener Monster, die Francis Bacon so gerne gemalt hat. Auch umweht ihn die Aura eines Grafen aus dem Zwischenreich, der schon 450 Jahre auf diesem Erdenrund wandelt und nicht zur Ruhe kommen kann. Bevor Schulze zu lesen anfängt, grauenvoll leiernd, wie erwartet (warum können Schriftsteller eigentlich nicht vortragen? Warum versuchen sie immer in alles diese verdammte *Bedeutung* zu buttern, was soll dieser hilflose Versuch, Schauspieler zu imitieren, diese theatralische Leidensstimme, wie das Klagemantra einer alten Muhme), interviewt ihn Winkels noch eine gute zähe Stunde. Es ist, als versuche er ihn vom Lesen abzuhalten. Die Nässe kriecht derweil sichtbar in die Buchhandlung, wie in dem Film «The Fog, Nebel des Grauens». Feuchtigkeit ist ja nicht gerade der Aggregatzustand, den Bücher am liebsten haben, und zu allem Überfluss wird im Laden auch noch geraucht (in Portugal ist das Trotzrauchen noch weit verbreitet; dafür darf man in den eigenen vier Wänden nicht rauchen, wenn die Putzfrau gerade da und Nichtraucherin ist, es gibt einen eigenen Schutzparagraphen dafür, eine Alibifarce, von denen das

Rechtssystem hier strotzt). Ich vermute, hier wird geraucht als Maßnahme, um den Raum trockenzulegen, mich wundert gar nichts mehr. Gebrannt hätte hier sowieso nichts, geschwelt allenfalls, Kafka hätte mit Sicherheit gelacht, wenn er versehentlich *nicht* gestorben wäre und Brod ihm hätte gestehen müssen: «Sie brannten nicht, sie glommen nur.» Anwesend waren mit mir zehn Zuhörer, acht davon Angestellte des hiesigen Goethe-Instituts und ein alter Portugiese, der aber schlief. Zählt ein schlafender Gast noch als Gast? Das Institut hat gerade großzügig eine Schulze-Übersetzung finanziert, und jetzt diese kleine Tour durch Portugal, ich frage mich, wer das hier lesen soll, im Buch geht's um Mausefallen in der DDR. Im Anschluss kommt es zu einer Diskussion, in der Winkels Schulze fragt, ob die Ägypter die Ossis von heute seien. Er vergleicht den Tahrirplatz in Kairo, wo man die ersten freien Wahlen nach 5000 Jahren herbeisaß, mit den schlurfenden Montagsdemonstrationen der Hängeschultrigen in Leipzig. Schulze schmunzelt jovial, so als suhle er sich in den aufbrandenden Gefühlen desjenigen, dessen Erfindung nach zwanzig Jahren endlich exportfähig geworden ist. Seine Haare ringeln sich noch ein bisschen mehr, sei es vor Stolz, sei es wegen der Feuchtigkeit hier drinnen. Am Ende sagt er den aasigen Satz: «Mich interessiert eine Geschichte nicht, solange ich nicht weiß, wie der Autor lebt.» Auf meine Frage, warum er denn in seinen Texten hartnäckig das Wort Plaste verwende, ob das eine identitätsstiftende Distinktionsschrulle, ob er im Westen noch nicht richtig angekommen sei, kontert er keck, Plaste sei *richtig*, Plastik für Kunststoff falsch, weil eine Plastik eine *Skulptur* sei, ob ich das nicht wisse. Sein talgiges Gesicht glänzt vor Erregung hämisch. Ertappt schweige ich. Ich kam hierher, um zu genesen oder zu verenden, was necke ich den Ostmann jetzt? Es scheint mir wieder etwas besser zu gehen, das Zänkische, der Widerborst ist zurückgekehrt, die Demut gewichen. Wir trinken, als Abschluss dieser Scharade, noch die letzten Reste des klebrigen Weins, die in einem Geheimversteck hinter Dostojewskis «Brüdern Karamasow» («Os Irmãos Karamazov») gebunkert sind, Schulze zerrt Winkels aus der nassen Buchhandlung, morgen müssen sie das gleiche Programm in Lissabon abwickeln. Als sie das Geschäft verlassen, sehen sie aus wie Don Quixote (Winkels) und Sancho Pansa (Schulze), nur ohne Esel. Auch ich wanke heim, die Kleidung klebt am Körper, nasse Nikotinschwaden, im Textil gebunden, machen einem die Garderobe schwer wie einen Kohlensack. Ich arbeite mich auf meinen Berg, ins Miradouro, am höchsten Punkt der Stadt errichtet, neben ein paar brutalistischen Wasserreservoirs (vermutlich voll mit brackigem Wasser), echte Kunstwerke, Reservoirs wie Hochhaus, eins, das auch in Smolensk stehen könnte, herrlich verzierte Soz-Art, kaum vorstellbar, dass man auf die Idee kommen kann, woanders in Porto abzusteigen. Im Fernseher läuft «Dick und Doof im Wilden Westen», ich sinke in einen ereignislosen Schlaf, in dem ab und zu eine Wachtel auftaucht und «Are we rudy fer the bake shah?» fragt, wie Valdja Gochktch in David Lynchs «On the Air».

Am nächsten Abend habe ich einen kleinen Job. Ich lege meine mitgebrachten Singles, ohne die ich nie verreise, in der Casa de boa gente (Haus der guten Menschen) auf, einer Schwulenbar. Ich habe diesmal elysische Schlager aus der Zeit meiner Geburt bei mir, eine ganz besondere Ära lilienweißer, weiblicher Unschuld und schmerzhafter Reinheit inmitten eines unzerstörbaren und unbesiegbaren blonden, mit Optimismus gepanzerten Amerikas.

Patty Duke, «Don't Just Stand There»

Connie Francis, «Where the Boys Are»

Linda Scott, «I've Told Every Little Star»
Shelley Fabares, «Johnny Angel»
Skeeter Davis, «The End of the World»
Debbie Reynolds, «Tammy»
Connie Stevens, «Sixteen Reasons»
Marcie Blane, «Bobby's Girl»
Doris Day, «Move Over, Darling»
Brenda Lee, «I'm Sorry»
Lesley Gore, «You Don't Own Me»

Ich liebe dieses Zeug so sehr, ich könnte schreien vor Glück. Es gibt keine schönere Musik auf der Welt, ein Sehnsuchtsort, an dem die Jugend mit Milch und prallen, buttertriefenden Maiskolben, Kartoffelbrei, dicken Scheiben Schweinebauch und blutigen Steaks gemästet wurde, kräftige weiße Zähne, fest verankert in riesigen Kiefern, spitze Brüste, ebenfalls fest verankert in steinharten BHs, an denen man sich ein Auge ausstechen konnte, prüder Druck im Unterbauch, eine Zeit, in der ich vermutlich noch viel mehr zu leiden gehabt hätte als im Moment. Man glaubt nicht, wie schnell die Leute weich wie Paraffin werden, wenn man das mal auflegt, hemmungslos zu heulen beginnen, tanzen, schmusen, einfach glücklich werden und sich schlicht und ergreifend schimmlig freuen.

Die Bude ist brechend voll, allerdings kaum Homos, das Haus der guten Menschen wird offenbar auch von Nichtschwulen besucht, keine Dogmen und Ressentiments hier, viele kleine dicke Mädchen, augenscheinlich sogenannte Fruchtfliegen, Mädchen, die sich in Gesellschaft Schwuler wohler fühlen.

Organisiert hat das für mich Paulo, der Mosambiksöldner. Er ist in etwa mein Jahrgang und versteht die Musik. Ich lernte ihn vor Jahren kennen, als er das erste einer Reihe von Konzerten meiner kleinen Band Mäuse hier ausrichtete, das erste ausgerechnet auf dem Dach einer Parkgarage namens Maus Habitos (Schlechte Angewohnheiten). Als Gage gab's damals einen großen Sack Maracujas.

Plötzlich kommt ein Rudel beschwipster Vergnügungssüchtiger herein, Jugendliche zwanzig plus. Die Musik ist aus einer Zeit, als selbst ihre Eltern vermutlich noch nicht einmal in der Lebensplanung *ihrer* Eltern waren. Sie tanzen wild, machen das Yes-we-can-Zeichen (mit dem Zeigefinger in die Luft stechen), einer kommt zu mir, meint auf Englisch, er liebe Musik aus den Sechzigern, «Gimme Some Lovin'», ob ich das kenne, Spencer Davis Group, das sei sieben Wochen auf Platz 1 in Hollywood gewesen, dann macht er die Bro-Fist-Geste, auch Fistbump genannt, das heißt, er reckt mir seine Faust entgegen, und ich soll mit meiner dagegen fäusteln. Ich lasse mich auf ihn ein, weil er vom Akzent erkennbar kein mühsamer Engländer, schweinsgesichtiger Australier oder argloser Amerikaner ist, sondern Ire, und ich dadurch milde gestimmt bin. Ich frage nach seinem Namen, er heißt (natürlich) Feargus, und ich sage: «Feargus, lieber junger Freund, erstens bezweifle ich, dass so eine Hitparade in Hollywood existiert, zweitens ist deine Liebe zur Musik der sechziger Jahre des letzten Jahrhunderts von meiner vermutlich durch einen riesigen Kosmos getrennt, breit wie der *Kofferraum* von Montserrat Caballé, den detailliert zu erklären ich aber nicht gewillt bin, und drittens, wenn man schon so etwas Ridiküles wie die Bro Fist (deutsch: Ghettofaust) oder den Highfive, auch selbst so etwas Unhygienisches wie Händeschütteln mit Anstand abzuwickeln beabsichtigt, dann muss man das ‹falsch› machen, das heißt, man muss sich verfehlen, erst dann wird's (ich hasse das nun folgende Wort, aber ich musste es anbringen, er hätte mich nicht verstanden) COOL.»

Feargus geht einen Moment in sich, schiebt die Puzzleteile zusammen, die ich ihm hinüberreiche, begreift aber sofort, lobt weiter meine Musik, stiebt davon und holt und schiebt im Laufe des Abends einen nach dem anderen aus seiner Gruppe zu mir, allesamt Architekturstudenten aus Edinburgh, er flüstert jedem etwas ins Ohr, worauf der jeweilige Kadidat vortritt und mir eine Frage stellt, etwa, ob ich etwas von Moody Blues oder Procul Harum hätte, also die bekannte Abteilung konsensuellen Schmalzes. Ich verneine aufrichtig bedauernd, weil die Wünsche von Geschmack, Kenntnis und Stil zeugen, dann schiebt der Kandidat mir seine Faust entgegen, die ich mit meiner verfehle, Feargus und der Kandidat freuen sich wie kleine quecksilbrige Kinder über einen bunten Ball oder dergleichen, dann laufen sie wieder in ihre Gruppe, und Feargus holt einen neuen Kollegen. Sie sind hier im Lande, stellt sich im Laufe des Abends heraus, wegen Eduardo Elísio Machado Souto de Moura, der an diesem Tag überraschenderweise den Pritzkerpreis bekommen hat, den Architekturnobelpreis, was sie völlig glücklich macht und jetzt gefeiert werden muss, denn sie alle sind natürlich glühende Fans von Souto de Moura. Ein polnisches Zwillingspaar ist in der Gruppe (ich nenne sie der Einfachheit halber Lolek & Bolek, was sie mir aber nicht weiter übelnehmen), eine Litauerin, die aussieht wie ein anämisches Fragezeichen, sogar ein Schotte, klein und dick, der unglaublich gerührt ist, dass ich mit ihm in seinem Dialekt reden kann (hab ich von Edwyn Collins gelernt), alle adrett, schüchtern und höflich, Feargus, offensichtlich der Anführer und Mutigste der Gruppe, meint irgendwann, ich solle unbedingt mit meinen Platten in Irland touren («You can make a fortune»).

Einmal, als drei Studenten um mich stehen und mir aufmerksam zuschauen, fragt Feargus, welche denn meine

Lieblingsfigur bei den Simpsons sei, mit wem ich mich am ehesten identifizieren könne, ob das Moe sei? Mir ein Rätsel, warum ich auf sie moehaft wirke, hab ich etwas Moehaftes an mir? Moe Szyslak, der perverse Tavernenwirt, der ein Kuhherz hat und jedes Mal sieben Jahre altert, wenn er weint, er trägt alkoholgetränkte Kleidung und hat im Hinterstübchen seiner Kneipe eine Rattenmelkanlage, nein, das bin ich nicht. Ich will zuerst sagen, dass ich mich als Capital-City-Knalltüte sehe, weiß in diesem Moment allerdings nicht, wie sie im Original heißt, dann fällt mir ein, dass mir wohl Gil Gunderson noch viel näher steht, der arme alte Gil, der noch nie einen Job länger als ein paar Tage behalten hat, der Verzweifelte, sich abstrampelnde Nervöse, Jack Lemmon in David Mamets «Glengarry Glen Ross» nachempfunden, was augenblicklich ein unglaubliches Gejohle der Archtitekturstudenten auslöst. Sie sprechen ganze Gunderson-Textpassagen nach, unterstützt durch seine Verzweiflungsmimik und -gestik, auf Knien rutschend, bettelnd: «Aw, c'mon, do it for ol' Gil!», sie schreien vor Lachen und machen die verrutschte Bro Fist, Gesten- und Grußtänze auf dem Tanzflur, so seltsam, dass dem Grotesktanznestor Merce Cunningham einer abgegangen wäre. Ich bin gerührt und spiele ihnen zum Dank «Sunshine, Lollipops and Rainbows» von Lesley Gore, das sie Wort für Wort mitsingen können. O.k., Homer singt das ja auch in irgendeiner Folge mit Chief Wiggum, in der Thelma-und-Louise-Folge, in der sie die flüchtende Marge und ihre Nachbarin Ruth verfolgen, ich liebe diese Studenten, sie haben den Bogen raus. Kann man sich ein besseres Publikum wünschen, kann es sein, dass Architekturstudenten generell die nettesten Studenten sind? Ich hätte nichts dagegen, mit einem Publikum wie diesem auf Tournee zu gehen, sie als Eintänzer mitzunehmen. Hätte noch gefehlt, dass Souto de Moura aufgetaucht wäre und wild mitgetanzt hätte, dann wäre das Glück für alle Beteiligten vollkommen gewesen, das wäre dann einer dieser legendären Abende, die jedem Menschen nur sieben Mal in seinem Leben vergönnt sind. Gibt eine wissenschaftliche Studie drüber, von mir natürlich, in meinem Kopf innendrin.

Am Ende, um fünf Uhr morgens, liegen sich alle selig in den Armen und schwofen sich windelweich zum Rausschmeißer «The Coldest Night of the Year», aber nicht die Version von April Stevens und Nino Tempo, sondern jene gehauchte von Vashti Bunyan, die einem den Stecker rauszieht und das Mark in den Knochen stocken lässt. Bolek schmust mit irgendeiner, Lolek, sein Bruder, ist bereits gegangen, Feargus, der sich wohl etwas übernommen hat, hängt wie der sprichwörtliche Schluck Wasser in der Kurve, er ist der letzte Gast und will mit mir mitgehen, will meine kleine Plattentasche tragen, bietet sich als mein Assistent an. Ich schicke ihn nach Hause, schreibe auf einen Zettel FEARGUS IST EIN GUTER SCHÜLER UND ASSISTENT, gez. G. GUNDERSON, den solle er jedem DJ, der ihm gefällt, zeigen, vielleicht nimmt ihn ja jemand mit.

Als Gage erhalte ich vom Barbesitzer 40 Euro, nächstes Mal lege ich in Irland auf. Ich fühle mich so gesund wie nie zuvor, kräftig und genesen, ich habe es geschafft.

Als ich am nächsten Morgen aufwache, bin ich Kompost, ordentlich durchgemahlen, nichts Menschliches ist mehr an mir, wie entkernt, ausgestülpt und mit dem Speiballen einer alten Eule ausgestopft, vor dem Fenster Dauerregen, im Fernseher eine Doku über Behinderte in Afrika, sie haben Polio, sie musizieren in einem heruntergewirtschafteten Zoo, der einzige Ort, in den sie gratis hineinkommen und wo sie einigermaßen ungestört üben können, in einem Käfig schreit ein Makake zum Gotterbarmen. Gewöhnlich gibt es für so einen Zustand keine Lieder, aber jetzt begleitet, nein, verhöhnt mich das Adagio des ersten Rasumowsky-Quartetts, gespielt von einer Sackpfeife, in meinem Kopf. Der sich schon rasselnd, also lösend ankündigende Husten wird wieder hart, trocken, schmerzhaft, ich huste, bis mir die Sinne schwinden, Sauerstoffunterversorgung im Kopf. Wie ein Tremorclown im Zustand totaler Verlotterung mit zu großen Schuhen torkle ich durch meine Kemenate. Was habe ich getan, dass mich die Krankheit so in der Schraubzwinge hat? Es können nicht die 15 Mikrobiere und 10 Zigaretten gewesen sein (filterlose Belomorkanal, die stärkste Zigarette der Welt, mit der hübschen Verpackung von Andrey Tarakanov; die Litauerin hatte sie mitgebracht).

Ich fahre nach Matosinhos, *Last Exit Matosinhos*, das Sardinenviertel der Stadt. Hier steht eine Dosenfabrik neben der anderen, dazwischen ducken sich kleine Bratstuben, Verschläge, gegrillt wird auf der Straße, im Regen, Sardinen, Schollen (Solha) und Lampreia, eine Art Seeegel, ein fieses Biest mit Saugplatte, das, einmal angedockt, seinem Wirt das Gehirn einfach weglutscht, wir nennen diese Brüder Neunaugen, und David Lynch baute in seinem Meisterwerk «Dune» nach ihrem Vorbild die Sandwürmer. Was es hier auch gibt, und weswegen ich eigentlich hier bin, das sind Percebes, und die sollen meine letzte Rettung sein, so ist der Plan.

Ich setze mich in mein Lieblingslokal in Matosinhos, in die Masqueira dos Pobres, hier kennt man mich bereits, im Fernseher läuft eine brasilianische Telenovela. Wenn man Portugiesen fragt, warum Percebes so heißen, wie sie heißen, also wörtlich übersetzt: *Verstehst Du?*, dann starren sie einen an, verlegen lachend wie üblich, ratlos. Ich weiß es natürlich, und es macht mir Spaß, sie zu frotzeln und anschließend aufzuklären. Es kommt nämlich aus dem Galizischen (natürlich nicht dem, das in Galizien am Dnjepr oder in Gallizien an der Drau, in Kärnten, gesprochen wird, wieso gibt's eigentlich so viele Galizien?), percebe leitet sich aus dem Lateinischen *pollicipes* her; es setzt sich zusammen aus *pollex* «Daumen» und *pes* «Fuß». Daumenfüßler also, mit dieser kleinen Nummer kann ich die Etymologieresistenten nur geringfügig verblüffen, ich, der Kranke in einem kranken Land. Percebes haben eine Art Fuß, mit dem sie sich an Felsen festkrallen, aber dieser Fuß umfasst bei ihnen alles, Körper, Hinterkopf, die sechs Paar Cirripedien (Borstenbeine) sowie Verdauungstrakt, Geschlechtsorgane und Bauchmark, und den Sitz ihrer Seele wohl auch. Oben ragt eine Röhre heraus, das ist der vordere Teil des Kopfes, und den isst man, Percebes haben kein Herz, so kann man sich auch nicht in sie verlieben, Verzehr fällt demnach leichter. Auf Deutsch heißen sie Entenmuscheln, ein doppeltes Missverständnis: Man dachte früher, weil man das Zugverhalten der Vögel nicht kannte, aus den Muscheln, die ja eigentlich Krebse sind, würden Nonnengänse schlüpfen, und irgendwer hat dann auch noch Gänse mit Enten verwechselt. Im Englischen heißen sie etwas weniger falsch *Goose barnacles*, Gänsepocken, Pocken sind auch Krebse, und ich bin süchtig nach den Biestern. Meine Genesungstheorie geht nun so: Ich esse jetzt einen riesigen Haufen an Entenmuscheln. Jeder kleine Röhrenkopf ist wie ein Stück Radiergummi, vollgesogen mit Meerwasser, also die pure Ladung Salz. Nun soll das Salz den Schleim, den Eiter der Geschwüre und die ganzen restlichen Sedimente der Schlechtigkeit in meinem Körper an sich binden und mit sich rausschwemmen. Ich bestelle den ersten Teller, 700 Gramm. Um nicht zu würgen, trinke ich dazu süßen Portwein, das ist quasi das

Fahrzeug, mit dem ich diese Salzladungen in mein knirschendes Körperbergwerk verfrachte, etwas, was mir insofern auch ganz vertraut ist, weil ich Ähnliches aus Belgien, einem weiteren Lieblingsland, gewohnt bin: Mosselen en friet, also Muscheln und Fritten, ich könnte mich daran blind fressen. Dazu Kriek, süßes Bier aus vergorenen Sauerkirschen, gut, Fritten gibt's hier nicht, dafür Brot, das sich geschmacklich kaum von Zeitungspapier unterscheidet, Brot können sie hier nicht, das dient hier nur als Träger. Ich bestelle gerade die zweite Ladung, 700 Gramm, als der durchreisende Socken- und Kurzwarenhändler hereinschaut. Er kommt regelmäßig, eine Art Gil-Gunderson-Typ, er hat sogar, man glaubt's nicht, Zwickel in seinem Bauchladen. Ich kaufe ihm wie üblich, wenn ich hier bin, zwei Paar braune Socken ab, chromatisch unverfänglich. Dann merke ich, wie die Salzinfusion zu wirken beginnt: Ich fühle mich leicht, die vier braunen Socken vor mir auf dem Tisch, ich sehe sie liebevoll an, bloß kein Mitleid mit ihnen haben, ich sehe sie als Freunde. Ein eleganter Herr betritt das Wirtshaus, grauer Bart, Glencheck-Anzug im englischen Schnitt, schätzungsweise sechzig, schnell fege ich die Socken vom Tisch, nun schäme ich mich für sie, das hätte nicht kommen dürfen. Der Mann ist in Begleitung eines wunderschönen Mädchens, einer Prinzessin, und einer blassen Frau mit roten Augen und strähnigem Haar im roséfarbenen Hosenanzug, die aussieht, als ob eine Katze auf ihrem Gesicht geschlafen hätte. Die drei quetschen sich an meinen Tisch, sonst ist kein Platz mehr frei, und bestellen alle Schollen. Vor mir mein riesiger Haufen Percebesabfälle, man kommt ins Gespräch. Ich versuche meine Salzkur zu erklären, es gelingt nicht, zumindest kann ich ihnen die etymologische Bedeutung des Zeugs näherbringen, das da vor mir liegt. Der Mann stellt seine Gruppe vor; das Mädchen sei seine Tochter, 17 Jahre, sie sei Sängerin, gehe aber noch zur Schule. Ob ich Fado möge? Ich sage rundheraus, dass ich Fado sterbenslangweilig finde (ohne allerdings so weit zu gehen und das Gejaule wie Diktator Salazar als «kulturlosen Dirnengesang» zu bezeichnen, lieber nicht, im Angesicht dieser knospenden Nymphe). Leider übergeht er beim Vorstellen die falbe Frau im Hosenanzug, ich vermute, es ist seine Freundin, denn er und sie (deutet mit dem Daumen auf die Strähnige) wohnen in Matosinhos, die Tochter aber in Gaia, also auf der anderen Seite des Flusses (wohl bei der Mutter). Er selbst sei Politiker der kommunistischen Partei, also der, wie sie sich hier abkürzt, CDU, ich antworte, dass ich Kommunisten hasse, korrigiere mich aber sofort, ich meinte natürlich den Kommunismus. Meine Brüskheit scheint ihn zu irritieren, hier über dem Haufen Entenmuschelmüll und Schollengerippe hätte er sich wohl mehr Toleranz erwartet. Nicht mit mir, Freundchen. Ich scheitere allerdings an der Aufgabe, ihm den resignativen Satz Eugen Levinés, «Kommunisten sind Tote auf Urlaub», nahezubringen, die Auslaufmodelle, Wiedergänger, Nachzehrer, Betonköpfe, Ohrenbläser, Borstenbeine. «Whatever happened to Leon Trotsky? He got an ice pick. That made his ears burn», der *neue Mensch*, wo sei der denn? Und in der DDR gab's weder Nashi-Birnen noch Smoothies mit Hubba-Bubba-Geschmack. Er versucht sich zu entschuldigen, oder was auch immer, es geht alles sehr mühsam, weil er kaum Englisch kann, ich ja auch nicht. Alles muss das Prinzesschen übersetzen, der Hosenanzug schweigt, der Mann meint, die Kommunisten von heute seien anders, man hätte aus der Geschichte natürlich gelernt, heute könne man sie eher mit den Grünen vergleichen. Ich schaue skeptisch wie ein Fennek, ich glaube, er hält mich für einen Nazi. Er wechselt das Thema und spricht stolz von seiner Tochter, eine große musikalische Hoffnung. Sie schreibt mir etwas auf: «Ines Amorim Idolos (in Google)». Zuerst denke ich, sie heißt Idolos, aber später stellt sich heraus, dass sie dank Google tatsächlich existiert und Idolos die portugiesische Version von DSDS ist. Da war sie Kandidatin und sang meines Erachtens grauenvoll, eine Stimme, mit der man eine Toilette desinfizieren kann, ich aß also mit einem echten Idol, etwas, was die Kommunisten nicht haben, nur Massenmörder und homophobe Schießbudenfiguren (Che Guevara). Draußen auf der Gasse mache ich trotz des ideologisch nicht so harmonisch verlaufenen Essens die verblödete Kommunistenfaust. Das Mädchen will mich küssen, also diese überflüssigen Wangenküsse zum Abschied, ich weiche zurück, ihre Küsse gehen ins Leere wie die Ghettofäuste mit Feargus' Leuten. Dem Politiker gebe ich einen Tipp mit auf den Weg in die Nacht, um das bankrotte Land zu retten: Sie sollen aufhören sich zu küssen, die dadurch gewonnene Zeit könne man effizienter nutzen. Er lacht säuerlich, die Tochter schaut nur angewidert, als ob ich sie unsittlich berührt hätte, der Hosenanzug steht verloren im Halbdunkel. Es hat endlich aufgehört zu regnen, eine Schnake torkelt vorbei, wie ein Sendbote des nahen Frühlings, und ich fühle mich plötzlich sehr zu der siechen Freundin hingezogen. Ich könnte sie dem Linken ausspannen, nur wie? Vielleicht kann sie gar nicht reden, sie hat den ganzen Abend kein Wort gesagt, ich müsste Gebärdensprache lernen. Gibt es einen Unterschied zwischen deutschen und portugiesischen Gebärden? Gibt es Gebärdendialekte? Gebärdenlegasthenie? Ich lasse es lieber, verzichte auf den letzten Sieg über den Kommunismus im Sardinenviertel, meine Straßenbahn kommt, die letzte in dieser Nacht, ich muss los. Im Wagen sitzend, sehe ich das Grüppchen sich entfernen, die Moribunde im roséfarbenen Hosenanzug dreht sich noch einmal um und schickt mir einen fragenden Blick, auf den ich keine Antwort weiß, zu spät, alles zu spät. Als die Straßenbahn anfährt, fällt mir ein, dass ich meine Socken unterm Tisch liegengelassen habe. Jetzt habe ich doch Mitleid mit ihnen, sie haben es geschafft.

Tod in Budapest

Wir sitzen gefangen
In unserer eigenen Welt
Starren in den Fernseher
Der uns die Welt zeigt
Wie sie uns gefällt
Diese Welt gibt dir alles
Nur um zuzusehen
Wie es dir wehtut
Wenn sie es dir
Wieder nimmt
MAX MÜLLER

Ich rede gerne mit Menschen, ja, das muss man so sagen, statt sie anzustarren, zu ignorieren, mit ihnen zu schlafen oder sie zu hassen, das kann man alles danach immer noch, aber zunächst einmal reden. Meine Mutter hat mir erzählt, ich hätte als Kind sogar mit Holz geredet und mit Hunden, aber mit dem falschen Ende, der wedelnde Schwanz war mir wohl kommunikativer. Bereits damals ließ ich mich offenbar von Paul Watzlawicks Axiom, dass man nicht *nicht* kommunizieren könne, durchs Leben lenken. Reden ist für mich wie Atmen, die beiden Tätigkeiten sind sich ja im Grunde nicht unähnlich und wichtiger als Essen, Essen ist verzichtbar, Reden nicht. Ohne Kommunikation wären wir ausgestorben, ohne Essen nicht, wir hätten gelernt, uns osmotisch zu ernähren, das ist wohl auch der Grund, warum ich nach wie vor mit Bäumen rede, vielleicht, um ihnen die Technik der Fotosynthese zu entlocken. Ich habe einmal in Japan einen ganzen Nachmittag mit einem trisomischen Kind geredet, es ging, wir erfanden eine neue Sprache.

Ich war immer Finnlandfan, schon als es Finnland noch gar nicht gab, also für mich, als sich mein Bild vom Land lediglich aus einer Handvoll abgegriffener Klischees speiste. Ich war natürlich umgehauen von Aki Kaurismäkis «Varjoja Paratiisissa» (Schatten im Paradies), den ich etwa zehnmal gesehen habe, aus dem ich ganze Passagen nachsprechen kann: «Ich heiße Nikander, ich bin Müllmann, Leber im Arsch, Lunge im Arsch, und im Kopf stimmt es auch nicht mehr so richtig.»

Kati Outinen war für mich, und ist es noch, was für andere vielleicht Pamela Anderson, Marilyn Monroe oder Doris Day ist, nein, Doris Day vergöttere ich natürlich auch, und wenn die Schnittmenge aus Doris und Kati die denkbar kleinste ist, fühle ich mich in ihr doch am wohlsten, vermutlich weil da sonst niemand ist, einer muss doch diese Schnittmenge verwalten. Und wenn Finnland so eine Saite in einem zum Klingen bringt, wird man schnell auf das aufmerksam, was von dort so berichtet wird, etwa, dass das einzige Weinanbaugebiet Finnlands vom Kühlwasser des Atomkraftwerks Olkiluoto geheizt wird, einem Kraftwerk, das zudem sein eigenes Blasorchester hat. Wein, Kernspaltung und Blechbläser, mein Finnlandbild wurde klarer und lockender. Und eines Tages, das war 1990, las ich von einem Midnight Sun Film Festival im Lappländischen Sodankylä, das Aki und Mika Kaurismäki seit vier Jahren um die Mittsommerzeit veranstalteten (sie tun es immer noch), eine Meldung, die mich ganz umnebelte und alle anderen Sinne paralysierte, da musste ich natürlich hin. Mittsommertag ist übrigens der einzige Tag im Jahr, an dem die finnische Flagge auch nachts gehisst bleiben darf, ein weiteres Mosaiksteinchen zum Bild eines Landes nach meinem Gusto.

Ich ging zu jener Zeit in Wien häufig und gerne in eine Lesbenbar, tanzte dort auch immer wild wie Jonathan Richman («I Was Dancing in a Lesbian Bar / In the Industrial Zone / I Was Dancing With My Friends / And Dancing Alone»), Lesben mochte ich ganz gerne, weil ich hier mein ganzes Flirtbesteck zu Hause lassen konnte. Was mich natürlich nicht davon abhielt, es trotzdem auszupacken und mich zum Honk zu machen.

Einmal sah ich dort zwei junge Mädchen finnisch in ihren Aschenbecher schweigen. Ich sprach sie an und merkte schnell, dass sie keine Lesben waren. Sie hießen Heidi und Lisi, gingen noch zur Schule und waren hier, um das Konzept *Lesbe* zu lernen, bildete ich mir kurz ein. Heidi sah aus wie John Travolta, also Unterkiefer und Kinn, Lisi hatte einen sogenannten Fingerquengel, eine Art Drahtspange am kleinen Finger. Ich redete naturgemäß die ganze Zeit über das, was in mir brizzelt wie ein Tauchsieder in einem Fass voller Zitteraale, das Filmfestival der Mitternachtssonne. Ob sie nicht Lust hätten mitzukommen? Ich baute ihnen aus meiner vagen Finnlandvision ein Xanadu der etwas anderen Art. Zu meinem Laberflash kam noch etwas unangenehm Missionarisches. Aber ich rannte offene Türen ein, denn es stellte sich rasch heraus, dass auch Heidi und Lisi bestrickt waren von der zärtlichen Depression Kati Outinens und Matti «Peltsi» Pellonpääs in «Schatten im Paradies». Ich würde alles organisieren und die Reiseführung übernehmen, sie müssten nur das Einverständnis der Eltern besorgen, sich von ihnen Geld borgen, und weil das Festival zwei Wochen vor Ferienbeginn war, brauchten sie noch zusätzlich eine Freistellung von der Schule, was sich noch als geringste Hürde herausstellen sollte, denn beide waren brave Schülerinnen von siebzehn Jahren, also kurz vor dem Ende allen Übels. Zum Schluss meiner unverdrossenen Kaltakquise, nach ungefähr 20 Gimlets (Rechnung übernahm generös ich, wie der artige Nennonkel, als der ich mich nun fühlte) tanzten wir uns glücklich, raumgreifend und headbangend als letzte Gäste zum schnittigen «Speedy's Coming» von den Scorpions aus der Bar in den neuen Morgen, dadurch war die Reise gewissermaßen besiegelt, während draußen inzwischen ein Meter alle urbanen Geräusche und eventuellen Zweifel erstickender Schnee gefallen war, denn es war noch Winter. Wir hatten also noch ein bisschen Zeit, um uns an unser Expeditionsprojekt zu gewöhnen. Auf dem Heimweg hatte ich noch das Lied im Ohr, ich fragte mich, warum sie in dem Lesbenladen ausgerechnet Scorpions spielten. Und was Klaus Meine meint, wenn er über Alice-Cooper- und Ringo-Starr-Poster an der Wand singt und dann: «Speedy's Coming. You live in his heart.» Wer ist dieser Speedy? Gonzales, die Maus? Und was mache ich in ihrem Herzen?

Zur gleichen Zeit unterhielt ich eine rege Brieffreundschaft mit Max Goldt, der ebenfalls glühender Kaurismäkifan war. Auch ihn fragte ich, ob er mitkommen wolle, und natürlich war er dabei. Er würde seinen Kumpel Wiglaf Droste mitnehmen, käme aber von Berlin geflogen, nach Oulo, dann weiter nach Sodankylä, während ich für mich und meine Mädchen den damals billigsten Flug von Budapest nach Tallinn buchte, dann sollte es mit der Fähre nach Helsinki weitergehen, im Nachtzug rauf nach Rovaniemi, und danach noch mal vier Stunden mit dem Bus.

Eines Morgens im Juni trafen wir uns tatsächlich am Wiener Südbahnhof, um von dort aus zunächst einen Zug nach Budapest zu nehmen, dem ersten von fünf Reiseabschnitten. Die Mädchen hatten ihre Eltern und Schulen überredet, mit einem sinistren Schrat wie mir ins Ungewisse fahren zu dürfen, Lisi hatte immer noch den Fingerquengel und Heidi das Travoltakinn, mein Gepäck war wie üblich eine Aktentasche mit losem Henkel, und da begann die Lachfolter meiner Reisegruppe, deren Geisel ich von nun an war. Meine Autorität ging in Sekunden flöten, die Mädchen degradierten mich zum Packesel, ich musste ihr Gepäck tragen und ihre Witze ertragen. Das Lesbenthema war auch vom Tisch, denn sie flirteten um die Wette jeden dahergelaufenen Ungarn an. Die Sprache sei sexy, wie mir Heidi erklärte. Wie bitte, dieses bucklige Jaulen? Na, das kann ja was werden, wenn sie erst Finnisch hören, das so klingt, als ob Kinder mit dem Mund voller Brei ein Gedicht von Kurt Schwitters aufsagen:

Kana, Kala, Kesä, Kuha, Kukka, Kakku, Liha, Lohi, Loma, Lava, Kuu, Puu, Jää, Sää, Huhu (Huhn, Fisch, Sommer, Zander, Blume, Kuchen, Fleisch, Lachs, Urlaub, Bühne, Mond, Baum, Eis, Wetter, Gerücht), es ist eigentlich relativ einfach, ich hatte das im letzten halben Jahr gelernt. Alles wird so ausgesprochen, wie es dasteht, zudem gibt es nur zwanzig reguläre Gebrauchsbuchstaben. B, C, D, F, Q, W, X haben sie abgeschafft, die führen ja auch zu nichts. Und mit dem Ungarischen hat das Finnische gar nichts zu tun, auch wenn etymologisch Halbbewanderte ebendies zu behaupten nicht müde werden (es gibt gerade einmal drei gemeinsame Wörter, allesamt Flüssigkeiten, Veri, Vesi, Mesi = Blut, Wasser, Honig). Ich versuchte, Heidi und Lisi die Sprache näherzubringen, doch es interessierte sie nicht im Geringsten. Stattdessen berichtete Heidi, sie glaube, gerade «schwanger von drei Männern» zu sein. Ich war fassungslos, Lisi zeigte das Foto ihres Freundes, eines baumlangen Faustballers. Im Flugzeug (Malev Air) gab es 30 Malzkekse, die an den Zähnen klebten, und in einer braunen Hartplastikschale so eine Colaersatzflüssigkeit. Ein Ungar neben mir bellte die Stewardess mit den harten Margaret-Thatcher-Haaren im Kasernenhofton an: «Sir, give me Pepsi!»

Auf der Fähre saß neben mir Frida von ABBA, während sich die anderen Musiker weit entfernt voneinander im Fahrgastraum verteilten, so als hätten sie sich nichts mehr zu sagen. Es waren natürlich nicht die echten ABBA, sondern eine australische Revivalband namens Björn Again, die gerade mit Nirvana tourten. Während Kurt und die Grunger flogen, mussten die falschen Schweden die Fähre nehmen. Frida weinte, ich weiß nicht, warum, wie gerne hätte ich sie getröstet. Vielleicht hätten wir schmusen können, dann wären meine zwei Teenager eifersüchtig geworden, ich hätte meine Autorität zurückerlangt und nebenbei Frida die drei Nummern von ABBA aufzählen können, die mich das Beten lehren: «Move on», «Andante Andante» und «Eagle», aber das hätte möglicherweise alles nur noch schlimmer gemacht.

Die Nachtzugfahrt von Helsinki nach Rovaniemi war schön, weil die Mädchen schliefen. Sie ringelten sich auf den Sitzen ein, während ich erleichtert ins Zugrestaurant torkelte, dieses kleine Fenster namens Freiheit. Es war brechend voll, niemand wollte schlafen, alle rauchten und tranken Dünnbier der Marke Karhu (Bär), eine Szene wie aus dem vortrefflichen Reiseführer «Der Kneipenmann» von M.A. Numminen, in dem er im Laufe eines Jahres 132 finnische Dünnbierkneipen besucht. («Wenn es von den Leuten in Häme heißt, sie hockten bewegungslos und hölzern herum, dann hat sich noch kein Hölzerner eingefunden. Alle fühlen sich zu Hause und mehr als das, Eintracht schafft Sitzgelegenheit.») Draußen blieb es hell und chromatisch monoton, unten eine Schicht blau, die Seen, in der Mitte grün, der Wald, und oben wieder blau, ein ins Graue changierender Himmel, denn es regnete, wenn auch nur auf einer Seite des Zuges, auf der anderen schien die Sonne. Auf der Regenseite spannte sich ein prachtvoller Regenbogen, und das um Mitternacht. Ich war überwältigt und wurde ganz demütig, von allem hier, auch vom Dünnbier und meinen zwei schlafenden Mündeln. Vielleicht träumt Heidi gerade von ihren Drillingen?

Und auch die Restaurantgäste gingen nicht schlafen, wollten nicht, wurden lieber weich, die Gruppe verklebte zu einem großen hin und her schlingernden, lallenden Organismus, wie ein Myzelgeflecht, es kann aber auch sein, dass der vom verschütteten Bier klebrige Boden die Gäste an das rollende Wirtshaus band. Um sieben Uhr morgens kamen wir in Rovaniemi an, die Party war aus. Ich traf meine Mädchen auf dem Bahnsteig, sie spotteten wie üblich, Lisi meinte: «Du stinkst.»

Im Bus nach Sodankylä versuchte ich den versäumten Schlaf nachzuholen, was mir nur in Sekundenetappen gelang, die Mädchen schwatzten munter Unappetitlichkeiten aus, aus dem Busradio kam Vogelgezwitscher, die Schmerzen in meinem Kopf gerannen, wie saure Milch in einem dünnen Kaffee flockt.

Das Drama in Sodankylä war dann, dass wir keine Unterkunft hatten. Die hatte sich nicht von Wien aus organisieren lassen, ging ja alles noch mühsam ohne Internet. In der Touristeninformation hieß es, alle vier Hotels seien ausgebucht, Sodankylä ist klein, aber in der Turnhalle gebe es noch viel Platz. Wir, das heißt ich schleppte mich und das Gepäck zur Turnhalle, während Lisi und Heidi mich quälten. Ich ließ es geschehen, ich hatte sie ja hierhergezerrt, das war ich ihnen als Nennonkel schuldig. Mich verblüffte nur, wie schnell Dankbarkeit in Häme umschlagen konnte. In der Turnhalle, idyllisch gelegen inmitten eines Birkenhains, in dem allerdings auch ein paar arme Kiefern mit Blasenrost ratlos herumstanden, in der Halle also nur gelbe Schaumstoffmatratzen unter baumelnden Ringen und zerrupften Pauschenpferden, aus deren Flanken Holzwolle quoll. Es waren schon einige Filmaficionados da, Spanier, zu denen die Mädchen sogleich Kontakt aufnahmen. Meine Pflichten waren jetzt getan, und ich ging zurück ins Örtchen, um Max und Wiglaf zu suchen, es regnete inzwischen fein. Auf dem Weg kam ich an einem kleinen Imbissstand vorbei. Ich hatte seit den klebrigen ungarischen Malzkeksen nichts mehr gegessen, und hier gab es eine Art Wurst, Makkara genannt. In einer Pergamenthaut steckt ein Brei, der hauptsächlich aus Mehl und mit Fleischaromen versetztem Wasser besteht; dieser Brei wird aus der Haut gesaugt und ohne Brot, allenfalls mit rohen Erbsen verzehrt. Das Volk der Finnen hat, das war mir bereits bekannt, global den höchsten Prokopfverbrauch an Erbsen, überall fallen einem am Straßenrand die leeren Schoten auf, jeder führt stets ein kleines Säckchen Hülsenfrüchte mit sich, wie die Bolivianer ihre Kokablätter, ich sah sogar eine alte Frau ihren Hund mit Erbsen füttern. Als ich die Wurstverkäuferin fragte, ob sie das gesehen habe, das sei doch komisch, meinte sie nur achselzuckend, hier in Finnland hätten sie auch Erbsenmarmelade, und es gebe sogar eine Erbsenweitwurf-Olympiade. Ich fühlte mich plötzlich wohl, zum ersten Mal seit unserer Abreise, jetzt war ich offenbar angekommen, jetzt können noch mehr von solchen Absonderlichkeiten kommen und mich an dieses Land in Zuneigung binden wie die Betrunkenen an den Boden des Zugrestaurants.

Die beiden Berliner Autoren traf ich dann etwas ratlos im Regen auf der Sodankyläntie, der Aorta des Ortes, herumirrend und in Schaufenster starrend. In einem türmte sich ein Berg klobiger russischer Schuhe. Das Wiedersehen gestaltete sich etwas frostig, auch sie waren möglicherweise verkatert, angeschlagen, der Nieselregen, der uns durch die Jacken auf die Schultern saftelte, machte ihnen das Ankommen nicht so leicht wie mir, der ich mich schon über ein paar leere Erbsenschoten in der Gosse begeistern konnte. Wir gingen in eine Pizzeria. Max und Wiglaf bestellten Pizza mit Rentiergeschnetzeltem, auf die man zur Zierde rote Johannisbeeren gelegt hatte, die bei jedem Bissen von der Pizzatriangel kullerten. Wiglaf las ein Buch von Vita Sackville-West und sah dabei aus wie eine alte Frau, die in den Innereien eines Fischs liest, Max starrte in sein Fantaglas. Kommunikation gestaltete sich hier etwas mühsam, deshalb strich ich mir im Festivalprogramm an, was interessant sein könnte: natürlich «Tulitikkutehtaan Tyttö» (Das Mädchen aus der Streichholzfabrik), der neuste Film Aki Kaurismäkis, der hier Premiere haben sollte, des weiteren sollte André de Toth Gast des Festivals sein, der ungarische Regisseur, man wollte in einem Zirkuszelt seinen Horrorfilm «House of Wax» (Das Kabinett des Professor Bondi) von 1953 zeigen, mit Vincent Price und Charles Bronson als Igor, der taubstumme Diener, klar, da müsse man hin, der erste Film in 3-D, was insofern interessant ist, weil Toth auf einem Auge blind war. Wiglaf und Max waren einverstanden. Dann berichtete ich von den beiden Mädchen. Max verdrehte die Augen (beide), Wiglaf schaute interessiert, na ja, vielleicht konnte ich ihm die Quälgeister unterschieben.

Die beiden waren im Hotelli Karhu untergekommen, aha, wieder der Bär, dem man im Zugrestaurant bereits begegnet war. Das Karhu ist das beste Haus am Platze, stolz merkte Wiglaf an, dass sie mit dem Toth unter einem Dach wohnen würden, unten gebe es eine Art Restaurant, das aber eigentlich eher ein Lokal für betreutes Trinken sei, da hätten sie gestern ihre Ankunft begossen. Wir verließen die Pizzeria, es regnete immer noch, und reihten uns in die lange Schlange am Ticketschalter ein (Wiglaf: «A snake in the rain»), während ich merkte, dass sich durch die Nässe langsam die Sohlen meiner Schuhe lösten. Bald hatten wir jeder sieben Karten, der erste Film sollte gleich beginnen. Es war merkwürdigerweise «Ein Mann geht durch die Wand» mit Heinz Rühmann, von Ladislao Vajda, einem anderen Ungarn, vielleicht sind hier ungarische Wochen? Egal, man fragte nicht, nahm den Film dankbar an, um sich irgendwo reinzusetzen, dem Regen zu entkommen, der Film wurde in einer überheizten Schulaula gezeigt, alle dampften, ich roch meine nassen Socken durch meine Schuhe, das passte ja alles prima zusammen, die diffundierende Nässe und permeablen Düfte, und auf der Leinwand diffundierte Heinz durch die Wände. Die meisten Zuschauer schliefen im finnisch und ungarisch untertitelten Film ein, so als seien sie vom Regen erschöpft. Als der Film zu Ende war und wir die Aula verließen, hatte es aufgehört zu regnen, und in der grellen Sonne standen nun auch meine Mädchen. Ich stellte sie den Jungs vor und meinte, man könne sich ja irgendwo reinsetzen, um sich kennenzulernen, den Mädchen ein paar Filmtipps zu geben und den Abend zu planen, aber weil es so schön war und die Lapplandmeisen ihren übermütigen Gesang anstimmten, bestehend aus diesen fünf bis sechs absinkenden, melancholisch anmutenden Pfeiflauten: «dju-dju-dju-dju-dju», die uns Menschen so glücklich machen, änderten wir den Plan und beschlossen, uns nicht in irgendeine verrauchte Kaschemme zu zwängen, mit zugezogenen Vorhängen, wie es die Finnen gerne haben, weil sie mit der Dauerhelligkeit nicht zurechtkommen, sondern in den Gastgarten einer Minigolfanlage. Ich holte gleich fünf Karhu. Als ich zurückkam, sah ich meine Freunde der

Mücken wegen wild um sich schlagen, was mich wieder dozieren ließ. Sie sollten sich doch bitte beruhigen, denn wenn man, sagen wir, zehnmal angeknabbert wurde, ein bisschen gekratzt hat, Jucken, Kratzen, Jucken – eins bedingt das Nächste, wenn sie also diese Kette einfach mal in Frage stellen oder einfacher: ignorieren würden, dann würden sich die Stiche gegenseitig neutralisieren. Der Reiz, die Sensation verblasst, man kommt ja sowieso nicht nach mit dem Kratzen, also kann man es gleich bleiben lassen, und dann hört auch das Jucken auf, was soll also das paranoide Gefuchtle? Letztlich entsteht, wie alles, auch das Jucken im Kopf. Und überhaupt, wir fressen die Meere, die ganze Erde leer, töten, verwursten, kochen jedes Tier, da darf sich doch zur Abwechslung mal eins von ihnen stellvertretend für die Schöpfung ein bisschen an uns laben. Sie sollten sich doch bitte mal entspannen, Kippis (Prost), und das Erstaunliche, die Gruppe folgte meinem Rat, und die Mücken schienen jetzt auch dezenter zu sein, konnte aber auch damit zu tun haben, dass es jetzt wieder zu regnen anfing. Aber wir harrten aus, ist doch schön, im Regen auf einem Minigolfplatz dünnes Bier zu trinken.

Wir saßen bis 23 Uhr in unserem Basislager, immer mal wieder ging einer, kaufte sich etwas zu essen, einen Reissumies etwa, das ist ein belegtes Brot, im Kioskradio sang sehnsüchtig Tapio Rautavaara «Reissumies ja kissa» (Der Reisemann und die Katze), Wiglaf mampfte an einem Sülzkotelett, das er dick mit Blumenkohl aus der Tube beschmiert hatte, ich ging und kaufte mir Galoschen, um sie über meine kaputten nassen Schuhe zu stülpen. Heidi und Lisi waren erstmals seit Wien wieder etwas netter und freundlicher zu mir, sie schmachteten indessen unverständlicherweise Wiglaf an, nannten ihn Onkel Laffi. Ich entwickelte und zeichnete mit Max Drudel, diese kleinen

Vexierbildchen, eine alte Freizeitbeschäftigung von uns. Als der Minigolf-Kiosk zumachte, wechselten wir ins Karhu. Es gab dort eine, noch mit kleinen schwarzen Singles bestückte Jukebox (eine ostdeutsche Polyhymat 80D der Firma Sachsenklang), aber die spielte nur in einer Endlosschleife den damaligen globalen Ohrwurm, die sogenannte Hymne der Wende, «Wind of Change» von den Scorpions. Jemand musste Unsummen in das Lied investiert haben, oder das Gerät «hing». Viele Gäste legten, dem Stupor ergeben, ihren Kopf auf den Tisch und schliefen, wir tranken und rauchten und begannen, das Lied immer mehr zu mögen und mit den Hannoveranern mitzupfeifen, wie die Lapplandmeisen. Während wir Zigarettenkippen im Aschenbecher zu Hakenkreuzen zusammenschoben, erwachte plötzlich ein Gast aus seinem Dämmer, rannte zur Musikbox, sprang wie ein Makake mit einem gellenden Tarzanschrei auf die Kiste, riss sie um, und trottete zurück zu seinem Tisch, wo er sein Haupt wieder zum Schlafen bettete. Nun war es still. Und jetzt passierte etwas Wundervolles: Der Wirt verwies den Rowdy keineswegs der Gaststube, sondern richtete die Vitrine wieder auf, es kamen Gäste und befütterten sie stoisch mit Geld, in der Hoffnung, der Greifarm würde ihre Wünsche aus dem nun am Boden der Truhe liegenden Plattenberg wühlen, doch nichts geschah. Nach einer Weile schraubte der Wirt das Gerät auf, viele Gäste kamen ihm zur Hilfe, man sortierte die Platten in die dafür vorgesehenen Lamellen, ein kleines nächtliches Happening, er schraubte das Sichtfenster wieder zu, und das erste Lied, das nun erklang, war, und das wunderte nun wirklich niemanden mehr, «Wind of Change».

So verliefen unsere Tage. Kino, Sonne um Mitternacht, wir hatten natürlich unsere enorm langen Schatten gemessen, fünfzehn Meter, bevor wieder der Nieselregen einsetzte, einmal hat es sogar geblitzt und gedonnert. Diese unwirklichen Nächte, draußen herumstehen, wenn die Lokale zumachten, niemand wollte schlafen, alle drängten sich dicht aneinander wie nasse Schafe, während die Lakritzschnapsflasche kreiste, dunkel wurde es nie, immer nur *noch* heller. Einmal war ich mit Wiglaf im eiskalten Fluss Kitinen schwimmen, das war gefährlich, Baumstämme trieben vorbei, aber wir waren nackt, jung und betrunken und zudem beide ausgebildete Lebensretter. Max stand am Ufer und machte Fotos von Flechten, auf der anderen Flussseite der nächtliche Regenbogen, Wiglaf schrie vor Glück: «Und Jimmy schwamm zum Regenbogen.»

Trotzdem reichte es mir. Ich wollte nicht mehr in der Turnhalle schlafen zwischen dampfenden Spaniern, ich hatte Toth gesehen, sogar in 3-D, ich mochte die depressive Trinkroutine nicht mehr, wir hatten gerade «Das Mädchen aus der Streichholzfabrik» gesehen, in dem Aarne zu Iris sagt: «Wenn du denkst, das zwischen uns wäre was Bleibendes, dann täuschst du dich. Es gibt nichts, was mich weniger berühren könnte als deine Zuneigung. Es wäre am besten, du verschwindest jetzt!» Das ist die längste Dialogstelle im Film und war ein Hinweis, dass man ja jetzt eigentlich auch aus Sodankylä verschwinden könnte, Iris vergiftet Aarne mit Rattengift, und ich schlug Max vor, wir könnten ja alleine zurück nach Helsinki fahren, dort ein paar Tage verbringen, die anderen würden später sowieso nachkommen, um dann jeweils für sich die Heimreise nach Berlin und Wien anzutreten. Er fand das vernünftig, und so verabredeten wir uns um sieben an der Bushaltestelle, um rechtzeitig den Tagzug von Rovaniemi nach Helsinki zu erwischen, jetzt war es drei Uhr. Max nahm einen kräftigen Schluck «Ketju rasvaa» (Kettenfett), Salmiakbonbons in Wodka aufgelöst, eine öligschwarze Brühe, und biss beherzt in einen «Kalakukko» (Fischhahn), einen in Brot eingebackenen Barsch. Dann trennten wir uns.

Ich stand wie vereinbart pünktlich an der Bushaltestelle, und wer fehlte? Max. Ich hätte es mir denken können, als ich vor ein paar Stunden seinen irren Blick nach dem Schluck Kettenfett sah, aber nun war ich schon einmal hier, der Bus kam, ich stieg ein, stieg auch in den Zug nach Helsinki und war frei. Gleichzeitig fiel mir siedendheiß ein, dass ich kaum noch Geld hatte. Debitkarten hatte damals niemand, ich hatte darauf gehofft, dass Max mir etwas leiht. Wie sollte ich jetzt die drei Tage in Helsinki herumbringen, bis der Rückflug von Tallinn nach Budapest ging, wie die Fähre bezahlen, wo schlafen, was essen, trinken? Ich hatte Helsinki unter anderen Bedingungen kennenlernen wollen, entspannteren, ich wollte irgendwo sitzen, wegdämmern, in einer kleinen Dünnbierbar am Hietalahti-Hafen, dem Industriehafen, aber jetzt, ganz ohne Geld? Als ich am Bahnhof ankam, fühlte ich mich ausgesetzt wie ein Hund an einer Autobahnraststätte, nun sieh mal zu, wie du zurechtkommst, ob sich jemand deiner erbarmt.

Ich kam auf eine Idee. Ich suchte im Telefonbuch das Büro von Malev Air, vielleicht ließe sich mein Flug umbuchen, vorverlegen, dann müsste ich nur irgendwie eine Nacht in Helsinki herumkriegen. Jetzt am Abend hatte das Büro natürlich schon zu. Ich notierte mir die Adresse, noch hatte ich 100 Finnmark, das waren umgerechnet etwa 20 Euro, davon kaufte ich mir ein Reissumies und zwei Flaschen Karhu-Dünnbier, verdrängend, dass ich ja nun gar kein Geld mehr für die Fähre hatte. Irgendwie würde ich mir das vielleicht von irgendwem leihen können. Ich setzte mich an den Töölösee hinterm Bahnhof auf eine Bank, hier wollte ich auch schlafen, und fühlte mich plötzlich gut. Geht doch alles, siehst du, sagte ich zum Bären auf dem

Flaschenetikett, und morgen wird es auch gehen. Gerade als ich meinen Schlafsack ausrollen wollte, sprach mich ein Mann an. Er war nett, höflich, fragte, was ich da vorhätte und ob ich etwas trinken wolle, ja, gerne, er lud mich ein, mit ihm in seine Wohnung zu kommen, er wohne in Töölö, dem etwas besseren Viertel Helsinkis, gleich neben der Finlandia Halle von Alvaar Alto. Auf dem Weg redeten wir über Architektur, wie sehr ich Alto verehrte, finnische Architektur generell, und er sagte, er sei Innenarchitekt, deswegen sei er auch hier, er komme aus Italien, genauer genommen aus Seborga, diesem winzigen Fürstentum gleich neben Monaco. Darauf war er stolz, und ich war sogar schon einmal in dieser komischen Mikronation gewesen, damals blühten überall prachtvoll die Mimosen, die «Schamhaften Sinnpflanzen», wie wir von der Carl-von-Linné-Jugend sie zu nennen pflegen. Sein Name sei Mattia, aber ich könne ihn Matti nennen, wir seien ja hier in Finnland. In seiner Wohnung schob er mich gleich ins Schlafzimmer, und spätestens da hätte ich misstrauisch werden müssen. Wieso passiert mir das immer wieder? War ja nicht das erste Mal. Er ging kurz raus, meinte, er hole jetzt etwas zu trinken, und ich dachte in meiner kriminell naiven Art, na gut, trinken wir halt was im Schlafzimmer, vielleicht ist seine Küche unaufgeräumt. Als er wiederkam, hatte er keine Hose mehr an, er setzte sich aufs Bett und fingerte an meinem Hosenstall. Ich war wie gelähmt, in Schockstarre, Tunnelblick, er nestelte meinen Penis heraus (ich hasse dieses Wort, es ist nicht so sehr das Pe, das mich stört, es ist das -nis, aber was soll man sonst sagen? Hosenbruder? Glied? Dann wird's unseriös) und spielte die Posaune, keine Gefühle, nichts, taub natürlich, wie abgetrennt vom restlichen Körper, der allerdings ebenso taub und passiv war. Vielleicht ist das ein Schutzmechanismus, der verhindern soll, dass einem bei irgendeiner Form von Abwehr Gewalt angetan wird, bin ja auch nicht der Kräftigste. Währenddessen rubbelte er sich einen ab, was dankenswerterweise recht flott ging. Er sprudelte in seine hohle Hand und eilte schon wieder hinaus, ich stand immer noch erstarrt da, richtete mich wieder her, und er kam mit einer Plastiktüte voller Flaschen zurück, als sei gar nichts vorgefallen: «Hier, etwas zu trinken», dann schob er mich wieder aus der Wohnung und stopfte mir noch etwas in meine Potasche. Ich dachte, es sei seine Telefonnummer, für den Fall, dass ich mal wieder durstig wäre. Völlig apathisch, gehäutet, torkelte ich zurück zum Töölösee, zur Bank, wo ich mich hatte hinlegen wollen, nun hatte wieder mal der Regen eingesetzt, den ich komischerweise als willkommen empfand, Schmutz abwaschen, Trost spenden, oder was auch immer einem das Unterbewusstsein so anbietet in solchen Fällen. Aber hier zu schlafen ging nun natürlich nicht mehr. Ich suchte mir ein Bushaltestellenhäuschen, meine neue, kleine Wohnung, hier konnte ich mein eigener Innenarchitekt sein. Ich untersuchte die Tüte, alles alte, staubige Schnapsflaschen, halbleer, die Matti wohl loswerden wollte, er hatte mich also auch noch benutzt, um seine Bleibe zu entrümpeln. Eine der klebrigen Flaschen war ein Zitronenlikör aus seiner Heimat (Limoncello), ungenießbar, ich rollte den Schlafsack aus, und desertierte in einen unruhigen Schlaf. Als ich gegen sechs aufwachte, bemerkte ich, dass ich in einer Ameisenstraße lag. Sie hatten den Likör entdeckt.

Ich packte alles wieder zusammen, Schlafsack, Aktentasche, um zum Büro von Malev Air zu gehen. Kurz bildete ich mir ein, ich gehe zur Arbeit, interessant, wie kreativ man denkt, wenn man etwas Unappetitliches verdrängen muss, die Schnapsflaschen ließ ich natürlich stehen, und dann fiel mir der Zettel ein, den mir Matti in die Tasche geschoben hatte. Den wollte ich auch gleich wegschmeißen, bei den Flaschen lassen, aber es war kein Zettel, es waren Geldscheine, er hatte mich bezahlt, es waren 200 Markka, zwei Hunderter mit dem mürrischen Jean Sibelius vorne drauf (etwa 40 Euro). Nun war ich etwas irritiert. Mein Unterbewusstsein redete mir ein, dass ich mich eigentlich nicht beschweren könne, aber ich wollte gar nicht mehr nachdenken, vor allem nicht über das, was vorgefallen war; am Ende kommen noch lästige Traumata angedackelt, die man dann jahrelang mitschleppen, hegen und pflegen muss. Ich konzentrierte mich auf die Ungarn.

Und es ging tatsächlich, ich konnte den Flug von Tallinn nach Budapest vorbuchen, schnell zum Fährhafen, um zehn ging ein Boot. Alles lief perfekt, die Fähre kostete umgerechnet 30 Euro, ich tauschte meine restlichen 50 Markka in Krooni um und hatte sogar noch Zeit, um im berühmten Lokal Kuller eine Wurstsuppe zu essen, dann ging es mit dem Bus nach Ülemiste, dem Flughafen.

In Budapest ergaben sich die nächsten Probleme. Wie würde ich denn jetzt von hier wegkommen? Ich hatte zwar noch von der Herreise ein paar Forint übrig, aber die würden kaum für ein Bahnticket oder einen Bus reichen. Was tun? Und wie immer in Stresssituationen wurde ich ganz besonders kreativ. Ich ging erst mal Bier trinken, das ist immer die Lösung, für alles. Ich fand eine schöne schmutzige Kneipe, zählte mein Geld, rechnete, es reichte für etwa zwei Bier. Perfekt, dann hatte ich noch ein bisschen Kleingeld, mit dem würde ich einen Freund in Wien anrufen und ihn bitten, mich vom Busbahnhof abzuholen, während ich den Busfahrer nur davon überzeugen musste, dass er sein Geld am Ziel bekomme, der Freund würde mich auslösen, schlafen würd ich in irgendeinem vollgepissten Park, das war mir auch schon egal.

In der Kneipe spielten sie «Yes Sir, I can Boogie» von Baccara. Neben mir am Tresen hielt sich ein etwa sechzigjähriger Mann an seinem Bier fest und gab eigenartige, erstickte Klagelaute von sich, bei jeder Bewegung, die er tat, wenn er mit dem Arm seinen Bierkrug hob, wenn er seinen Kopf bewegte, es war, als stöhnten seine Gelenke. Nach jedem zweiten Schluck warf er sich eine Pastille in den Mund. Ich fragte ihn auf Englisch, was er denn habe, er sagte, ich könne ruhig Deutsch reden, er komme aus Darmstadt, und es gehe ihm wirklich schlecht, sehr sehr schlecht, er leide an einer schrecklichen Krankheit (was es war, weiß ich nicht mehr, ich habe es vermutlich, oder ganz sicher sogar, verdrängt) und sei unheilbar krank, bald werde er sterben, und er sei nach Budapest gekommen, um das hier von eigener Hand zu erledigen, morgen wolle er sich von der Kettenbrücke stürzen. Warum Budapest, fragte ich, und er sagte, er habe so viele schöne Erinnerungen an die Stadt, seine Frau habe er hier kennengelernt. Wo die denn jetzt sei? Ach, die sei abgehauen, habe ihn alleingelassen, erzählte er immer wieder aufstöhnend, es war so furchtbar. Er lud mich zu weiteren Bieren ein, ich erzählte ein bisschen, um ihn abzulenken, von meiner Reise, Heidi und Lisi und so weiter, und dass ich morgen nach Wien führe, wo wir auch eine Kettenbrücke hätten, die aber nicht sehr hoch sei, man breche sich allenfalls ein Bein, wenn man von ihr in das darunter fließende Rinnsal springe, aber das war kein Trost, natürlich nicht, ich kann überhaupt nicht gut trösten. In meinem Kopf stöberte ich nach besseren Troststrategien. Das Leben ist schön, schöne Länder, gutes Essen, Filme, mir fielen aber nur die depressiven von Kaurismäki ein und das schlechte finnische Essen. Reden, reden, immer nur reden, gegen seine Schmerzen anreden, sie weglabern, ich kam mir schäbig vor. Er fragte, und man merkte, dass ihm auch das Sprechen Schmerzen bereitete, vielleicht sogar das Denken, wo denn meine Unterkunft sei, und ich sagte, dass ich mir irgendeinen Park suchen würde, in der Nähe des Busbahnhofs, den ich auch noch finden müsse, morgen früh wolle ich einen Bus nehmen. Da meinte er, ich könne in seinem Hotel schlafen, er habe in seinem Zimmer eine Couch. Alles, was ich in Helsinki hätte lernen müssen, Vorsicht, Skepsis, das war jetzt plötzlich wieder weg, bin ich so naiv oder waren seine fast schon sichtbaren Schmerzen so überzeugend? Ich ging tatsächlich mit, und er schleppte sich die Stufen zu seinem Zimmer hinauf, ich hinterher, mit meiner Aktentasche mit losem Henkel. Aber auf dem Zimmer ging es weiter mit seinem Klagen, er legte sich ins Bett, ich mich auf die Couch, und das Stöhnen hielt die ganze Nacht an. Ich versuchte zu schlafen, das ging immer nur in kurzen Intervallen, aber was wollte ich mich beklagen? Es gibt Schlimmeres als Schlafentzug, und das Schlimmere lag hier zwei Meter weiter entfernt von mir. Irgendwann am frühen Morgen schien auch er weggedämmert zu sein (oder war er tot?), aber ich war munter, zog mich leise an, verließ das Zimmer und war wieder einmal frei. Frei, wenn auch bedrückt, gleichzeitig aber zuversichtlich, dass die letzte Etappe jetzt nun wirklich keine Probleme mehr bereiten sollte. Ich trottete zum Busbahnhof, wollte mich durchfragen, hatte absolut keine Vorstellung, wo der wohl war. Plötzlich stoppte ein Taxi neben mir. Der Fahrer fragte etwas, ich sagte in Stummelenglisch, dass ich zum Bus wolle, der Bus nach Wien. Er deutete an, ich solle einsteigen, o.k., machen wir es uns jetzt nicht noch schwerer, gönnen wir uns ein bisschen Komfort, zudem regnete es jetzt sehr heftig, und das wird ja nicht so viel kosten, der arme Todgeweihte hat ja gestern die ganze Zeche bezahlt. Der Taxifahrer fuhr aber ganz seltsam, irgendwie in die Peripherie, ich sagte immer

BUS und WIEN, und er nickte, als verstünde er, und dann verstand wiederum ich: Der Mann dachte, ich wolle mit ihm, *mit dem Taxi* nach Wien: Mir wurde plötzlich glühend heiß, ich hatte gerade einmal Forint für zwei Bier, aber doch nicht für eine stundenlange Taxifahrt. Der Fahrer sprach nur Ungarisch, wir waren schon außerhalb Budapests, den Taxameter hatte er ausgestellt, er fuhr also auf eine Pauschale. Verzweifelt machte ich die internationale Geldgeste, dieses Reiben des Daumens am Zeigefinger, er schrieb lenkend auf einen Block die Zahl 1000. Forint?, fragte ich. Er schüttelte lachend den Kopf, und ich fragte: Schilling? Er nickte. Nun begann ich fieberhaft nachzudenken, ich komme hier nicht mehr raus, er hat ja bereits Kilometer verfahren, zahlen hätte ich ihn sowieso müssen, wenn er mich auf der Autobahn rausschmeißt, komme ich noch schlechter weg, und draußen der starke Regen. Ich versuchte ihm klarzumachen, dass ich mal telefonieren müsse, internationales Telefonzeichen, Daumen, kleiner Finger, er nickte und fuhr eine Raststätte an. Ich ging zu einer Telefonzelle, rief mit meinen paar Forintmünzen den Freund in Wien an, sprach ihm aufs Band, aber er schlief wohl noch. Ich flehte ihn an, zu Hause zu bleiben, in etwa vier Stunden würde ich kommen und er müsse mir 1000 Schilling leihen (etwa 70 Euro), und in dem Moment hob er ab. Er war da, ich war gerettet, glücklich setzte ich mich wieder ins Taxi, ich versuchte zu reden, zu erzählen, von Heidi und Lisi, aber all mein Reden nutzte nichts, der Fahrer verstand nicht, so musste ich vier Stunden schweigen, und ich genoss es. Ich fühlte mich so wohl und so geborgen wie schon lange nicht mehr, ich sah dem Regen zu und ließ mich vom Gequietsche der Scheibenwischer hypnotisieren. Während in diesem Moment ein armer Mann aus Darmstadt in Budapest von einer Brücke in den Tod springt.

Fußbier

HANK SCORPIO: *Homer, welches Land mögen Sie am wenigsten? Frankreich oder Italien?*
HOMER SIMPSON: *Frankreich.*
HANK SCORPIO: *Haha, niemand sagt Italien.*

Nicht wenige haben sich schon einmal gefragt, haben noch vor sich zu fragen oder fragen sich vielleicht auch gar nicht, weil es ihnen egal ist, warum es einem die Italiener nur immer so schwer machen, sie zu mögen. Rätselhaft, warum sie nichts dagegen tun, Vorurteile nicht revidieren und Ressentiments nicht zertrümmern, warum sie bar jeder Geheimnishaftigkeit bleiben und sich generell einer nur noch tragisch zu nennenden Tollpatschigkeit befleißigen, Typen, die ihren Salat schon beim Waschen zur Hälfte aufessen, und rauchen, wie Nichtraucher denken, dass Raucher rauchen, mit ratlosen Blicken wie eine halbaufgezogene Gardine. Wenn Franzosen auf Englisch angesprochen werden, reagieren sie trotzig und antworten auf Französisch, begeistert darüber, dass sie alle ihre regionalen Dialekte vernichtet haben und ganz kirre von ihrer Hochsprache sind und andere das gefälligst auch sein sollen. Wenn Italiener in der gleichen Situation sind, auch sie können natürlich kein Englisch, ist ihnen das peinlich, aber sie weisen mimisch und gestisch darauf hin, dass sie nichts dagegen tun können, irgendeine geheimnisvolle Kraft, eine Art posttraumatischer Verbitterungsstörung hat sie davon abgehalten, eine Fremdsprache zu lernen. Es gibt auch so viel zu tun, reden statt atmen zum Beispiel, und wenn dann mal nicht geatmet (geredet) wird, essen, essen bis zur Erschöpfung, wenn aller Sauerstoff im Magen ist, um das viele Essen aufzuspalten, kann man sowieso nichts lernen und denken. Mir kommt es so vor, als ob Italiener es ebendeshalb nicht schaffen würden, all ihr Denken, Handeln, Wirken auf eine Metaebene zu verfrachten, also sich selbst zu reflektieren, weshalb sie in immer noch regressiverer Starre verharren, in der nur nervende Blödeleien à la Roberto Begnini, das pubertäre Gefasel vom Futurismus und Rondo-Veneziano-Gedudel konsumiert werden können. Natürlich weiß ich, dass sie in der Lage sind, diese oder jene relevante Kulturleistung zu vollbringen, etwa schmutzige kleine und grausame Filme herzustellen wie die von Lucio Fulci, Ruggero Deodato und Dario Argento, aber sieht der Italiener so was? «Ein Zombie hing am Glockenseil», «Cannibal Holocaust» und «Das Stendhal-Syndrom»? So etwas sehen lebende Talgdrüsen, Nerds, Stubenhocker weltweit – und Quentin Tarantino, aber in Italien kennt das niemand, dort meinen sie, «Für eine Handvoll Dollar» sei ein amerikanischer Film («Wenn der italienisch sein soll, warum heißt er denn nicht ‹Für einen Lastwagen voll Lire›?»).

Eine Studie, bei der untersucht wurde, wie groß bei ausziehenden Söhnen der durchschnittliche Abstand des neuen Wohnorts vom Elternhaus ist, hat ergeben, dass der junge Mann sich im internationalen Schnitt 27 km entfernt. In Italien kommt man auf 120 Meter.

Da liegt die Crux: Die Mütter klammern sich an ihre Kinder, weil sie sich aus Eitelkeit und Wehleidigkeit mit der Tatsache der Vergänglichkeit nicht abfinden wollen. Sie mästen sie mit Unselbständigkeit, und wie soll da aus so einer Nation eine kosmopolitische, entspannte werden, eine, die über ihre Grenzen zu blicken imstande ist, eine, die keine Angst hat vor dem, was da draußen, und vor dem, was in ihnen (noch) drinnen ist. Italien ist eine kleine Nation, ein kleines Land, das seine Angst einfach wegisst. Die Fettucinelösung, solange es Nudeln gibt, kann uns nichts passieren, und dann gehen sie durch ihre vergammelten Städte, und alle sind sie gleich gekleidet, sie bewegen sich gleich, das heißt, sie rollen den Fuß ab, weil sie glauben, das sei elegant, sie sind ganz bei sich, jeder Muskel bekommt die Aufmerksamkeit, die er verdient, sie latschen und trampeln nicht, ihre Schuhe sind aus weichen Materialien, sie schmeicheln dem Fuß, die Kleider loben den Körper, der sie trägt, glauben die Träger zumindest, in Wirklichkeit sieht alles nur peinlich aus. Alle Italiener tragen das Gleiche, natürlich weil sie Angst haben, aufzufallen. Im Elfersommer trugen alle Pseudoirokesen, also angedeutete Modepunkfrisuren, alle führten ein kleines lächerliches Täschchen spazieren, eine Art Zwergen-DJ-Tasche, und ein paar hatten immer noch die Kragen ihrer Fred-Perry-Polos aufgestellt. Auf die Bewohner keiner Nation passt das Pauschalurteil: *Kennst du einen, kennst du alle* besser als hier. Trotzdem fahre ich immer gerne nach Italien. Wenn man von vorneherein weiß, wie lachhaft sie sind, kann es ja nicht schlimmer werden, und sie sind ja nur lachhaft wie schlechte Gaukler, die nicht richtig jonglieren können, sondern die Keulen ratlos in den Händen halten, verrutscht grinsend, sie sind der «Pulce d'acqua» (Wasserfloh) aus dem gleichnamigen Lied Angelo Branduardis, na gut, das ist ja auch nicht nichts, aber auch nicht mehr. Für Individualismus, Heroismus, Boshaftigkeit und Dummheit sind sie viel zu gehemmt und ungeschickt, also wenn man gerne lacht, ist Italien schon mal ein gutes Reiseland, und eine Nation, die in Gestalt ihres Nobelpreisträgers Eugenio Montale dem Wiedehopf huldigt («Upupa, ilare uccello calunniato» – Wiedehopf, geschmähter Vogel, heiterer Kobold, du … der du allen den Kopf verdrehst, ein Flugzeug überm Hühnerstall seine Runden dreht …), kann so schlimm ja nicht sein, auch wenn zu befürchten steht, dass sie in diesem Vogel etwas anderes sehen als wir, nämlich einen Fall für die Bratpfanne.

Man kann sich, wenn man Italien nun gar nicht kennt, weil man vielleicht befürchtet, dass einen die wiedehopfeske Clownhaftigkeit der Bevölkerung depressiv macht, dem Land auch von den Rändern her nähern, Tessin oder Südtirol vielleicht. Ich versuche es diesmal von Sardinien, einem Gebilde wie eine ausgelatschte Sandalette oder wie der Abdruck dieser, die Griechen nannten es Sandalyon, daher der Name. Andere Griechen, die ulkigen Euböier, nannten das Sandalenland eine Zeitlang Ichnôussa (Ιχνουσσα), das kommt vom griechischen ichnos (menschlicher Fußabdruck), auch wenn man bei unvoreingenommener Betrachtung im Inselumriss beim besten Willen weder Sandale noch Fuß erkennen kann, es könnte genauso gut ein Kastenbrot sein oder Ghana. Das Einzige, was vom Fußbild übrig geblieben ist, ist ihr aus Maisschrot gebrautes Bier, es heißt Ichnusa, das Fußbier also, das man natürlich nicht trinken kann, Bier und Italien, das geht ja bekanntermaßen nicht (bei uns ist laut Max Goldt Wein das, was man trinkt, wenn das Bier alle ist, in Italien ist es andersrum), aber egal, man trinkt es trotzdem, und zwar einzig und allein wegen des wunderschönen schwarz-rot-weißen Etiketts und des schneidigen Schriftzugs mit dem roten I-Punkt und dem I-Schwung. Wie heißt der Reflex, wenn man von Typographie durstig wird? Auch so ein fehlendes Wort, wie das für die tröstende Stelle auf dem Tisch, die noch warm ist, nachdem das kaum angerührte Gericht wieder abgeräumt wurde, oder das für den glasigen Blick des Mobiltelefonierers, halb auf unendlich, halb auf inwendig gestellt. Exakt der Blick der Italiener, sie müssen dazu nicht einmal telefonieren.

Sardinienreisende können die widerwärtige Smaragdküste im Nordosten getrost ignorieren, Deppenmagnet de luxe. Flavio Briatore, der gelernte Landvermesser, hat dort seinen Club Billionaire, alles zugebaut und ausgebeutet, feindselig, exklusiv, komplett *zernichtet.* Das Wasser ist an den anderen Küsten genauso grün, genauso warm, genauso salzig, und in den Büschen sitzen da wie dort die Sittenstrolche. Denkbar indes ist, dass sie hier im Luxussegment die wunderschönen Seeigel, Akupunkteure Gottes, diese tapferen Tretminen aus dem Meer gekehrt haben. Ich finde, wenigstens einmal sollte man bei einem Sardinienaufenthalt in einen Igel getreten sein, so wie man sich in Finnland von der Mücke (Hyttynen) anzapfen lassen sollte oder in Chile von der Riesenpferdebremse (Tabano), das ist der Urlaubszoll, den man entrichten muss. Und die Stacheln wandern, wenn sie nicht rauseitern, sowieso den Weg allen Metabolismus, alles, was reinkommt, muss auch wieder raus, man braucht sich keine Sorgen zu machen, Jucken entfällt, ebenso das schlechte Gewissen, einen Igel zu essen, also den hübschen, orangenfarbenen Eierbrei. Man bekommt ihn ja sonst nur in Chile (Erizo) und Japan (Uni), also so unkosmopolitisch oder unkosmolukullisch ist Sardinien ja nun doch nicht (vermutlich weil es 400 Jahre katalanisch war). Man macht sich hier locker, also ist auch ein mit Igeleiern gefüllter Wiedehopf denkbar, warum eigentlich nicht?

Landschaftlich bestrickt Sardinien durch ein paar verlässliche Konstanten, zum einen die vielen Korkeichen, die immer alle paar Jahre bis zu einer Höhe von etwa einem Meter fünfzig geschält werden und die einen peinlich berühren, denn sie sehen aus wie Lebensformen aus unserer Welt, denen man die Hosen runtergezogen oder den Pullover hochgeschoben hat, weswegen sie alle gekrümmt dastehen, aus Scham, um sie herum die geschorenen Schafe und die weißen Kühe, denen man alle Flecken abgemacht hat, das ist die Solidarität, die sie näher zusammenrücken lässt. Aber wen außer uns Empathiezentrifugen beeindruckt das? Und über allem die Strommasten mit den wunderschönen, gerippten Glasisolatoren. Porzellan, Bakelit und Speckstein (Steatit) haben eine höhere Kriechstromfestigkeit, weshalb man sie bei uns häufiger sieht, Glas bekommt dadurch aber etwas Erlauchtes, Verletzliches, es passt auch besser zu der gedemütigten Flora und Fauna unter den Masten, unten kann man den Eichen auf die Knochen schauen, oben dem Strom beim Kriechen zusehen. Und wie um das Glück vollkommen zu machen, stehen überall Nuraghen herum, rätselhafte, prähistorische Steintürme, fast 6500 gibt es davon, in den unterschiedlichsten Verrottungsgraden. Keiner weiß, warum sie gebaut wurden. Waren es Burgen, Grabbauten, Kultstätten? Ich gehe davon aus, dass es sich bei ihnen um Unterkünfte für Sendboten von seltenen Pulsaren handelt. In einer stopfe ich einen Kronkorken der finnischen Brauerei Karhu (Bär) in eine Innenritze, den ich seit längerem in meiner Hosentasche spazieren führe. Ich opfere ihn sozusagen und hoffe inständig, dass ein vorbeiziehender Finne den Deckel entdeckt und ihm huldigt. In meiner Tasche scheppert dafür jetzt blechern ein Ichnusa-Bierverschluss, schön, dass Bierflaschen auch im Land der Korken Kronen aus Blech tragen.

Schönste Stadt Sardiniens ist fraglos Tempio Pausania, Hauptstadt der Provinz Gallura, wo viele Städte im Zuge des Wunschs der Touristen nach Küstennähe und also Bademöglichkeiten, Schwalbennester wie Castelsardo beispielsweise, charakterlos gemacht, sterilisiert wurden, weil sie all das bedienen müssen, was der gemeine Tourist so vorzufinden wünscht an pittoresken Schuhkartonhäusern.

In Tempio Pausania dagegen findet man eine wohltuende Bauinhomogenität, die Stadt, die nach dem versickerten Fluss Fausania benannt wurde (was insofern interessant ist, weil Berlusconi gerade zur Volksabstimmung für die Privatisierung des Trinkwassers gerufen hatte, in Tempio Pausania stimmten sie dagegen, man hat offenbar aus der Geschichte gelernt). Hier findet sich neben granitener Altstadtverwinkeltheit, die gar nicht so einen hohen Verwaisungsgrad aufweist wie andere italienische Städte dieser Größenordnung, auch prachtvoller, stark reduzierter Neoklassizismus mit vielen Anleihen bei der internationalen Moderne, die gemeinhin dem Faschismus zugeordnete «Architettura Razionale». Mitten in der Stadt steht ein Gefängnis wie eine riesige Torte (La Rotonda), und daneben ein gigantischer Wohnbau aus den fünfziger Jahren, so unglaublich brutal ins alte Stadtbild gepresst, dass es eine staunenmachende Freude ist, denn der Bau hat durchaus eine entdoofte Filigranität im Detail, und wenn man ihn aus einem bestimmten Blickwinkel betrachtet, sieht er aus wie eine Scheibe. Es gibt ferner eine aberwitzige brutalistische Bibliothek, bereits eine Ruine, von der ein Historiker bei der Erstbegehung meinte, dass er froh sei, ihr einen Besuch abgestattet zu haben, denn das sei die schlimmste Architektur, die er je gesehen habe.

In der wunderbaren Trattoria Il Purgatorio, zu Deutsch: Fegefeuer, die ausgerechnet der Herbergsvater der spartanischen Diözesanunterkunft (so viele Quartiere gibt's hier nicht, der dorrende Tourismuszweig beschränkt sich inzwischen auf Tagesausflügler) empfiehlt, gibt's einen Haufen Schnecken (Lumache), die man mit Stricknadeln aus dem Gehäuse fummelt, dazu individuell geschnitzte, in Schmalz gebratene Kartoffelprismen und Ravioli gefüllt mit Bottarga, Meeräschenrogen, mit Eierbrei haben sie es hier offenbar. Als Abschluss dann einen schönen Casu Marzu, das ist eine Art Pecorino, in dem es von Maden wimmelt, Käsefliegen haben in ihm ihre Eier deponiert, die geschlüpften Maden fressen sich in den Käse und wandeln ihn durch Verdauung um, sodass er eine cremige Konsistenz und ein kräftiges Aroma bekommt und eine Flüssigkeit absondert, die *lagrima* (Träne) genannt wird. Natürlich isst man die fleißigen Maden mit.

Aufpassen sollte man bei Fahrten durch die Gallura, dass man sein Karmakonto nicht noch mehr belastet, wie schon durch den tausendfachen Verzehr von Maden und Mikroeiern, indem man, wenn eine Schildkröte die Straße kreuzt, ihr auf die andere Seite hilft. Zu vermeiden ist allerdings eine Gegenrechnung, wie viele Eier kann ich essen, was wiegt das gegen diese phlegmatische Panzerechse im Alter meiner Oma, die ich eben gerettet habe, denn das ist doch nicht der Sinn des Karmakonzepts. Beneidenswert ist die Vorstellung, dass so ein langsamer Organismus vermutlich auch stark verzögert realisiert und reflektiert, was um ihn herum so passiert. Morgen oder in einer Woche denkt das rezente Reptil dann vielleicht: «Was war *das* denn gerade eben?»

Auf einer Anhöhe oberhalb von Tempio thront von allen Punkten der Stadt gut sichtbar ein merkwürdiger Turm, leicht konvex, düster, was kann das sein? Beim Näherkommen stellt es sich als ein verwaistes Hotel heraus, eine moderne Ruine, erbaut in den siebziger Jahren, hatte nur fünf Jahre offen, wie spätere Recherche ergibt, dann blieben die Gäste aus, und das ist hier überall so. Alle planen und bauen, aber haben keine vernünftige Infrastrukturidee, Personal gibt's auch nicht. Als Ichnusa noch nicht von Badetouristen besucht wurde, als Baden und Brutzeln noch kein Massentrend war, kamen sie nach Tempio wegen der

Heilquelle (Fonte Rinaggiu), die am Rande der Stadt sprudelt, unterhalb des Hotels auf dem Hügel, aber das ist jetzt kein Grund mehr, alles, was geschäftlich mit der Heilquelle inmitten eines schattigen Hains zu tun hat, geht ein wie eine Primel in der Nacht, wiewohl am Brunnen immer ein ziemlicher Auftrieb herrscht. Menschen aus der Umgebung kommen mit Autos und befüllen ganze Kanisterbatterien, sie tun das so ernsthaft, als könnten sie damit ein zweites Leben erlangen, gleichzeitig versammeln sich um sie herum Myriaden von Fliegen, was treibt die an? Die Hoffnung, dass hier ein auf Heilung Hoffender verendet und sie ihn auffressen können? Auch hängt ein Grüppchen gelangweilter Emos oder Gothics herum (modisch gestylt natürlich, wir sind ja hier in so was wie Italien). Auf die Frage, was sie hier machen, denn das Wasser kann es nicht sein, das interessiert sie doch wohl nicht, haucht eine von ihnen: «Wir lieben die Kühle.» Die Fliegen nehmen sie in Kauf, vielleicht genießen sie auch den Lufthauch, den die Zweiflügler ihnen zuwedeln. Neben der nimmermüden Quelle befindet sich ein großer Thermenkomplex im Space-Age-Stil, auch hier alles kaputt, zu, wie bestellt und nicht abgeholt, am Konsumenten vorbeigeplant, ein Jammer, zumindest wacht Sardiniens größter Holunderbusch über all dem Elend hier.

Oben an der konvexen Hotelruine stehen immer viele Autos, auch schon tagsüber. Es sind Liebespaare, wenn sie schon nicht im Hotel einander beiwohnen können, dann halt in seiner Nähe. Ein älterer Herr, der auf mich zufährt und den ich freundlich grüße, indem ich meinen Zylinder lüpfe, lächelt ausgeleiert und drückt den Kopf der silberhaarigen Frau an seiner Seite nach unten. Für ihn bin ich offenbar eine Art Detektiv, der seiner Nachmittagsdulzinea nachspioniert, schön, jetzt hier oben ein bisschen Dramatik in den Betrieb bringen zu können.

Frühstück wird immer im grauenvoll eingerichteten Ristorante-Bar Museum eingenommen. Wenn die Italiener schon einen schlimmen Kleidungsgeschmack haben, so haben sie einen noch viel schauerlicheren Sinn für Inneneinrichtungen, wirklich aberwitzig, woher kommt das wohl? Es ist uns Italienern egal, wie das aussieht, worauf und worin wir sitzen, interessant ist doch nur, was aus uns an Informationen rausquillt und in uns eindringt, und das macht uns resistent gegen jede Form von Hässlichkeit, Häuser müssen nur hohl sein, und in ihnen muss nur etwas stehen, worauf man sich setzen kann, das reicht. Erstaunlich pragmatisch eigentlich, aber mit *diesem* Geschmack würden sie selbst neureiche transnistrische Malefizbuben irritieren, die ja sonst für jeden schockierenden Tand zu haben sind. Es gibt kein Volk auf der Welt, das sich so schlecht innen einrichten kann, trotzdem geht man eben ins Ristorante-Bar Museum, trinkt einen labbrigen Kaffee und nimmt dazu ein Puddinghörnchen, aus dem minderwertiger Brei quillt, und sitzt und schaut und staunt, Menschen kommen und gehen, jeden Tag das gleiche einlullend wohltuende Ritual, gegenüber steht das Rathaus, aus dem immer wieder der Bürgermeister mit seiner wie eine Billardkugel polierten Glatze tritt, Honoratioren abholt und in sein Gehäuse führt, kurz drauf wieder rauskommt und mit seinen Gästen in die Bar kommt, das Leuchtdiodenlaufband des Apothekers Dottore Tamponi vis-à-vis zeigt kommode +24 Grad (im Juni), die Rathausuhr steht schon seit Jahren auf fünf nach drei, zumindest zweimal am Tag geht sie richtig. Vorm Gastgärtchen niest einer seltsam, der Kellner Andrea, mit der obligatorischen Modepunkfrisur, fragt, ob er erkältet sei, der Nieser meint, es sei nur die Nase, im Lokal ein Fabrizio-De-André-Schrein aus Plexiglas, der Schnulzensänger hatte auf der Insel ein Anwesen, liebte sie, glorifizierte die Gallura, auch wenn er 1979 zusammen mit seiner Lebensgefährtin und späteren Ehefrau Dori Ghezzi entführt und erst nach vier Monaten und Zahlung eines sehr hohen Lösegeldes freigelassen wurde. Er starb zwanzig Jahre später an Lungenkrebs, hat sich ums Leben geraucht, im Schrein zwei Singles, eine Halterung für eine Gitarre, die fehlt, ein Songtext mit einem roten Kuli verfasst, «Rimini». In der Zeitung La Nuova (vormals Nuova Sardegna) steht in dicken Lettern auf der Titelseite, dass sich George Clooney gerade von seiner Freundin getrennt hat, sie ist Sardin, man munkelt, er sei schwul, könne doch nur schwul sein. In der Gazette, auf der letzten Seite, gibt es noch, man will es nicht glauben, Drudel, und die Gäste grübeln wirklich mit den ernsten Gesichtern kleiner konzentrierter Kinder darüber, was auf den Vexierbildern wohl zu sehen ist. Italiener eben.

«Avrebbero dovuto sposarsi», raunt mir Schankbursche Andrea über die Schulter zu, sie hätten heiraten sollen, ich, ganz in Gedanken, was wohl jener Mann mit dem schätzungsweise vier Meter langen Bambusrohr vorhat, der gerade diagonal den Platz quert, verstehe nicht ganz. Er meint natürlich Clooney und die Sardentante, aber ich denke zuerst, er meint die beiden exakten Uhrzeiten des Tages, die die kaputte Rathausuhr anzeigt, das ist ja so, als ob siamesische Zwillinge im Koma heiraten, wie soll das gehen, was meint er?

Ich weiß nicht, immer wenn ich Italien wieder verlasse, bleibt ein komischer Nachgeschmack. Das Land gefällt mir ja gar nicht mal so schlecht, sie geben sich redlich Mühe, einen zum Lachen zu bringen, woher also dieses schale Gefühl *danach*? Warum diese resignativen Verkehrsschilder, die überall hinführen (Tutte le direzioni), es ist ihnen egal, wohin man kommt, es ist auch nicht die Tatsache, dass sie einen dauernd bescheißen, diese albernen Copertagebühren, Esszoll, geschenkt, es ist das dauernde Essen selbst, man wird ganz stumpf, dazu das Gebrabbel um nichts, das Starren ins Nichts, dieses ganze cremige Leben an der Oberfläche, am richtigen Leben vorbei, diese Pause im Dasein, das ganze Theater, verdammt, es ist da draußen nicht so, wie ihr das hier spielt. Und dann ist man ganz froh, dass man mit Ryan Air zurückfliegt, Alghero–Bratislava (20 €), das dreckige Ticket in die Realität, freie Platzwahl, drängelnde Verbrutzelte, ihre Koffer mit Frischhaltefolie umwickelt, die Flugbegleiter in ihren abgewetzten, fadenscheinigen Uniformen verkaufen gedemütigt Rubbellose und Telefonwertkarten (die der Kapitän marktschreierisch anzupreisen gezwungen ist), selbst Italienern wäre dieses Schmierentheater zu stillos und peinlich, sie schminken ihre Schamlosigkeiten wenigstens, und der schale Geschmack ist nichts anderes als der Neid, der uns beißt, dass es uns einfach nicht gelingt, sorgenfrei Sorgen zu haben und in einer stehenden Uhr den Hinweis zu sehen, dass alles Streben sowieso keinen Sinn hat, wir alle sterben, warum geben wir also nicht all unser Geld für ewiges Essen aus und verbrauchen unseren Sauerstoff für endlose Reden?

Der erste Platz ist gar nicht schlecht

> *Du kannst ein Land verarschen,*
> *aber nicht die ganze Welt.*
> Albert Oehlen

Oslo ist keine schöne Stadt. Nein, das ist viel zu verzagt formuliert, Oslo ist scheußlich, völlig verbumfeit, wie Duisburg und Tiraspol, die Hauptstadt von Transnistrien, zusätzlich hat Oslo so etwas verblüffend dörflich Verranztes. Aber man kann von einem bis vor kurzem armen Kartoffel- und Kabeljaustaat, der quasi über Nacht zu märchenhaftem Reichtum gelangt ist, nicht verlangen, dass er elegante Lösungen parat hat, wenn es an den Bau einer richtigen Stadt geht, hier hat man alles hingestellt, was man bekommen konnte, sogar einen riesigen Tiger auf den mit großen Scharen von Drogenwracks bevölkerten Platz vor dem Bahnhof. Gut, sie haben dieses herrliche expressionistische Backsteinrathaus und jetzt die große weiße Geste von einer Oper vom Baukollektiv *Snøhetta*, aber in deren Schatten ducken sich die Elendsquartiere ästhetischer Analphabeten. Knut Hamsun hatte schon recht, die Norweger können *Stadt* nicht, da gehören sie nicht hin, sie bleiben Dorschköpfe. Er, der zeitlebens den Segen der Erde gepriesen hat, würde jetzt, nach den Segnungen des Öls, noch viel mehr Gründe haben, gegen Bürger, Snobs und Taschenspieler zu wettern («Diese genügsamen, Süßigkeiten naschenden Studenten, die glauben europäisch ausschweifend zu sein, wenn sie einem Nähmädchen auf die Brust patschen»), die alles Fragwürdige haben wollen, was ein zu rascher Reichtum an Tand und Verlockungen so anzubieten hat.

Wer dieser Tage durch die Gassen Oslos schnürt, Hamsuns erschütterndes Meisterwerk *Hunger* vor dem geistigen Auge, ahnt, dass nicht allein der physische, eher noch der psychische Hunger gemeint sein muss, der als ein diffuser Wunsch nach Identität in den Norwegern nagt. Wer sind wir eigentlich, wodurch definieren wir uns? Durch Lutefisk, in Ätznatron gewässertem glibbrigen Stockfisch?

Der Bahnhofstiger soll übrigens, man will es nicht glauben, die Stadt als so kraftvolle wie wendige Großkatze symbolisieren. Es gibt aber auf dem Stortorget (Marktplatz) auch ein Denkmal für drei Hühner.

Der Eurovisionssongcontest war in die Stadt gekommen. Das, was für Klagenfurt der Bachmannpreis und für Monte Carlo die Formel 1 ist, ein klobiges Großereignis wird in eine Stadt gehebelt, ein logistischer Kraftakt, der sie erhitzt wie eine Konfirmandenfreizeit.

Musik ist von jeher identitätsstiftend, aber was kennt man musikalisch von Norwegen? Die Keimzelle des Black Metal (Darkthrone, Gorgoroth, Burzum), sinistre Kirchenanzünder, sich gegenseitig abmurksende, nihilistische Galgenvögel, das ist ja an sich schon mal ein guter Ansatz, aber nicht massenkompatibel: Alle wollen immer lachen und fröhlich sein; dass in Black-Metal-Kreisen das Lachen verpönt war, ist offenbar der Grund, warum dieses Genre inzwischen mausetot ist. Die Scherzkekse haben gewonnen.

Niemand wird die Sinnhaftigkeit des Songcontests in Frage stellen, nämlich für einen Abend etwas zu konstruieren, das gleichermaßen aufgeplustert wie lächerlich ist, bis in die letzte Faser schwul und unverdrossen tut, als gebe es ein vereintes Europa. Eine irisierende Illusion wie eine Seifenblase, in der Summe etwas absolut Großartiges. Jeder,

der das nicht kapiert, ist ein verdammter Idiot, vermutlich mit einem Pansen anstelle seines Herzens.

Als Norwegen 2009 mit einem schmächtigen, fiedelnden Bürschchen namens Alexander Rybak den Songcontest in Moskau gewann, war das genau die Zäsur für eine zuletzt durch osteuropäischen Oligarchenpop dominierte Farce. Der seifige Russe kaufte sich seinen Sieg einfach, teurer amerikanischer Produzent (Timbaland), Stehgeiger kratzt auf einer Stradivari, Eistanzweltmeister Jewgeni Wiktorowitsch Pljuschtschenko eiert auf Minimalstradius um ihn herum wie ein sterbender Brachvogel. Nun ist der ESC wieder nach Hause gekommen. Dass Rybak ein russischer Emigrant und geschickter Assimilant ist, half sicher, ihn kompromisslerisch zum Schnulzenprinz für ein Jahr zu küren.

Jetzt also Oslo. Der Schlagerjahrgang war ein solider, auffallend wenig Müll, ein kleiner Zwischenfall nur, während des spanischen Beitrags schlich sich ein Flitzer mit Schlumpfmütze auf die Bühne und ahmte den Sänger nach, was außer ihm niemandem auffiel, für Rumänien sang ein Mann, der wie ein Schuhschnabel seltsam war, des Schweizers (Michael von der Heide) mimikreicher Vortrag und seine rudernden Gesten konnten nicht von seinen enormen Henkelohren ablenken, das Aussehen ist ja so unwichtig nicht, Kleidung, Frisuren und Gebisse, Gesten und Spasmen, alles zählt mit, eingedenk der Frage: Würde man diese Musik etwa hören wollen, wenn man sie nicht sehen könnte? Dieses Jahr gab es beachtlich viele Geigen (man kopiert immer das, was im Vorjahr erfolgreich war), relativ viele Lieder, die sich bedeckt hielten, so als wüssten sie selbst nicht genau, welches Genre sie nun eigentlich bedienen sollen, irgendein Teil davon wird schon mit irgendeinem aktuellen Trend kompatibel sein.

Und dann gab es die neunzehnjährige Lena Meyer-

Landrut. Lena, eine Art höhere Tochter, sie ist aus Hannover an der Leine, der modernsten Stadt Deutschlands, die Scorpions kommen aus Hannover («Take me to the magic of the moment, on the glory night, where the children of tomorrow, dream away, in the wind of change»), desgleichen der gedrungene Altkanzler Gerhard Schröder («Hol mir mal 'ne Flasche Bier»), ja, von außen betrachtet: ein Stigma. Aber Stigmata sind doch dazu da, abgeschüttelt zu werden, und nicht, dass man mit ihnen Mitleid heischt, wie Jesus es tat. Lena macht das auf den ersten Blick relativ gut, auch wenn der groteske englische Dialekt beim Singen, ein lautverschiebendes Gelalle, das an Dick van Dyke, den schmuddeligen Rauchfangkehrer in «Mary Poppins» erinnert, und ihre Pippilangstrumpfhaftigkeit fassungslos machen. Die braucht sie aber, um ihre bestürzende Unsicherheit und Hilflosigkeit zu kaschieren. Erschreckend auch, dass sie sie von der fünfzigjährigen Nena hat, zurückimportiert in ihre Generation, Nena, die damit schon seit 30 Jahren gewaltig nervt, und davor war es, der Vollständigkeit halber, Inge Meysel. Aber wie soll sie anders als «frech» sein, wenn sie erst ein paar Wochen vorher in dieses grelle Licht der Aufmerksamkeit und des erdrückenden medialen Interesses gestoßen worden ist.

Lenas stärkster Konkurrent war eine griechische Testosteronschleuder namens Giorgos Alkeos, eine Art strammer Karussellbremser, der mit seinem markerschütternden Schrei, einem Geräusch, das einen durchfuhr wie ein Elektroschock, Europa das Fürchten lehren sollte: «Opa!» Opa heißt in etwa *Los geht's!*, er hat auch einmal ein Lied namens «Opa Opa» geschrieben, für Elena Paparizou, die vor fünf Jahren den Songcontest gewann (Deutschland wurde Letzter). Nun aber dieser Schrei: Die Parallele zum im finsteren Wald pfeifenden Kind drängt sich einem auf, der

Tanz auf dem Vulkan, man wundert sich über die Absenz von Dezenz, aber ist ja nur Unterhaltung, Nabelschau war gestern oder ist dem Griechen vielleicht genetisch gar nicht gegeben.

Lenas Mentor und musikalischer Ziehvater ist Stefan Raab, der Mann, mit dem unbedingten Willen zum Sieg (Motto: «Der Drops ist noch nicht gelutscht») und einer Vision: qualitätsvolle Musik, die sich durchsetzen muss. Er bleckt seinen modifizierten Bukkalkorridor (32 Zähne, alleine oben), als würde er den Spatz von der Leine zum Gewinn durchbeißen wollen, und der Sieg ist ihm dann ja auch eindrucksvoll gelungen, auch wenn Raab bei jeder Gelegenheit im Vorfeld betonte, dass man schon mit einem achten Platz «hochzufrieden» wäre. Der Platz, auf dem der virile Grieche dann landete.

Eigentümlich war indes, dass, als Lena ihren ambitionierten Siegertitel *Satellite* (gesungen Say-teloit) abermals darbot, im Pressezentrum nicht Ausgelassenheit und kollegialer Jubel seitens der anderen Delegationen herrschte, sondern eine eigentümlich erstaunte Stille, und man wurde sich bewusst, wie künstlich ihr Song eigentlich ist. Natürlich ist hier *alles* grotesk künstlich, übertrieben und extra für diesen Abend inszeniert, aber Lenas Authentizitätsanspruch passte schlecht in den Rahmen, der noch schiefer wurde, als in der anschließenden Pressekonferenz Raab und sein Schützling wie Schumi Sektflaschenfontänen auf Presse und Fans schäumten und die angereisten deutschen Schlagerhooligans «So ein Tag, so wunderschön wie heute» skandierten. Und als Lena zu einer englischen Frage auf Deutsch sagte, sie möchte jetzt doch lieber in ihrer Muttersprache antworten, da geriet dann kurzfristig ihre Trotzköpfigkeit in ein blasiert trottelhaftes Guido-Westerwelle-Fahrwasser, auch wenn sie kurz drauf wieder in die bekannte jahrzehntelang einprogrammierte deutsche Unterwerfungsmechanik verfiel und ihren Sieg mit «Der erste Platz ist gar nicht schlecht» kommentierte. Gleichwohl wurde sie darauf, wie sie es sich vorher vermutlich nicht einmal ansatzweise auszumalen in der Lage gewesen wäre, zum Werkzeug eines gruseligen, gierigen und gefräßigen Partydeutschlands (Motto: «Wir lassen uns das Singen nicht verbieten»), eingemeindet in eine Gruppe mit Jürgen von der Lippe, De Höhner, Oliver Geißen, Jürgen Milski (der Feinblechner aus dem Big «Brazzer» Container), Elke Heidenreich, HP Baxxter, Blixa Bargeld und Horst Lichter, immer «gut druff», die Anti-Miesepeter-Liga.

Im Zubringerbus von der Telenor Arena in Bærum zurück ins Städtchen schimpft Hape Kerkeling wie eine Rohrdommel (er sitzt direkt hinter mir, ich spüre seinen warmen Atem in meinem Nacken). Er will sich nicht damit abfinden, dass der grauenvolle niederländische Beitrag «Ik ben verliefd (Sha-la-lie)» von Sieneke, geschrieben von Vader Abraham, wie ein Ziegelstein im Ozean versunken ist. Für ihn war er ein ganz klarer Favorit, und man weiß nicht recht, meint er das ernst? Dreht der ansonsten ja sehr integre Recklinghausener jetzt vollkommen durch? Aber man ahnt, dass er hier hinter einer offensichtlich ironischen Maske nur schwer seine Inkompatibilität mit der *Raab-Lena-Linie* zu verbergen sucht. Er ist noch dem alten, längst überholten schlageroiden Modell verhaftet, Federboas, Trickkleider, alles, was dem Schrillen innewohnt, und zusätzlich im Falle Sienekes: Drehorgel, Schunkeldrangsal, Mummenschanz, Budenzauber also. Kerkeling schnaubt, wird laut, sieht aus wie ein angeschossenes Flusspferd, die Fahrgäste schauen indigniert in ihre Vordersitztaschen, ein burmesisches Fernsehteam (ja, man glaubt es nicht, aber die sehen das, der Songcontest ist dort äußerst beliebt, so wie auch in Australien und Kasachstan) filmt ihn, er scheint es zu genießen, es geht ihm sichtlich besser, solange er ein Publikum hat.

Oslo an Wochenenden ist infernalisch. Hier ist man schon lange nicht mehr gut drauf, hier ist man weiter, hier gerinnt der Frohsinn zu übersäuertem Stress, alles muss extrem laut sein, alles ist voll, die Schlangen vor den Lokalen sind lang und bewegen sich nicht, die kataleptischen Betrunkenen wie Gehirnentkernte, die im Lärm Hoffnung suchen, mit unendlich langen Augen in ihre Handydisplays starren und sich dem Unglück beugen, ein destruktiver Frohsinn, der betrübt macht und Knut Hamsun recht gibt, die Stadt mit ihren Versprechungen bekommt ihren Einwohnern nicht: «Worte wie große feuchte Ungeheuer wimmeln aus ihren Kindermündern, in der Nacht, die keinen Boden hat, die sie nicht begreifen können.»

Am nächsten Tag, wenn alles vorbei und verdunstet ist, Songcontestsirup, Terrorwochenende, Dorfelend, und dringend Trost nötig ist, setzt man mit der Fähre von Aker Brygge über nach Gressholmen, der Kanincheninsel. Nager, denkt man, geht das alles nichts an, was interessiert sie die Verwandtschaft Lenas mit Inge Meysel? Lasst Nager um mich sein, und ich finde wieder den Weg zurück zu mir, nagend. Nagetiere stellen rund 42 Prozent aller Säugetierspezies und sind somit die bei weitem artenreichste Ordnung dieser Gruppe. Wenn es «drauf ankommt», wir «es» also vermasselt haben, sollten wir paar Überlebenden uns schon mal einen starken Bündnispartner suchen. Aber auf Gressholmen (deutsch «kleine Grasinsel») sind sie verschwunden, alle weg, wo sind sie? Man bricht sich schnell noch den Fuß, auch das noch, weil man in einen leeren Bau getreten ist, und das war's dann. Der Knöchel schwillt blau an, so hat man wenigstens noch ein Mitbringsel. Das letzte

Mal, als man hier in Oslo ankam, war am Tag der Ankunft «Der Schrei» geklaut worden, Edvard Munchs Schreibild, auch ein hübsches Souvenir, jetzt also Knochenbruch. Im Munchmuseumsshop gibt es einen aufblasbaren Schrei, aber den will man nicht, den hat doch schon jeder, die ganzen stillosen Ironiker.

Was soll man noch sehen, wohin lässt sich's noch humpeln mit dem blauen Fuß? Oslo hat natürlich noch zwei ganz wichtige Stätten zu bieten, beide praktischerweise nahe beieinander: Willy Brandts alte Exilwohnung in der Hollendergata 2, hier entstand vermutlich seine Tochter Ninja, heute Direktorin eines Montessori-Lyzeums, gleich um die Ecke die legendäre ehemalige Black-Metal-Bedarfshandlung Helvete (Hölle), in der Schweigaards gate 56. In dem grimmigen Laden, der Anfang der 1990er betrieben wurde, war Lachen verboten. Inzwischen ist es ein vietnamesischer Imbissladen, Bustouren führen nostalgische Metalclowns mit *Corpse Paint* im Gesicht hierher, ratlos stehen sie vor der Vitrine, in der ein paar frittierte Frühlingsrollen korrodieren. Jeder der kauzigen Besucher bekommt einen in Esspapier eingewickelten Weichbonbon mit Sauersackgeschmack (die Frucht ist auch bekannt als Stachelannone), sie suchen Hausmauern und Klowände nach Inschriften oder Pentagrammen aus alten Tagen ab. Die unmittelbare Nähe beider Kultstätten kann nicht über ihre vollkommen diametral entgegengesetzten ideologischen Schwingungen hinwegtäuschen. Franz Josef Strauß fragte einst in düsteren Zeiten demagogisch den visionären Kanzler, was er zwölf Jahre lang «draußen» gemacht habe, um für seinesgleichen zu antworten: «Wir wissen, was wir drinnen gemacht haben.» Auch weiß man, was die Betreiber und Besucher des Helvete gemacht haben, im Keller schmutzige Lieder geprobt und oben schmutzige Gedanken realisiert. Als der Sänger der Hauscombo Mayhem, der tote Tiere sammelte und deren Verwesungsgeruch einatmete, der stets seine Kleider ein paar Monate vor Auftritten vergrub, damit sie einen modrigen Hautgout bekommen, Per («Pelle») Yngve Ohlin, alias Dead, sich 1991 das Gehirn wegschoss («Excuse all the blood»), kochte sich Plattenladenbesitzer Øystein «Euronymous» Aarseth aus Pelles Bregen ein leckeres Süppchen und sammelte die Schädelsplitter ein, als Talismane für die Treusten der Treuen. Später tötete ihn der dort ebenfalls herumhängende Brandstifter Count Grishnackh, indem er ihm ein Messer durch den Kopf trieb. Und auch den, beziehungsweise *diesen* Black Metal gibt es inzwischen nicht mehr, er ist zum Zirkus für Kinder (Cradle of Filth) verkommen, verschwunden wie die Kaninchen auf der Grasinsel, schade eigentlich, man hätte das eventuell als extremes Schlagerkontrastprogramm gebrauchen können. Zumindest ist der Fußknöchel wieder abgeschwollen, war wohl doch kein Bruch. So nimmt man wenigstens gar nichts als Souvenir aus Oslo mit, hatte man ja sowieso nicht vorgehabt. Auf dem Rückflug fällt einem ein, was im Juni 2003 ein Sicherheitsbediensteter des Stuttgarter Flughafens im Handgepäck der vielleicht bekanntesten Band Norwegens, den gottgleichen Deathpunkdiktatoren *Turbonegro* («Rendezvous with anus»), fand: einen 45 Zentimeter langen Dolch, der in den Spazierstock des Sängers Hank van Helvete eingearbeitet war. Obwohl der Stockdegen nach Angaben der Band zum Bühnenoutfit gehörte, ließ sich ein Freund der Band ersatzweise verhaften und später gegen Kaution wieder freilassen. Bassist und Hauptsongwriter Happy Tom kommentierte den Vorfall wie folgt: «In was für einer Welt leben wir, in der Männer mit langem schwarzen Haar und langen schwarzen Bärten keine 45-Zentimeter-Dolche mehr in Flugzeuge mitnehmen können?» Tja, manchmal ist es doch auch ganz gut, etwas aus der Fremde *nicht* mitzunehmen. Wäre der «Schrei» ein gutes Souvenir gewesen oder Schädelfragmente eines Nekromantikers namens Pelle? Ist denn Lenas Sieg ein gutes Mitbringsel?

Heute wissen wir, dass es nicht so war. Der erste Platz ist zwar «gar nicht schlecht», eben, deshalb ihr leicht bescheidener und vermutlich gar nicht mal so falscher Unterton, aber gut muss er auch nicht gleich automatisch sein, so wie die Griechen einen Sieg mit ihrem Opa noch viel zerknirschter hätten heimnehmen müssen, denn ein paar Monate später werden sie vollkommen pleite sein, bankrott, wie hätten sie so eine aberwitzig teure Schlagersause ausrichten sollen? Die Akropolis, ein paar südliche Sporaden oder das Moussaka-Originalrezept verkaufen? Hinkünftig wird es so sein, dass der schönste Sieg beim Songcontest der Vizesieg sein wird, und in Oslo wurde man erstmals so richtig gewahr, dass die fürderhin ausrichtenden Nationen schwer unter Erklärungsnotstand stehen werden, angesichts der galoppierenden Rezession in Europa. Sie werden die Verlierer sein, vielleicht zieht der Zirkus ja an Europa demnächst gnädig vorbei, weiter nach Australien, Kasachstan oder Burma.

Die Tage der reitenden Leichenwäscher

Ich will auch nur ein warmes Plätzchen,
von wo aus ich Menschen für eine gute Sache
abknallen kann.
WERNER BÜTTNER

Über den Bachmannpreis existieren ähnlich viele Vorurteile, Gerüchte, Ressentiments, ja unverhohlen hasserfülltes Geraune bei gleichzeitiger und totaler Unkenntnis dessen, was da eigentlich so abläuft, wie über den Eurovisionssongcontest, mit dem Unterschied, dass wohl weit weniger Menschen bereit sind, tagsüber und sommers in der stickigen Stube zu sitzen und sich mehrere Tage klorollenlange, leiernde Lesungen mit anschließendem, vermeintlich knasterbärtigem Auseinanderpflücken des eben Gehörten durch eine lichtscheue Jury anzuhören, als, wie im Falle des Songcontests, nur einen Samstagabend Aufmerksamkeit zu investieren. Die Bachmannsiegerin von 2006, Kathrin Passig, schrieb über den Wettbewerb: «Die Tage der deutschsprachigen Literatur (wie das Kampflesen offiziell heißt) sind nicht dazu da, dem Zuschauer Kauf- und Leseempfehlungen an die Hand zu geben. Sie dienen der Verständigung über das, was wir von Texten, Autoren und Kritiken erwarten. Diese fehleranfällige, alberne, tapfere, manchmal fruchtbare und regelmäßig scheiternde Auseinandersetzung mit Texten ist die beste Literaturkritik, die wir haben.»

Beide Veranstaltungen sind raffinierte solipsistische Gewebe, da wie dort wird etwas für einen temporären Wettbewerb gebaut, das in den seltensten Fällen «da draußen»

Überlebenschancen hat, und wenn mal etwas preislos bleibt, kann es passieren, dass es außerhalb des Auftriebs danach gewaltig durchstartet (Rainald Goetz, gelesen 1983, kein Preis, heute: der ewige Suhrkampklassiker. «Volare», gesungen beim Songcontest 1959 von Domenico Modugno, nur Dritter geworden, danach: Welthit, Ohrwurm). Regel indes ist, dass Klagenfurt schon der Gipfel der Aufmerksamkeit und des Ruhmes für einen siegenden Autor war, Beispiel Urs Allemann («Babyficker») und Franzobel («Krautflut»).

Wie der Songcontest beginnt auch Klagenfurt mit einem lustvoll zelebrierten, starren Ablauf, wozu im Vorfeld ein Bekanntmachen der Interpreten gehört, ein kleines biographisches Porträt, und da ist bei den Autoren ein auffälliges Kokettieren mit artfremden Tätigkeiten zu beobachten:

Volker Altwasser arbeitete als Elektronikfacharbeiter, als Heizer und Matrose, Peter Wawerzinek als Totengräber und Tischler, Kevin Vennemann (gelesen 2006) hat «in Köln, Innsbruck und New York als Totengräber, Fließbandarbeiter, Kellner, Aushilfslehrer für Deutsch und Englisch sowie als Hotelportier» gearbeitet.

Die Beliebtheit des Totengrabens und Leichenwaschens unter Autoren ist schon erstaunlich. Roger Graf, der als Leichenwäscher, Baumwollpflücker, Landstreicher und Mittelgewichtsboxer gearbeitet hat, überbietet Vennemann allerdings locker. Auch internationale Autoren scheinen schillernde Biographiezierleisten zu faszinieren: Douglas Adams hat Hühnerställe ausgemistet, war Leibwächter bei einem Emir und Gitarrist bei Pink Floyd. Charles Bukowski war Leichenwäscher, Werbetexter, Nachtportier, Sportreporter, Hafenarbeiter, Zuhälter, Briefsortierer und Tankwart. Schade, dass Adams und Bukowski nie in Klagenfurt gelesen haben.

Frank-Wolf Matthies (gelesen 1981) war Fernsprechhelfer, Schwimmhallenmaschinist, Kellner, Taxifahrer, Leichenwäscher, Kameraassistent und Grabenzieher. Feridun Zaimoglu (gelesen 2003) hatte ebenfalls den Bogen raus: «Ich arbeitete als Schlachter bei Nordfleisch, ich fuhr frühmorgens Brötchen aus, ich spülte Pfannen und Töpfe in einem sehr noblen Hotel oder ließ mich als Landvermesser einstellen.» Interessant, dass sich nur männliche Autoren bemüßigt fühlen, ihre Viten mit solch biographischem Stuck zu schmücken.

Beim Songcontest hingegen findet man eher weniger singende Leichenwäscher, und das ist vielleicht auch gut so.

Ein zweifellos weit unappetitlicherer Aspekt des Bachmannkampflesens als die sinistren beruflichen Werdegänge sind die filmischen Porträts, die dem Lesegeknatter vorangestellt werden. Hier herrscht eine altbackene Ästhetik vor, die einen rätseln lässt, wie schwach das visuelle Ästhetikempfinden der Autoren so sein muss, dass sie das alles mit sich machen lassen. Klischees direkt aus der Schnittbildhölle, beschriebene Seiten werden zerknüllt und / oder weggeworfen und / oder vom Wind davongeweht, Saxophonmusik, Rolltreppen, Rollbänder, Aufzüge, Großaufnahmen gehender Füße, Spiegel, Spiegelungen, zerbrochene Spiegel, Brillengläser, Zettel auf Waldböden, Brücken und so weiter, man beneidet seine Augen nicht unbedingt, eher noch schämt man sich für sie.

Die Zusammenkunft selbst macht diese kurzen Qualen aber wieder wett. Wie eine Horde qua Zuckerschock (Hypoglykämie) aufgekratzter Kinder fallen die Literaturaficionados ein, vom eigentlichen Klagenfurt dabei weitestgehend ignoriert. Alle Verlage schicken Abordnungen, Lektoren, Agenten, Parlamentäre, gleichsam Sendboten aus dem All, um hochkonzentriert einem Ritual mit eigenen okkulten Regeln und Gesetzen beizuwohnen. Wenn Archäologen dermaleinst hier graben, werden sie vermutlich das finden, was man in den Gebirgshöhlen von Bajan-Kara-Ula gefunden hat. Dort, an der Grenze zwischen China und Tibet, liegt ein unzugängliches Gebirgsland, das etwa so groß wie Kärnten und eine der einsamsten Regionen Chinas ist. 1937 fand ein chinesischer Archäologe in einigen Felshöhlen exakt ausgerichtete Gräber. In ihnen Skelette von genau 1,30 Metern Größe. Die Skelette sind sehr zierlich, mit besonders dünnen Knochen und im Vergleich zum restlichen Körper extrem großen Köpfen. Folgt man den uralten chinesischen Sagen, dann sollen vor etwa 12 000 Jahren sehr kleine und dünne gelbe Menschenwesen aus den Wolken herabgestiegen sein. Aufgrund ihres hässlichen Aussehens wurden sie von den Menschen aus der Region gemieden und von ihnen sogar zu Pferde gejagt. Die schnellen Rösser, die stehen 12 000 Jahre später logischerweise für das jährliche Golf-GTI-Treffen am Wörthersee, welches naturgemäß um ein Vielfaches populärer ist als die Literatursause (Gib Gummi!).

Ein schöne Bereicherung des Wettkampfes sind die angereisten Literaturhooligans. Es gibt eine Gruppe, die sich *Free Ernst Grandits* nennt, nach dem soignierten, immer etwas verstrahlt wirkenden Diskussionsleiter früherer Jahre, den man sich offenbar zurückwünscht. Es gibt ein Bachmannwettschwimmen im Wörthersee, organisiert von einer anderen Gruppe, die behauptet, die Literatur sei nur das Begleitprogramm ihres Schwimmens, es wird ein Fußballspiel veranstaltet, Autoren gegen ORF-Techniker, bei dem in schöner Regelmäßigkeit die Techniker gewinnen, es gibt sogar einen Sonderpreis eines Weblogs namens Riesenmaschine, das sich bei den Textbergwerken wühlmausartig ins Detail gräbt und Klischees, Parataxenstakkati oder Sätze wie «Da kommt Franz, der, wie du weißt, dein Vater ist» ahndet und deren Vermeidung belohnt. Pluspunkte gibt es etwa für das Vorkommen von feuchten Frottétüchern, miefigen Sporttaschen oder von Nagetieren in den Texten.

Und dann gibt es natürlich auch noch das eigentliche Lesen. Und das war im Jahre 2010 seltsam temperamentlos matt, bürokratisch, sodass es auch bei der Jury unter Vorsitz des charismatischen Burkhard Spinnen, dessen lauernde und zuschlagende Spinnenhaftigkeit die beste ist, die man bekommen kann, ungewohnt zahnlos zuging. Gut, Spinnen haben keine Zähne, aber man vermisste die Reibungshitze vergangener Jahre. Die war verpufft, einzig Juror Hubert Winkels ließ dann und wann Gehirnkapriolen und Souveränität im Urteil erkennen, bewies Mut zum Zausen, Karin Fleischanderl hingegen, die nicht nur so heißt, wie sie aussieht, sondern auch so ist, wurde zu oft rabulistisch nur um der Rabulistik wegen, aber auch das blies den Wind nicht in die Glut. Juror Alan Claude Sulzer hingegen verschlief, wie es schien, die gesamte Veranstaltung.

Bei den Autoren waren natürlich alle gespannt auf die Vorarlbergerin Verena Rossbacher, sie wurde von fast allen Wettbörsen als Favoritin gehandelt. Von ihr ging die Aura einer Melusine aus, ihr Vortrag erinnerte dann jedoch, wie Jurorin Meike Feßmann zu Recht anmerkte, an den Krach einer Vuvuzela. Es half nichts, dass die anämische Autorin auftrat wie Nadine Hurley, dir Irre mit der Augenklappe aus David Lynchs «Twin Peaks», die die total geräuschlose Gardinenschiene entwickelt hat, sich aber gebärdete, als wolle sie ihre Hörer und Leser hypnotisieren und dann lebendig aufessen.

Sie zerstörte durch die Art des Vortrags ihren eigenen Text. Immerhin kam ein Romanesco vor, dieser stinkende

Kohl, der zu den wenigen Pflanzen gehört, die «in ihrem Blütenstand gleichzeitig Selbstähnlichkeit und damit eine fraktale Struktur sowie wunderbare Fibonacci-Spiralen aufweisen» (Eleanor Abernathy, «Blühendes Konfekt», KiWi). Dafür einen Pluspunkt von der Jury der Riesenmaschine. Ansonsten ging Rossbacher leer aus. Den Bachmannpreis gewann, wie bekannt, Peter Wawerzenik, der Totengräber, mit einem soliden wie erschütternden Text über eine Kindheit in ostdeutschen Waisenhäusern.

Nächstes Jahr wird dann wieder gegraben, gewaschen, geschwommen, gelesen und in einigen Fällen sogar gewonnen.

Ausgedzongt in Shangri-La

Die Sehnsucht wird immer groß sein, größer als die Befriedigung durch das Erreichen des Ersehnten. Ich würde einen Atlas heute noch jedem Reiseführer vorziehen.
JUDITH SCHALANSKY

Der Zoo von Thimphu, der Hauptstadt Bhutans, ist erfrischend monothematisch. Er reduziert sich darauf, ein einziges Tier *auszustellen*, wenn man so sagen darf und Tiere damit nicht herabwürdigt. Dieses Tier ist Bhutans Nationaltier, der Takin, man könnte das Mitleid nennen, Mitleid mit einem Geschöpf, das von ästhetischen Gesichtspunkten her neben keinem anderen Tier, außer vielleicht dem Warzenschwein oder dem Pillhuhn, nun ja, attraktiv aussieht. Andererseits, wer bestimmt denn, was Attraktivität und Schönheit ausmacht? Die Tiere selbst mit Sicherheit nicht. Der Takin sieht aus wie eine Resteverwertung des Schöpfers, mitleiderregend und seltsam unproportioniert, halb Elch, halb Wombat, mit dicken Füßen wie ein Nashorn, abschüssigem Rücken und einem gefährlich schlingernden Gang, so als könne es jeden Augenblick umkippen. Es bricht einem das Herz, man kann seinen Blick kaum abwenden, man möchte es am liebsten erschießen – aus Gnade. Nun drängt sich natürlich die Frage auf, ob man den Takin (auch Rindergämse oder Gnuziege genannt) essen kann, ob er in Bhutan gegessen wird, die Franzosen und Australier essen ihre Nationaltiere ja auch. Sie essen ihn natürlich nicht. Wenn man schon so unvorteilhaft aussieht, soll man auch in Ruhe gelassen werden, auf dem Teller zu landen ist nicht die Art Aufmerksamkeit, die diese Tiere sich ersehnen. Außerdem sind die Bhutanesen (Bhotias) Buddhisten und töten demnach keine Tiere (sie essen sie nur). Das Schlachten müssen andere erledigen, Inder, entweder vor Ort, versteckt im finsteren Winkel, oder man importiert die Ware, dann liegen in den Meat Shops neben einem krummen Kuhbein auch ein paar dieser entsetzlichen Pangasiusfischkadaver, von Fliegen bewacht.

Nach Bhutan als normaler Tourist einzureisen ist so einfach nicht. Alle Aufenthalte sind von den Reiseunternehmen Bhutans organisiert und kosten derzeit pro Tag 240 US-Dollar für Einzeltouristen (bei Gruppenreisen können sich die Kosten auf 200 US-Dollar pro Person reduzieren). Dazu kommt das Visum. Oder man ist ein sogenannter Consultant, also ein Gast der Regierung beziehungsweise des Königs, dann entfällt dieser Zwangsumtausch, und wenn man geschickt ist, also einen glaubwürdigen Auftrag hat, lässt sich das auch arrangieren. So hält König Jigme Khesar Namgyel Wangchuck die nassauernden Rucksacktouristen vom Land fern, als Teil des Bruttonationalglücks, ein Ausdruck, den sein Vater Jigme Singye Wangchuck 1972 prägte. Er soll den Lebensstandard in ganzheitlicher, humanistischer und psychologischer Weise definieren und somit dem herkömmlichen Bruttonationaleinkommen, einem ausschließlich durch Geldflüsse bestimmten Maß, einen holistischeren Bezugsrahmen gegenüberstellen. Aber in diesem diffusen Rahmen ist auch und immer noch genügend Platz für Hexenverfolgung, Kindesmisshandlungen in Klöstern, Vertreibung von Hunderttausenden sogenannten Non Nationals, nepalesischstämmigen Bhutanern, immerhin einem Sechstel der Bevölkerung, und eine Währung (Ngultrum), die, frisch aus dem Geldautomaten kommend, verblüffend nach der Mark der DDR riecht. Angenehm an der rigorosen Tourismuspolitik ist indes, dass wohldosiert hauptsächlich begüterte Gruppen von Deutschen, Schweizern, Japanern und Amerikanern ins Land sickern, die nichts kaputt machen, alle auf der Suche nach dem sagenhaften Shangri-La, dem Land der Leidenschaftslosigkeit, das hier irgendwo sein muss, ein Ort, von dem sogar Heinrich Himmler schwärmte, der es als ein Paradies von Übermenschen sah, noch unverdorben durch die buddhistische Dekadenz. Der Reichsführer SS sandte insgesamt sieben Expeditionen nach Tibet, erfolglos.

Mein Auftrag hingegen besteht darin, eine Ampel nach Thimphu zu bringen. Das ist mein Beitrag zum Bruttonationalglück, die Stadt ist ja bekanntlich die einzige Hauptstadt der Welt ohne Ampel (beliebte Quizfrage), das heißt, es gab sogar mal eine, und zwar an der Kreuzung Nordzin Lam und Chhoten Lam, da wo der schicke bunte Holzpavillon in der Mitte steht, in dem ein Verkehrspolizist mit weißen Handschuhen und Gamaschen den Verkehr regelt. Vor einiger Zeit wurde der durch eine Ampel ersetzt, aber das fanden die Bewohner nicht so gut, zu unpersönlich, und das Häuschen wurde wieder errichtet, jetzt steht da aufs Neue einer und regelt mit weichen, wischenden, eher uneindeutigen Gesten. Manchmal kommt er auch heraus und macht eine Art Moonwalk, aber direkt als Regeln kann man das nicht bezeichnen, der Verkehr fließt auch so organisch um das Häuschen und um die auf dem Platz liegenden Hunde herum, während immer ein paar Leute dastehen und ihm zusehen, was er da für eine Show aufführt. Er könnte auch mit zwei Handpuppen ein kleines Stück inszenieren, am Verkehr würde das ebenso wenig ändern, und das Publikum bekäme mehr geboten. Aber jetzt bin ich mit meiner Ampel da. Diese Kreuzung ist natürlich tabu, ich muss mir eine andere Stelle suchen, und so wie jetzt in Thimphu gebaut wird, findet sich sicher ein Ort, Thimphu boomt, die Stadt hat einen enormen Zuzug. Mit den Leuten kommen die Autos, und Wohnraum wird gebraucht, was zur Folge hat, dass in kürzester Zeit all die kleinen, eingeschossigen Häuser mit ihren höhlenartigen Geschäften abgerissen und durch mehrgeschossige ersetzt werden, das Ortsbild ändert sich gerade rasant und komplett, und daran ändert auch nichts, dass ein königliches Dekret zu befolgen ist, demzufolge jedes neue Haus traditionelle Elemente aufweisen muss, Erker, Fenster und Dächer einem bestimmten Muster zu folgen haben, selbst wenn dann schauerliche verspiegelte Glasfassaden davorgeklatscht werden, als Zitate einer fragwürdigen Moderne, wie man sie in Dubai, Schanghai und Astana, Kasachstans unheimlicher Retortenhauptstadt, gesehen hat. Und unten in die neuen Häuser kommen Supermärkte rein, die «8-Eleven» heißen, in ihnen wird *Snow-Whitex* Klopapier, Starkbier der Marke *Druk 11000* und getrockneter Yakkäse verkauft, das ist das Einzige, was man der Zerstörung alter Bausubstanz abgewinnen könnte, aber man hat auf Reisen schon mehr gelacht, und der Yakkäse ist steinhart und schmeckt nicht.

Ich fahre, bevor ich hier meine Ampelmission finalisiere, erst einmal nach Punakha, da muss man hin, da steht ein bemerkenswerter Dzong (Klosterfestung), er gilt als herausragendes Beispiel («Schmuckstück» steht bei Wikipedia) der Klosterarchitektur Bhutans. Man fährt einige Stunden über löchrige Serpentinen, überall staubt es, in ein Autorückfenster hat jemand «Good morning, plez uncle wash me» in den Staub geschrieben. Dauernd kommen einem LKWs der Marke Eicher (ehemalige bayrische Traktor- und Lastautofabrik) entgegen, aus Indien, voll mit Pangasiusfischen vermutlich, die Straßen werden da und dort von tamilischen Straßenarbeitern (Bhotias machen so etwas nicht) geflickt, sie kochen an uralten, wie Insekten aussehenden Teerkanonen Asphalt, alte Plastikflaschen, zu Granulat zermahlen, werden untergehoben, macht den Belag angeblich geschmeidiger. Die Millionen Swarowski-Katzenaugen, die in einem Schwachsinnsanfall in der Mitte der Fahrbahn angebracht wurden, in einem Abstand von zwanzig Zentimetern, und die ein Vermögen gekostet haben müssen, waren bereits nach drei Jahren im Eimer. An den wenigen Tankstellen wird man nicht darauf hingewiesen, dass man nicht rauchen darf, weil Rauchen ja sowieso überall verboten ist (man braucht eine Art Rauchlizenz, illegales Rauchen wird mit bis zu drei Jahren geahndet). Informiert wird man hingegen darüber, dass man bitte vom Telefonieren Abstand nehmen solle. «Please avoid using cell phones while fuelling your vehicles – in order to avoid any kind of fire accident». Gemeint sind vermutlich erhitzte Gespräche. In den Flüssen stehen überall Autos, beliebter Sonntagszeitvertreib: Autowaschen im Fluss, und am Straßenrand überall Spargelverkäufer. Spargel ist hier neben Chilis und jungem Farn das beliebteste Gemüse. Im Dzong ist es phantastisch (wenn man alle Dzongs von Bhutan besucht hat, ist man *ausgedzongt*), eine Gruppe älterer amerikanischer Lesben lässt sich erschöpft durch die von Butterkerzen beleuchteten Hallen schleusen, überall hängt schwer der Geruch von Butter, und die Spendendose für die Kerzen ist ausgerechnet eine Keksdose der Marke *Danish Butter Cookies*. Das sind Witze, die kann man ganz einfach nicht erfinden. Wenn man abends wieder in Thimphu ankommt, hat man infolge durchrüttelnden Fahrens einen Muskelkater vom Sitzen.

In der Hauptstadt überall Schulkinder der Jigme Losel

Primary School, die Lose für eine Tombola verkaufen. Ich nehme gleich zehn und mache ein Schulkind glücklich, allerdings werde ich nicht zur Tombola können, so wird mein eventueller Preis, ein blauer Ball, nicht abgeholt werden, wieder mal ein Fall für meine Sammlung «Mitleid mit Dingen». Ich muss morgen auf eine Hochzeit. Mein Mann vor Ort, mit dem ich auch die Ampel pflanzen will, Bauingenieur Ösel wird mich mitnehmen. Einer der reichsten Männer des Landes heiratet eine der reichsten Frauen des Landes, ich glaube, Ösel hat mit ihm eine Schule besucht, er meint, ich bräuchte unbedingt einen Gho. Den Gho trägt jeder Mann, muss er sogar. Er ist Schüleruniform und offizielles Arbeitsgewand der Beamten und besteht aus einem bodenlangen, glockenweiten Bademantel, der mittels Gurt auf eine Rocklänge gerefft und hinten zusammengefaltet wird, bis man die Knie sieht. Vorne bauschen sich die Wülste oberhalb des Gurtes, hier lassen sich Unterlagen verstauen, Bethelnüsse, kleine Tiere und (seit 2005) Mobiltelefone. Ich habe sogar einen gesehen, der das eben gekaufte Spargelbündel darin verstaute. Zuletzt werden am Ärmel mit Sicherheitsnadeln noch weiße Stulpen befestigt. Frauen tragen einen langen Rock namens Kira, darüber ein Jäckchen aus Brokat und Augen, die sie eigentlich nur dazu gebrauchen, sie niederzuschlagen.

Ösel und zwei seiner Kollegen wickeln mich in einer Baubaracke. Das ist nicht leicht, und vor allem wird der Gurt sehr fest geschnürt, damit nicht gleich alles rausplumpst, und es wird auch nicht auf dem Hüftknochen gebunden, sondern auf Bauchhöhe, dass man sich Sorgen um Quetschungen der inneren Organe machen muss. Dazu werden knielange, sehr enge (dürfen nicht rutschen) Thrombosestrümpfe und eine Art Schnabelschuhe getragen, und dann geht's ab zur Hochzeit, die in einer Waldlichtung am Rande

Thimphus stattfindet. Auf dem Weg dorthin raunt mir Ösel zu, dass die Schwester der Braut die Miss Bhutan von 2010 sei, auch das noch, und ich hab noch nicht mal ein Geschenk. Bevor man sich in die Reihe der Gratulanten einreiht, bekommt man ein weißes Tuch, das beim Gratulieren über das schüttelnde Handknäuel gelegt wird. Man setzt sich dann auf kleine rote Plastikstühle, isst einen kleinen Snack aus geliertem Schweinebauch und trinkt dazu Cola ohne Blubberbläschen. Der Boden ist mit Fichtennadeln übersät, Arbeiter (Inder) mussten sie im Wald sammeln, damit es nicht so staubt.

Gekommen sind viele, auch der Bruder des Königs, zwei Schwestern und eine seiner vier Mütter (sein Vater hat vier Frauen), ich tippe mal auf Ashi Tshering Yangdon Wangchuck, die, die so ein eckiges Gesicht wie Hannelore Kohl hat, also Ashi Sangay Choden Wangchuck ist es schon mal nicht. Etwas abseits sitzen die Bewohner des Dorfs, aus dem die Braut stammt, alle die Zähne rot von den Bethelnüssen, eine Oma stopft einem Dreijährigen permanent präparierte Nüsse in den Mund, das Kind ist völlig überdreht und hat einen knallroten Kopf, die Miss Buthan 2010 lächelt mich an, ein höchst eigenartiger Zustand durchrieselt mich, von Seligkeit, es macht mich matt, so verschnürt, hier oben auf bald 3000 Metern, ich bekomme Stiche und empfinde eine gewisse Süße, vergleichbar jener, die einer Faulobstbrühe zu entweichen pflegt, wenn sie gärt. Ich muss weg, alles wird zu viel, Wallungen, Kurzatmigkeit, wie halten die das hier nur aus? Ich sage Ösel, dass ich, bevor wir die Ampelaktion angehen, morgen dringend noch nach Phobjikha müsse. In diesem Tal überwintern bis Ende März jährlich mehr als 260 Exemplare des bedrohten Schwarzhalskranichs, die sollen ein absolut hörenswertes Geschrei machen. Die Strecke beträgt etwa

130 Kilometer, und man braucht dafür sechs Stunden. Als ich ankomme, ist kein Kranich mehr da, knapp verpasst, nur noch einer, der wurde von einem Fuchs gebissen und kann nicht mehr fliegen, der muss hier ausharren, bis die anderen wiederkommen. Es gibt hier auch eine Art Krankerkranichlotto, man schätzt, wenn alle noch anwesend sind, wie viele von ihnen dableiben müssen, und dieses Jahr war es eben nur einer. Einen Tag vor meiner Ankunft rauschten sie ab, nach Tibet, wo sie brüten. Na ja, wenigstens noch einer, aber der schreit leider nicht, aus Kummer verstummt wohl. Ich frage den Koch im Hotel, ob man Kraniche essen könne, er schaut mich gar nicht entsetzt an und meint, ich solle ihn bringen, er würde ihn schon braten. Im Restaurant eine Abordnung eleganter Männer, man kommt ins Gespräch, und es stellt sich heraus, dass sie eine Abordnung Außenhandelsdelegierter aus dem benachbarten Bodoland sind, einer Provinz in Assam, deren Einwohner nach Unabhängigkeit dürsten. Ich frage, ob sie vom kranken Kranich gehört hätten, nein, haben sie nicht. Ob der Vogel einen Namen habe, hm. Ich sage Werner, Werner sei ein guter Kranichname, da mischt sich der übereifrige Kellner ein und meint entrüstet, dass man in Bhutan Tieren, mit denen man persönlich nichts zu tun habe, keine Namen gebe.

Phobjikha ist traumhaft, alle Hänge mit braunem, staubigem Seychellengras bedeckt, das fälschlich als Bambus bezeichnet wird, jeder sagt dazu Bambus. Die Gegend sieht aus wie eine riesige Bürste, und was man dann als schönen Ersatz für die fehlenden Kraniche sieht, das sind Wiedehopfe, immer und überall, wer hätte das gedacht, Bhutan, das Land des Spargels und des Wiedehopfs, wenn man das zu Hause erzählt, glaubt's einem kein Mensch. Und dann kommt der Koch und fragt mich raunend, ob ich einen Yartsa Guenbub haben möchte. Ich frage, was das sei, und der Mann wird noch verschwörerischer und zwinkert mit den Augen. Es sei ein Wurm, der mir guttun würde. Ich werde neugierig. Einer der Bodoländer mischt sich ein, er spricht perfekt deutsch, sogar mit fränkischem Akzent, er hat lange in Bamberg gelebt. Yartsa Guenbub sei kein Wurm, sondern ein Schlauchpilz, der aus dem Kopf von unterirdisch schuftenden Raupen wächst, er ist nur schwer zu finden, auf einer Höhe von 4000 Metern, und dementsprechend teuer, und je rarer etwas ist, desto mehr Wunderwirkung misst man ihm bei. So wird er in der traditionellen chinesischen Medizin als Tonikum angewandt, übersetzt heiße er *Sommergras-Winterwurm*, aber ich fühle mich gar nicht so schwach und verzichte auf das Myzelmysterium, man sollte ihn lieber an den kranken Kranich verfüttern.

Ich muss zurück nach Thimphu, meine Ampel aufstellen, darum verabschiede ich mich vom Bürstental, von den Bodoländern und wünsche dem Kranich viel Glück.

Im Hotel in Thimphu ist gerade eine Riesengruppe Deutscher angekommen, sechzig Stück, vogelige Frauen mit erloschenen Augen, sogenannte Gewitterziegen, und Männer mit schwimmenden Schultern. Alle halten sich ängstlich an ihren Plastikwasserflaschen fest, abends essen sie dann Darwins Albtraum, den Pangasius, und Chili in Käsesauce, das gibt's für die bedauerswerten Reisegruppen immer. Ösel ist nicht zu erreichen, also muss ich ohne ihn meine Mission vollenden. Ich nehme die Ampel und gehe ins Örtchen. Zwei lustige Schulmädchen kommen mir entgegen, sie sollen meine Assistentinnen sein. Ich weihe sie ein, wir pflanzen die Ampel auf einen Yakfladen, das verstehen meine Assistentinnen sofort, ein Beweisfoto noch, und ich kann beruhigt abreisen.

Beim Abflug durch das schmale Tal von Paro sehe ich

durchs Flugzeugfenster am Talhang eine Kuh stehen, sie kaut stoisch auf einem blauen Pullover. Gibt es ein besseres Bild, um Shangri-La zu veranschaulichen? Oder eines, das mehr Bruttonationalglück auszulösen vermag? Also bei mir geht das.

Hast noch Käse im Haar

Skipping I left you there skipping
Ripping ropes from the Belgian wharfs
Breathless Beauxillous griffin once
removed seemed dwarfed
They're simple in that they happen to be there
BILLY MACKENZIE

1980 stellte Joseph Beuys im Museum voor Hedendaagse Kunst in Gent eine Auswahl aus seinem *Wirtschaftswerte* genannten Werkkomplex aus – in wackligen Eisenregalen drapierte der Schamane mit Hut Grundnahrungsmittel und Gebrauchsgegenstände aus der DDR, dem Staat, der beschlossen hatte, bis 1980 das Geld abzuschaffen. Speise- und Fischkuchen (kein Kuchen im eigentlichen Sinn, sondern eine Art Saucenbinder), Margarine, Brust- und Gichttee, *Schneehasen*-Zigarren, ein Scheuerpulver namens *Quasi* und auch ein paar Tütchen mit Gelatine, alle in schlichten, ungeschönten, keinerlei Versprechungen machenden Einheitsverpackungen, hinter den Regalen hingen sechs opulente Ölgemälde aus dem neunzehnten Jahrhundert, der Zeit also von Karl Marx (1818–1883). Jedes Museum, in dem die Wirtschaftswerte gezeigt werden, steuert Bilder aus jener Epoche aus seinem Fundus bei. Beuys' Wunsch war, dass sie goldgerahmt sein sollten, um den bürgerlichen Geschmack zu unterstreichen, als Kontrast zu den bescheidenen Produkten in den Regalen. Prozesse des Verfalls, der Fermentierung, der Farbveränderungen bei Produkt und Verpackung waren dabei beabsichtigt und sollten auf den kontinuierlichen Wandel der Gesellschaft hindeuten, die Skulptur sollte niemals fertig sein. Die Botschaft ist ohne große Hirnverrenkungen leicht verständlich, Utopie gerinnt hier zu ranzigem Alltag, aus dem jede Hoffung gewichen ist, wie aus einem schlaffen Luftballon, aus Behauptung wird Wahrheit, und die ist grau. Grau ist keine Farbe, grau sind Katzen in der Nacht. Und der Kitt im Fenster, der alles zusammenhält, irgendwie.

Besuchern der Ausstellung fiel indes auf, dass da neben der Installation noch etwas anderes existierte, ein eigentümlicher Geruch. Der Geruch des *real existierenden Sozialismus*, dieser typische Mief, *Wofasept*, das ostdeutsche Einheitsdesinfektionsmittel, Bindehautentzündungen verursachende Braunkohleschatten über den geduckten Städten und der Qualm knatternder Motoren aus Papierautos. Eine olfaktorische Elendsausstellung, gleichberechtigt neben der retinalen Kunst, also der Kunst, die nur die Netzhaut erreicht.

Als die Künstlergruppe Gelitin (Ali Janka, Wolfgang Gantner, Tobias Urban und Florian Reither) am 29. Februar 2008, also dem Tag, der nur alle vier Jahre existiert, ihre monumentale Werkschau *La Louvre Paris* (die französische Regierung und das Emirat Abu Dhabi wollen Ende 2012 einen neuen Louvre eröffnen, Gelitin kamen ihnen zuvor und eröffnen in Paris ihren eigenen zweiten Louvre, und sie machen ihn auch noch gleich grammatikalisch zur Frau, um die Scheichs zu foppen) im Musée d'Art moderne de la Ville de Paris, in, Überraschung: Paris eröffnete, war sie näher an Beuys, als das famose Plakat vermuten ließe, auf dem der nackte Vierer gemeinsam Marcel Duchamps *Akt, eine Treppe herabsteigend Nr. 2* von 1912 nachstellte.

Duchamp nannte seinen kurzen Ausflug in den Kubismus «Elementarparallelismus», sein Versuch, ein unbewegtes Bild in ein scheinbar bewegtes zu verwandeln, also auch hier schon die Suche nach einer vierten Dimension, die dann, ohne dass sie es vielleicht so impliziert hätten, die Gelitinbrüder 96 Jahre später einlösen sollten, über den Beuys'schen Umweg 28 Jahre vor ihnen.

Über der ganzen, 3000 Einzelobjekte umfassenden Ausstellung, Materialschlacht schon eher, hing schwer wie bei Beuys' *Wirtschaftswerten* ein eigentümlicher Geruch, mal mehr nach Käse, dann wieder nach Karamell. Die Quellen waren schnell ausgemacht: ein gigantischer aus allen möglichen Käsearten geschnitzter und modellierter Käsefuß, der stoisch vor sich hin dampfte, und in einer anderen Halle mit Melasse übergossene Sperrholzplatten, der ganze Boden klebrig, so als würde sich der eigene Schatten nicht vom Boden lösen wollen. Schwaden beider Gerüche trafen sich da und dort und vermengten sich zu einem dritten, der einen Norweger unruhig werden ließe, erinnert er doch an seinen geliebten Gjetost genannten, zuckersüßen, klebrigen Ziegenmolkekäse aus der Tube. Vorne also der Geruch, und an den Wänden, auch hier wieder die Beuysparallele, eine Unzahl reliefartiger Mona Lisas aus Knetgummi. Diese nicht konservierbaren Zufälle, Parallelen und olfaktorischen vierten Dimensionen sind es, die alles zusammenkleben, Duchamp, Beuys und die Bastelboys von Gelitin, ihre Schatten bilden die Schnittmenge, in denen wir staunenden Besucher uns in ihren Ausstellungen tummeln.

Auf Duchamps Grabstein steht: «*D'ailleurs, c'est toujours les autres, qui meurent*» («Im Übrigen sind es immer die anderen, die sterben»). Bei der großen Gelitinsause hätte auf den Eintrittskarten stehen müssen: Für diese Ausstellung musste kein Fuß sterben.

Als die kleine Band *Mäuse*, für die ich singe, Geige und Posaune spiele (leider noch nicht gleichzeitig, aber ich arbeite daran), eingeladen wurde, bei der Eröffnung in Paris zu spielen, fühlte ich mich natürlich geehrt, und mit mir meine Mannschaft, Potto an der Gitarre, Quehe an der Orgel und Didi am Schlagzeug (klingt wie die Namensansammlung in dem Gedicht von Max Goldt: «Atze, Pit und Wampi», oder jene Textstelle in Morrisseys «Now my heart is full»: «Dallow, Spicer, Pinkie, Cubitt», ein Grüppchen, das sich der zänkische Barde aus Graham Greenes «Brighton Rock» lieh; dieses verdammte unnütze Wissen, das man so jahrelang mit sich herumschleppt, WOZU?). Ich übernahm die Reiseleitung, besorgte Flugtickets, buchte Hotelzimmer (mit Blick auf den Invalidendom) und versuchte die Jungs zu koordinieren, ich, der Flohhirte. Quehe (eigentlich Quehenberger), der fallweise Mitglied des Musik- und Theoriekollektivs Red Krayola von Mayo Thompson ist, drohen dauernd gewaltige Clusterkopfschmerzen anzuwallen, nachdem im Anschluss an einen Gig in Sankt Petersburg Skinheads in Tötungsabsicht auf seine Denkmurmel eintraten, aß im Zubringerzug zum Flughafen seinen gesamten Haschischvorrat auf, um zu verhindern, dass man es ihm abnimmt, er meinte, es sei nicht schlimm, sogar gesund und lindere seine Dauerschmerzen, das sah dann aber anders aus. Er torkelte wie ein Geisterreiter, ein lebender Toter in schwarzer Lederjacke, weiß, wankend, schwitzend, die Gate-Mistress erkundigte sich in einer Mischung aus Besorgtheit und Strenge, ob er fliegen könne (natürlich nicht im geistigen Sinne), sie hatte wohl Angst, dass ihr ein Passagier in den Wolken ablebt oder sonstige Sperenzchen macht, ich beruhigte sie, der sei immer so.

Ich mag meine kleine Band, *Mäuse*, wir surfen dieselbe Sinuskurve, ja, so kann man das am besten sagen. Der Spexredakteur Hans Nieswandt meinte anlässlich der Besprechung unserer ersten, hybridesten von insgesamt vier

Platten ratlos, er sähe uns in einer Vereinigungsmenge aus dem Œuvre von Renée & Renato, der Nihilist Spasm Band und jenem von Alfred Schnittke, womit er nicht ganz unrecht hat. Bedauerlicherweise hat er unseren größten Einfluss überhört, nämlich die klandestinen Spacerocker *Lothar and the Hand People*. Nach einem Konzert in Halle (in einer halbleeren Halle) schrieb ein wutschnaubender Redakteur des *Hallenser Morgen* über uns: «Sie hatten keine Idee, wie sie ihre Instrumente spielen sollten, es schien, als wussten sie nicht mal, was das für Instrumente waren, die sie da in ihren Händen hielten.» Einmal bot man uns sogar Geld, damit wir aufhören. Niemanden, wirklich niemanden kann man mit uns vergleichen, nicht im schlechten und schon gar nicht im guten Sinne, und das ist nicht einmal geplant, das hat sich so ergeben (nur so kann es offenbar gehen). Ich würde unsere Haltung einen *Instinktiven Stil* nennen, geprobt haben wir noch nie, das geht auch so, und zu Auftritten gehört unter anderem ein Ritual, das wir vor jedem Auftritt absolvieren, so als eine Form des Aufwärmens. Wo andere virile Balztänze aufführen oder gar gemeinsam beten (REM, Kings of Leon), versichern wir uns, wie eine Loge, mit diesem selten dämlichen Bandnamen, unseres gemeinsamen, musikalischen Nenners. Wir können uns nämlich, so unterschiedlich wir auch als Einzelindividuen sein mögen, ausgerechnet bei Phil Collins' «Easy Lover» treffen, dieser herrlich rumpelnde, überschnappende Kracher mit Philip Bailey von Earth Wind & Fire. ALLE, wirklich alle HASSEN Phil Collins, und das ist allein deswegen umso zaubrischer, hier einen nichtironischen Nenner gefunden zu haben, ohne als zitterndes Distinktionshörnchen alleine im sauren Regen der Häme stehen bleiben zu müssen: Schäm dich nicht für das, was die da draußen dir zu hören verbieten wollen. Vor jedem Auftritt ein kleines Schwätzchen über «Easy Lover», wir machen das schon seit Jahren. Manchmal fragen wir auch den DJ, ob er, quasi als Ouvertüre, «Easy Lover» vor dem Auftritt spielen kann, um die Leute zu frotzeln, aber meistens glaubt der DJ, wir würden *ihn* frotzeln wollen.

Oder wie antwortete einmal Lemmy Kilmister von Motörhead, der auch keine Berührungssorgen mit «dem Anderen» hat, auf die Frage, wie er es mit ABBA halte: «Großartige Songs. Schreib mal einen Song wie ‹Fernando›! Björn ist ein erstklassiger Boogie-Pianist. Dann diese beiden leckeren Mädchen aus dem schwedischen Märchenwald. Ich bin sicher, dass sie keine Ahnung hatten, was sie da für einen Unsinn singen! ‹Can you hear the drums, Fernandoooo? Do you still recall the frightful night we crossed the Rio Grandeeeeeeee?› Ist das ein Scheiß? Ist das ein Scheiß? Agnetha! Anni-Frid! Was verdammt hattet ihr in der unheimlichen Nacht mit Fernando am Rio Grande zu schaffen? Wer ist überhaupt dieser Fernando? Hier ist meine Antwort: Es hat die beiden Mädchen einen Scheiß interessiert! Das wird nicht hinterfragt. Drum klingt es so schön.»

Und das soll es doch sein, Musik ohne Standesdünkel konsumieren, aber auch Musik machen, für die man schmort und die Instrumente brutzeln lässt, rücksichtslos regredieren, ohne auf irgendwas anderes zu schielen, und sei es auf die Wirkung, Musizieren, bis die Kühe heimkehren und die Dandys durch die Nacht lungern. Alles ist gleich weit vom heißen Kern der Vision entfernt.

Auf unserer längst vergriffenen ersten Platte, aufgenommen im drückend heißen Sommer 1994, «John Lennon beim Betreten einer Bar in New York» heißt sie, befindet sich neben dem stampfenden Technoungeheuer «Horst Buchholz: Le tout est de trouver une diversion à son ennui» ein Lied namens «Dieter Zimmermann», die Hommage an jenen Mann, mit dem Agnetha Fältskog von ABBA 1968 kurzzeitig verlobt war, ein Musikproduzent aus Berlin, mit dem sie einige – allerdings weitgehend erfolglose – deutschsprachige Titel aufnahm, unter anderem die Schnulze «Attenzione, du fällst gleich!». Und auch diese Nummer findet man auf der allerersten Mäuseplatte, die auf Empfehlung des Superstars Falco auf dessen Label Gig Records erschien und mit 171 verkauften Einheiten der größte Flop der Firmengeschichte werden sollte. Was für eine Ehre. ABBA haben schätzungsweise 370 000 000 Platten verkauft, wir 171, allerdings nur von der ersten, die nächsten gingen besser, ABBA, wir kommen.

In Paris angekommen, war Quehe schon wieder einigermaßen auf dem Damm. Den Flug hatte er verschlafen, die Wolken zogen vorüber. Ich kannte mal einen, der wollte auf LSD im Flugzeug unbedingt sein Fenster aufmachen und kratzte mit dem Plastikessbesteck an der Silikondichtung herum, weil er draußen die Himmelsleiter gesehen hatte. Das ist uns also erspart geblieben. Nicht erspart blieb uns die Taxifahrt in die Stadt. Ich mag ja Paris, ich will nicht nach Paris, wenn es nicht unumgänglich ist, und ich finde auch gut, dass es Paris gibt, aber Paris soll ruhig ohne mich stattfinden, wenn es möglich ist, wenn nicht, muss man seinen Aufenthalt mit möglichst wenig Bevölkerungsberührung absolvieren. Sie verachten einen, sie nehmen einen aus, sie sind so stolz auf ihre Stadt, und davon muss der Taxifahrer, ausschließlich auf Französisch, andere Sprachen existieren ja nicht, schwärmen und alles erklären, weil er etwas bieten will für die vielen Zuschläge, die er am Ende der Fahrt auf den aberwitzigen Preis noch draufschlagen kann, er lacht, wir lachen auch, Didi, Potto, Quehe, Texel. Wie schön, dass so hübsch patinierte Klischees immer noch existieren, immer und überall. Geben sich Franzosen nicht auch immer so «lustige» Namen, Dudu, Mimi, Zazou, Bébél? Vielleicht war ja unser Taxifahrer einer von ihnen, wer will da schofel sein?

Jetzt jeder noch mal aufs Zimmer, frisch gemacht, gekämmt, dann gleich ins Museum, zum Soundcheck. Vorher hatte ich noch Stallorder ausgegeben, bitte «weiß» kleiden, wie die Droogs aus «Clockwork Orange», Alex, Georgie, Pete und Dim, es war das erste und letzte Mal, dass ich auf einem anachronistisch einheitlichen Erscheinungsbild bestand. Didi: «I hob nur a beige Hosn, paasst!», halb weiß halb beige, klingt doch schon viel besser, wie *Half Man Half Biscuit*, das war mal für anderthalb Wochen meine Lieblingsband, aber als Seelenzustand begleitet sie mich bis heute.

Im Museum dann sogar noch die letzten paar Stunden vor der Eröffnung betriebsame Emsigkeit, der Tross der Gelitinknechte, zumeist Billiglohnarbeiter aus Island, sie klopfen und hämmern an der gigantischen Installation herum, gießen eimerweise Melasse über die abenteuerlich zusammengehämmerten Sperrholzkonstruktionen, so als wollten sie sie zur Sicherheit auch noch zusammenkleben, ein Holzhäuschen, in dem sich ein Klo befindet, bei dem man über eine Spiegelkonstruktion den Weg seiner Ausscheidung verfolgen kann, wird «abgenommen», aber nicht von einer technischen Fachkraft, sondern von einem, der gerade *muss*, eine Gruppe Isländer knetet letzte Mona Lisas aus FIMO Modelliermasse zusammen, der Käsefuß, das Herz der Ausstellung, ist aber schon fertig und thront wie ein Buddha über allem. Ein lustloser Franzose macht den Soundcheck, ihm ist alles egal, wahrscheinlich vom Museum angestellt, er richtet uns nach dem Motto «Hauptsache Krach» ein. Bei den gigantischen Hallen und den zu erwartenden, schallschluckenden Massen kann sowieso nur von Erfahrungswerten und Vermutungen ausgegangen werden.

Wir gehen noch einen Happen essen, Schnecken natürlich, was soll man in Paris sonst essen, und sind pünktlich, wie vereinbart, um neun wieder zur Stelle.

Das Museum, die untere Halle, alles schon brechend voll, Tausende, die Party des Jahres, sie schieben sich durch die Ausstellung, am nächsten Tag soll sogar eine Mona Lisa fehlen, ein gigantisches Buffet ist unten aufgebaut, Camembert (französischer Weichkäse), das typische Stangenbrot, das der Franzose so gerne unterm Arm spazieren trägt, Rotwein natürlich, der feinste Tropfen für diesen besonderen Anlass, und wir fangen an. Von so etwas wie einem Sound kann man nicht sprechen, das Gemurmel der Gäste, ihre Ausgelassenheit, ihre französische Kunststudentenhaftigkeit und hormonelle Unruhe, ihre talgigen Körper schlucken alles, Fett ist ein schlechter Leiter, ich geige mich um den Verstand, geige mir den sprichwörtlichen Arsch ab und schreie mir die Lunge aus dem Leib. Sie lachen, sie denken, der Typ da oben ist Künstler, der braucht das, der hat Probleme wie wir.

Wir spielen gegen eine Wand aus Ignoranz, Arroganz und Akne, so wie der arme Barpianist oder der Stehgeiger im Wirtshaus, denen auch niemand zuhört. Als dann die Camemberts und Weinflaschen auf die Bühne fliegen, wissen wir, jetzt geht's los, jetzt werden wir wenigstens wahrgenommen, auf welche Art auch immer. Nachdem dann fünf Zentimeter von Quehes Kopf entfernt (ausgerechnet der Kopf!) eine Flasche Château Lafitte vorbeifliegt, einer gegen eine Monitorbox pisst und direkt vor mir ein Transsexueller im Brautkleid von einem der Isländer mit einer Art Spülbürste gefistet werden soll, springt mir der Draht aus der Mütze. Ich breche das Konzert ab, es hat keinen Sinn. Im Nu stürmen die besoffenen Kunststudenten die Bühne, entwinden mir den Geigenbogen und das Mikrophon, in das einer von ihnen in einer Art glossolalischem Wahnsinn Unflat von sich gibt, auf Ungarisch, sie zerschlagen Flaschen auf der Bühne, hinter der Bühne übergibt sich einer, ach herrlich, Kinder, so soll es doch sein, und so haben sich die Gelitins das wohl auch vorgestellt, nur bin ich nicht betrunken genug, um das genießen zu können. Meine weiße Hose ist rosarot vom Wein, in meinem Haar klebt Brie. Wir räumen hastig das Feld, und ich fliehe mit einem aus Bremen angereisten Freund namens Kledolf (heißt wirklich so: Kledolf Müller) in das nächste Schneckenlokal. Ich weiß nicht, wie Potto, Quehe und Didi da (lebend) weggekommen sind. Am Ausgang stoppt mich die wunderschöne Mary Kate Olsen, Schwester von Ashley Olsen, zusammen bekannt als die Olsen Zwillinge, die als Kleinkinder in der Serie «Full House» gespielt haben, und zwar abwechselnd eine Person oder besser: ein Persönchen. Sie haucht, ihr hätte unser Auftritt gefallen, und ich muss in diesem Moment ausgesehen haben wie ein gefoppter Uhu. Ich bedanke mich und sage, dass ich weitermüsse, Kledolf steht schon unten an der Treppe, ich deute auf ihn, er deutet auf die Uhr, ich sage ihr natürlich nicht, dass ich jetzt Schnecken (auf den Schrecken, haha) brauche, frage aber, ob ihre Schwester auch da sei. Das bejaht sie, und ich sage ihr, dass ich sie, also Mary Kate, immer besser fand. Sie bedankt sich verlegen und küsst mich links und rechts. Benommen torkle ich die Stufen zu Kledolf runter, wir gehen Schnecken essen, die besten Schnecken meines Lebens. Kledolf macht mir Vorhaltungen: Wir hätten sie und ihre Schwester mitnehmen sollen. Eine verpasste Chance mehr.

Am nächsten Morgen sammle ich meine drei Leute

wieder ein, und es geht zurück nach Wien. Auf dem Flughafen begegnet uns auf dem Gang der würfelförmige Pita (Peter Rehberg), ein Engländer, der seit 30 Jahren in Wien lebt und maximal vier Worte Deutsch spricht, widerwillig. 1988 habe ich ihn gebeten, für die von mir herausgegebene *Amerikanische Krankenhaus Zeitung* einen Text über «Half Man Half Biscuit» zu schreiben, auf Deutsch. Der Artikel trug die Überschrift «Halb Mensch Halb Kek», und genauso ging es weiter. («Aber das Stück ‹Rod Hull is Alive Why?› war ein sicher wahnsinn. Rod Hull hat ein Freund aber nicht ein kranke Ente ein garstig Emu. Diese Emu mag sehr gerne kleine alte frauen zum tod machen und essen Wurme.») Logisch, dass ich das genau so abdruckte, bei der Mühe, die er sich gegeben haben muss. Pita kommt von der Musique concrète, er hat dem überstrapazierten Begriff von der *gefrorenen Musik* neue Bedeutung eingehaucht, da wo Arthur Schopenhauer Architektur sah, hat Pita einfach das drollige Summen von Kühlschränken aufgenommen und «auf Rille gebannt» («Fridge Trax», Mego, 1995), der Klagegesang der großen Absorptionskältemaschine. Er hat auch schon bei Sonic Youth als Aushilfe musiziert (Krach gemacht), jetzt muss er nach Brest, wo er mit dem einen vom Duo Sunn O))) unter dem Namen KTL (Kindertotenlieder) die Leute quält. Grußlos scannt er uns, einen nach dem andern, jedem schenkt er etwa zwei Sekunden Aufmerksamkeit, so als müsse er erst das Ganze aus der Summe seiner Einzelteile bilden. Er ist sympathischerweise ein Mann mit einnehmender Verbalökonomie, und während wir abwarten, was jetzt passiert, dringt aus den tiefverzweigten Schächten seiner Gurgel, über die schmalen, harten Ränder seiner rissigen Lippen lediglich ein wie ein schlecht auf Langwelle eingestelltes Radio klingendes, gepresst gutturales: «Damause.»

Für die Flüge, Übernachtungen und den Auftritt habe ich nie Geld gesehen. Dafür gab's immerhin ein Küsschen von Mary Kate Olsen, Schnecken bis zum Abwinken, und ich bin mit Käse beworfen worden, das ist doch auch nicht nichts. Die vielen Rechnungen, die ich ans Museum stellte, für die ich extra Geschäftsfranzösisch gelernt hab, blieben offen. Aber dann, drei Jahre später, bekam ich ein Kunstwerk von Gelitin überreicht, einen Stoffvogel, selbstgenäht (vermutlich von Isländern), mit Dackelohren.

Das Jahr, als Frau Strigl zurückkam

The sweetest moment comes at last
The waitings over
In shock they stare and cue fanfare
When Bobby Fisher's plane touches the ground
He'll take those Russian boys and play them out of town
PREFAB SPROUT

Klagenfurt, ein Jahr später. Alles ist immer noch so, wie man es hinterlassen hatte und vorzufinden wünscht, wenn man wiederkommt, der Bahnhof mit den atemberaubenden Fresken («Wand der Kläger», und auf der anderen Seite «Die Wand der Angeklagten») des einarmigen Giselbert Hoke, gleichermaßen weit entfernt vom Zentrum wie der Wörthersee, in den die Elektroboote nach wie vor und unermüdlich ihre ephemeren Geschichten schreiben. Es ist bratpfannenheiß. Selbst Peter Wawerzinek ist noch da, es scheint sogar, dass es nicht nur *einen* Wawerzinek gibt, sondern inzwischen gleich mehrere, denn wo man geht und steht und wohin man blickt, Wawerzinek ist schon da, wie der Igel im Märchen, auch wenn er viel zutraulicher ist als ein Igel, schmerzhaft kommunikativ. Er deutet auf sein Gesicht mit begleitenden, entschuldigenden Grimassen: «Keine Maske.» Wie ein kleines verhaltensauffälliges Kind zappelt er durch den Ort, dessen Namen Telly Savalas mit der Synchronstimme Edgar Otts (sprach auch das Krümelmonster in der «Sesamstraße» und den Hund Gastone in «Herr Rossi sucht das Glück») in einer Folge von «Ein Schloss am Wörthersee» gerade aus dem Flugzeug kommend erstaunte und entzückte: «Diese

Leutchen nennen ihre Stadt doch tatsächlich *Klagenfurt.*» Wawerzinek, oder Wawel, wie sie ihn hier alle liebevoll nennen, scheint von Klagenfurt nicht genug bekommen zu können. Er hat einen Stadtschreiberjob, man grüßt ihn auf der Straße, Kinder ziehen ihm an der Hose, wollen Autogramme, er scheint alle zu kennen, bis zum Ehrenbürger ist es nicht weit. Man sieht ihn im Kikeriki tanzen, im Teatro, im Meyer Lansky, und man meinte ihn auch schon früher im legendären Scotch Club tanzen gesehen zu haben. Er tanzt seinen Namen, tanzend verhunzt er auf eine dennoch unpeinliche Art die Dimension jedes Raums, in den lauen Nächten Kärntens, müde wird er nie, immer ist er der letzte Gast, auch wenn er stets als Erster auf den Beinen ist, mit einem Bierchen, dieser köstlichen Salbe, in der Hand. Wawel scheint also, wiewohl neu im Örtchen, doch schon in kürzester Zeit zu so etwas wie einem Haushaltsgegenstand geworden worden zu sein, der hier schon immer herumstand, Deutschland sucht den Superassimilanten, in Klagenfurt ist er zwischenzeitlich untergekommen.

Neu formiert ist beim Bachmannkampflesen indes die Jury. Nachdem Karin Fleischanderl im Vorjahr mit ihrer borstigen Art nur auf Unverständnis gestoßen war und offenbar selbst erkannt hatte, hier passe ich nicht her, das ist ein aufeinander eingeschworener Verein, ein Augenzwinkern hier, eine fahrige Geste da, für Außenstehende kaum wahrnehmbar, für die Beteiligten geheime Codes, schmiss sie, integrationsunwillig, das kratzige Handtuch, und man holte sich eine bewährte Kraft zurück: Daniela Strigl, reich an Preisen (2006 Kathrin Passig/Bachmann und Publikum. 2008 Markus Orths/Telekom Austria und Clemens J. Setz/Ernst Willner. Insgesamt 9 Shortlist-Kandidaten). Kein Mensch hatte verstanden, warum sie damals gegangen war, nach sechs Jahren Dienst mit einem guten

Riecher, nun wurde sie noch mehr idolisiert, es gab einen Temple-of-Strigl, ein loser Geheimbund, man hatte sie vermisst.

Kurz vor Klagenfurt treffe ich sie in Wien zufällig auf der Straße und gratuliere ihr zu der Entscheidung, sich wieder dem Wettlesen zu stellen. Begegnungen mit ihr sind immer ein großes Vergnügen, man kommt vom Hundertsten ins Tausendste, so als kenne man sich schon seit der Schulzeit, und seitdem ist gerade mal eine Woche vergangen, innerhalb deren man allerdings vom Du zum Sie gewechselt ist. Natürlich bin ich nicht mit Frau Strigl zur Schule gegangen, weil meine Schulen nicht in Wien standen, ihre aber, und zwar alle im neunten Bezirk (Wasagasse, immer zu spät gekommen, zu nah an der Wohnung), sie war auch nie groß weg von Wien, einmal ein Semester in Philadelphia, auf die Idee wäre sie sicher nicht freiwillig gekommen, da hat eine Freundin sie reingeschubst wie in lauwarmes Wasser voller toter Hunde, und dann ist sie doch umso lieber wieder zurückgekommen. Das war schon so, als sie Kind war, als ihre Eltern mit ihr und der Schwester nach Italien auf Urlaub fuhren, das gefiel ihnen nicht, Spaghetti hin oder her, das Brot war ungenießbar wie das Trinkwasser dort. So groß sei der Widerwille gewesen, dass beide Kinder, wenn es zurückging, auf der Rückbank des VW Käfers mit Kolbenfresser, je näher sie an die österreichische Grenze kamen, gejubelt und demonstrativ mit den Schlüsseln geklingelt und immer lauter zu singen begonnen hätten, vor lauter Glück. Was sie denn da gesungen hätten? «Wahrscheinlich die Bundeshymne», sagt sie lachend. Ich kann das nachvollziehen. Auch für mich gab es als kleines Kind nichts Schöneres als Brot und Wasser, möglichst hart und möglichst kalt.

Frau Strigls Liebe zu Wien ist so groß («die ideale Stadt,

ein großes Geschenk, hier wohnen zu können»), dass sie, die, bis auf dieses eine Philadelphia-Intermezzo, nie länger woanders war, vermutet, sie sei aus Gewohnheit leidenschaftlich: Man labt sich am Stillstand, und sie steigert sich in diesen Zustand so hinein, dass sie gar nicht bemerkt, wie ihr Mann das Café Ritter betritt, in das wir uns des beginnenden Regens wegen gesetzt haben, ihr auf die Schulter tippt und flüstert, sie sei so laut, dass man sie bereits auf der Straße höre.

Das ist das Stichwort, sie senkt ihre Stimme konspirativ, so als dürfe das jetzt niemand hören, und raunt, eine Sache, über die sie ewig reden könne, das sei Ulf.

ULF? Ultra Low Floor, die Niederflurstraßenbahn? Ja, Ulf sei zwar leise, sagt sie immer leiser werdend, aber innen stickig wie die Nacht, das sei ja wirklich nicht zum Aushalten, im Gegensatz zu den alten Garnituren mit den großen Schiebefenstern hätten die neuen Wagen nur so kleine Kippfenster, da könne ja gar keine Luft zirkulieren. Dass man da keine Klimaanlagen eingebaut habe, sei wohl nur dem Umstand geschuldet, dass bei der Planung nichts von einer globalen Erderwärmung zu ahnen war. Jetzt hätten sie noch kiemenartige Lamellen eingebaut, aber das sei reine Kosmetik. Und auch an ihrem Lieblingsbadeort, der großen Bucht in der alten Donau, an der Großen-Bucht-Straße, sei etwas schiefgelaufen, durch den Autobahnbau, hier könne auch nichts mehr zirkulieren, der unterirdische, kiesgefilterte Zufluss, der immer für die Frischwasserzufuhr gesorgt hatte, sei verstopft worden. Das wisse jeder, aber seitens des Tiefbauamts nur Schweigen. Hier müssten jetzt dringend Kiemen, Lamellen oder wieder Kies her, sonst würde das bald alles umkippen.

Ein paar Tage später treffe ich sie wieder, auf dem traditionellen Bürgermeisterempfang in Klagenfurt im idyllisch am Wasser liegenden Schlossgarten Maria Loretto, «Der See liegt da wie Nudeln aus Gold und Silber», so hat der deutsche Maler Werner Büttner, Knut Hamsun paraphrasierend, das irgendwo beschrieben. Ich bin betrunken, alle sind betrunken, jeder fühlt sich betrunkener als der nächste Betrunkene neben ihm, man fühlt sich schuldig, einfach weil es hier so schön ist, ich kann das dieser Idylle nicht antun, dass ich mich so gehenlasse. Wawel tanzt mit einem Tisch, aber der darf das ja, der Bürgermeister lacht jovial, und mir rutscht Frau Strigl gegenüber das Du aus, in dieser Sekunde ist mir das so peinlich wie einem, der jemanden in sein mit Sperrmüll zugestelltes Zimmer einlädt, mit Kartoffeln statt Glühbirnen in den Fassungen, und mir ist das Siezen doch so wichtig, ich würde sogar Tiere siezen, wenn man ihnen dadurch Leid abnehmen könnte. Es wird einfach zu viel geduzt, überall, in der Provinz gar noch mehr, und zu viel geküsst wird sowieso, das sage ich ihr auch, flehentlich, mit dem üblichen Gummigesicht des schlechten Schauspielers, der ich bin, in der Hoffnung, dass sie das Duzen mit dem noch ekligeren Geküsse gleichsetzt und ein Einsehen hat. Aber sie lacht nur hämisch, und als ich sie kurz drauf erneut zu siezen versuche, meint sie nur lakonisch, tja, das ginge nun nicht mehr, so was sei irreversibel, einmal geduzt, immer geduzt, sie heiße übrigens Daniela. Eine Tatsache, die man auch am nächsten Tag leider nicht mehr wegseufzen kann.

Das Jahr, in dem Frau Strigl (Daniela) zurückkam, war, ebenso wie der im selben Jahr stattfindende Songcontest in Düsseldorf, die größte Veranstaltung in ihren jeweiligen Disziplinen seit dem Bestehen. Düsseldorf, ist klar, das ist bekannt, man wollte da etwas Riesiges inszenieren, ein verkrampftes Sommermärchen wie ein paar Jahre zuvor der Fußballsommer, der der Welt auf nervtötende Weise zeigte, dass die Deutschen auch feiern können und Mut haben, lustig zu sein, die besten Gastgeber der Welt sind, niemand sollte sich beschweren müssen, Leid, Krise und hartes Brot sollten zu Hause bleiben, so war's beim Fußball, so war es bei der Schlagersause auch.

Der Bachmannkampf profitierte natürlich einerseits von dem entspannten Klima in Kärnten, das nach dem tragischen Tod des Landeshauptmanns Jörg Haider mit einem Mal entstanden ist, ein Aufbrechen, selbst die lange umstrittenen zweisprachigen Ortstafeln, die Haider systematisch abzubauen begonnen hatte, waren plötzlich wieder möglich, auch die jahrzehntelang missbilligten modernen Bahnhofsfresken werden inzwischen akzeptiert, man nimmt sie hin, und wenn der Fremde ganz entzückt ist, dann ist man sogar ein bisschen stolz auf sie. Den «Freskenvertilgungsverein» gibt es nicht mehr, krankhafter Freskenhass war gestern.

Andererseits hatte das Bachmannhappening in den letzten Jahren überregional deutlich an Aufmerksamkeit zulegen können, da sind gewisse Zirkel von Literaturhitzköpfen nicht ganz unschuldig, engmaschig vernetzte Gemeinden, die in großen Gruppenverbänden gut vorbereitet anreisen, und die Texte, die an ihnen hängenden Autoren, die Präsentation, die Jurydiskussionen aufs genauste analysieren. Die Tage sind verplant, jeder hat ein Fahrrad, alle Leihräder sind schon Wochen vorher ausgebucht, Taxifahrer schmoren in ihren Wagen wie hartgekochte Eier, acht Stunden Literatur am Tag, dann raus, immer am Lendkanal entlang gen Wörthersee, zum Training für das traditionelle Wettschwimmen am Samstagabend. Danach trifft man sich geschlaucht im Wirtshaus (Der Franzos, Villacher Straße 11, der Schnecken wegen), der Hunger und ein letztes Aufbäumen der Restenergie, die vom aufgeheizten Tag noch übrig bleibt, die ganze Aufmerksamkeit und Hochkonzentriertheit des Tages muss belohnt werden. Am Lendhafen, diesem kleinsten Hafen der Welt, nicht weit vom ORF-Zentrum, mit diesem nur verbunden durch die wundervoll kaputte Sponheimerstraße, die mit gezählten sieben Arten Asphalt geflickt ist, haben sie eine kleine Bühne errichtet, Klappliegestühle ringsum, das gute Stiegl-Bier aus Salzburg wird ausgeschenkt, das hier natürlich Strigl-Bier heißt, der Frau Strigl wegen, im Hafenbecken steht ein müdes Bilgewasser, von Libellen umschnurrt. Ein Passamt ist aufgebaut, vom slowenischen Künstlerkollektiv IRWIN, einer Subdivision des politischen Kunstverbands NSK (Neue Slowenische Kunst), das Passamt ist ein Teilprojekt ihres künstlerischen Gesamtkonzepts, des NSK-Staats. Mitten in der Nacht kann man sich also im Lendhafen Pässe einer Mikronation, eines globalen Staats ohne Territorium und Grenzen, ausstellen lassen, die Schlange vor dem Amt (ein müffelndes Armeezelt) ist überschaubar, aber reißt im Laufe des Abends nie ab. Wir sind jetzt alle ein Volk, und unser Raum ist in uns innendrin.

Zwei DJs, ein alter Mann mit zerknüllten Haaren und ein junges, streichholzblondes Mädchen, wahrscheinlich seine Tochter, stark tätowiert, legen wunderschöne, hämostatische (blutgerinnende) Musik auf. Ihr Motto «Evergreens of Psychoterror» ist irreführend, denn gequält wird hier niemand, im Gegenteil, gestreichelt wird man und gekost und belohnt (wofür auch immer) mit Martin Denny, den Ray Conniff Singers, Cal Tjader und Eddie Palmieri, Musik, die so dezent ist, dass man nicht genau weiß, träumt man gerade vom Schlaf oder ist man hier soeben aus der Kohlenstoffwelt in eine Wahrnehmungsritze gefallen, und so traumhaft wirkt das hier alles, dieser wunderschöne Hafen und das wunderschöne Mädchen mit seinen Platten und den garstigen Tätowierungen («Dubrovnik Werewolves»), man hat ihr den Greis an die Seite gestellt, damit sie noch mehr strahlt.

Jungliterat Thomas Klupp, der 2009 mit «Paradiso» eines der gelungensten Debüts im deutschsprachigen Raum vorgelegt hat, vergleichbar vielleicht mit Benno Pludras «Ein Mädchen, fünf Jungen und sechs Traktoren», er hat am Vormittag siegessicher eine altbackene Pornofarce vorgetragen, hängt jetzt angezählt in einem der Liegestühle, neben ihm die anbetungswürdige Zita Bereuter, Literaturchefin bei FM 4, dem Jugendradioableger des ORF. Sie interviewt ihn, oder versucht es zumindest, aber dem Mund in seinem unharmonischen Gesicht entweicht nur das gespielte gutturale Desinteresse desjenigen, der mit einem Zuviel an Optimismus geschmiert ist. Sein verhangener, fränkischer Blick klebt auf Zitas Reitstiefeln und Breeches, und neben ihm im Kies liegt sein Fahrrad, auf dem Gepäckträger ein Blumenstrauß, den er sich vermutlich selbst geschenkt hat. (Später wird er dann lediglich den Publikumspreis bekommen, den erhält derjenige, der im Vorfeld die kopfstärkste und klickwilligste Internetgemeinde hinter sich hat versammeln können.) Dann kommt prompt und wie bestellt, so als müsse er das Bild von der Idylle, das Klupp ein bisschen durcheinandergebracht hat, wieder zurechtrücken, einer von den vielen Peter Wawerzineks vorbei, rollt seine Einmetervierzig vom Kinderrad und tanzt mit sich selbst einen kleinen Jitterbug zu Andy Williams' «Music to Watch Girls By». So wie diesen Abend stellt man sich einen idealen Übergang von einem Leben ins nächste vor, aber jetzt gerade soll doch bitte diese winzige Subraumverzerrung niemals aufhören, geht das? Die Hafengäste, allen voran der kregele Ijoma Mangold, stellvertretender Feuilletonchef der Hamburger Wochenzeitung DIE

ZEIT, betteln um noch ein Lied und noch ein Lied, immer wieder schreit er aus heiserer Kehle, wie einst Bram Tchaikovsky: «Dancing the Night Away», so als wolle er den Augenblick auswringen, er hüpft umher wie ein Wassertropfen auf einer heißen Herdplatte oder wie Rainald Goetz im Wiedehopfkostüm auf der Loveparade. Aber um zwei Uhr wird der Hafen gewissermaßen hochgeklappt, den DJs wird der Saft abgedreht, als letztes Lied weist Johnnie Rays inbrünstige Miniopер «Look Homeward Angel» in den Morgen, Johnnie Ray, der auf einem Ohr taub war, der von seinen eigenen Liedern dermaßen ergriffen war, dass er bei Auftritten regelmäßig haltlos heulen musste und zitternd und wimmernd auf der Bühne zusammenbrach. Es ist eigentlich eine sadistische Perfidität, die Menschen so einfach nach Hause zu schicken, weinend, nein, das ist noch nicht das Ende, darf es nicht sein, deshalb geht man noch ins Theatercafé, alle gehen ins Theatercafé, in ihm ist man beschützt, hier regiert Veronika, die gnädige Herrin, man kann nicht aufhören sie anzusehen, das rätselhafteste Sphinxlächeln, das man zu der Uhrzeit, nein, zu jeder Uhrzeit bekommen kann, denn das Theatercafé hat eigentlich immer offen. Es ist so angenehm finnisch hier, die Resopaltische, das Licht, die förmlich greifbare Trauer, die wattiert unter schwachen Witzen atmet, nichts wird beschönigt, Ironie muss draußen bleiben, *Clowntime is over*. Mangold hat sich eine Sonnenbrille aufgesetzt, dass man seine Tränen nicht sieht, denn auch Frau Veronika setzt mit ihrer Musikauswahl auf unheimliche Weise das fort, was man eben am kleinen Hafen mitgenommen hat, sie rasiert ihre Gäste kalt mit Laibachs ätherischer Version des John-Lennon-Klassikers «Across the Universe» («Words are flowing out like endless rain into a paper cup»). Die schöne Zita füllt ihren Rotwein aus einem Glas in einen

Pappbecher um, sie meint, jetzt sei es zu spät für Glas, das seien jetzt diese winzigen Pappstunden, das was im Englischen die *wee hours* sind, sie verreibt in Gedanken (woran?) einen Rotweintropfen auf dem Resopaltisch und sieht dabei aus wie Jane Gallagher, die in «Der Fänger im Roggen» eine Träne auf einem Damefeld verreibt, Mangold tanzt eng mit Jo Lendle vom Dumont Verlag («Engtanz ist fast so schön wie Schöpfungshöhe», schluchzt Mangold), die Bachmannsiegerin von 2006 und Narkoleptikerin Kathrin Passig schläft an eine Säule gelehnt ein, zu spät, jetzt noch ein Ritalin einzuwerfen, Daniela (Strigl) ist schon ins Hotel geschlingert, am nächsten Tag liest ihr «Pferdchen», Maja Haderlap, eine Kärntner Slowenin, die auch am Sonntag den Bachmannpreis gewinnen wird, das ist jedem klar, auch uns, dem Strandgut im Theatercafé, selbst der Veronikasphinx. Haderlap war fünfzehn Jahre im gegenüberliegenden Stadttheater Chefdramaturgin, sie und die Wirtin kennen sich natürlich schon ewig und drei Tage.

Um sieben Uhr ist Schluss, die Nacht ist unbemerkt weitergezogen, wir haben es nicht mitbekommen, alle müssen nach Hause gehen. Wawerzinek, der Gute, hilft Frau Veronika, die Restgäste aus der Wirtschaft zu kehren, in drei Stunden beginnt das Tagesgeschäft und der letzte Tag des Bachmannwettbewerbs. Die Siegerin steht fest, jetzt kann man eigentlich abreisen, wir sehen uns dann nächstes Jahr wieder, gleiches Ritual, neue Tränen.

Zwei Türen

Du hast mir die Pfanne versaut, du Spiegelei des Terrors.
René Pollesch

Ich bedaure, dass nicht mehr mit Eiern verreist wird. Früher war das anders, da war es normal, dass im Sechserabteil immer welche waren, die aus abgegrabbelten Aktentaschen Stullen zogen, Thermoskannen mit Hagebuttentee und eben hartgekochte Eier, das ganze Abteil ein Odeur von protestantischem Verzicht und Vertreibung aus dem Paradies oder aus Schlesien. Zugrestaurants waren Luxus, so wie Autobahnraststätten, man mag es kaum glauben, Orte, die früher edel waren, sind heute bessere Drückerstuben, und deshalb bedaure ich die fehlenden Eier im Zug. Einmal saß ich in einem Abteil mit einer Horde alter, Wirsing ausdampfender Frauen und einem zerknüllten Greis, der überraschenderweise aus einem Geigenkoffer irgendwann einen frugalen Mundvorrat zauberte, für sich und seinen Harem. Ich fand dieses gilbende Idyll im Bescheidenen schwer erträglich, nicht aus Verachtung oder Horror oder Rührung, sondern weil ich generell nicht gerne Zaungast bin in Runden Essender, Essen ist nicht anders als das, was am hinteren Ende des Metabolismus stattfindet, ein intimer Akt, sollte er eigentlich sein, man sollte die Segnungen des täglichen Brotes nicht geringschätzen, indem man den Verzehr desselben unter Zeugen erledigt, weshalb ich mich dezent und rücksichtsvoll zurückzog. Ich ging also aufs Zugklo und wedelte mir gemütlich einen von der Palme. Als ich zurückkam, war meine kleine Mitreisegruppe fast fertig, jeder hatte noch einen dampfenden Bakelitbecher

Hagebuttentees in den ganz aus Gicht gemachten Händen. Ich widmete mich wieder meiner Lektüre, einem «Fix und Foxi Extra», der Vierteljahresschrift aus dem Hause Kauka, lachte inwendig über Bobo, den Ausbrecherversager, und Smutje, den lebensüberdrüssigen Koch, meine Mitreisenden sandten mir immer wieder freundliche Blicke zu, irgendwann, vermutlich in Göttingen, solche Leute stiegen immer in Göttingen aus, verabschiedeten sie sich freundlich, der zerknüllte Mann zwinkerte mir zu. Als ich endlich alleine war, sah ich auf meinem Schuh einen dicken Klecks Sperma, viele Dinge und Bilder rasten nun in meinen, jetzt warmen Synapsen zusammen, aber ich kann nicht sagen, dass ich mich schämte oder mir irgendwie verwegen vorkam, ich sog einfach zufrieden den Restodeur aus Eiern, Graubrot und Gilb, den die Gruppe hier stehen gelassen hatte, ein und freute mich über den Film, den ich ihnen vielleicht mitgegeben habe, während ich mit dem anderen Schuh meine Millionen Kinder verrieb, bis das Oberleder eitel zu glänzen begann. Wer weiß, ob die Mitreisenden die Keimzellen überhaupt als solche wahrgenommen haben.

Heute ist alle Bescheidenheit verschwunden, Demut futsch, heute stehen uns die Leute im Weg, denken nicht nach, küssen sich zur Begrüßung, umarmen sich, lassen sich tätowieren, glotzen einen stumpf an, blockieren alles rücksichtslos, rammen sich in Bussen und Bahnen schamlos transfetttriefende Pizzakeile in die Schlünder, sind immer und überall zu laut, halten sich an kleinen Wasserflaschen aus Plastik fest, ohne zu wissen, was Durst ist, oder hilflos an Pappbechern mit der praktischen, für Komapatienten entwickelten Tülle.

Man möchte ihnen ein ums andere Mal zurufen:

«Lernt gehen!»

«Lasst das Starren!»

«Ihr werdet nicht verdursten!»

«Hört bitte endlich auf, so hässlich auszusehen!»

Aber sie hören nicht zu, weil sie eine andere Sprache sprechen, und diese sehr laut. Das zweithässlichste Sozialgeräusch ist Lachen: Zu 70 Prozent lachen die Menschen aus Verlegenheit und/oder Dummheit, zu 26 Prozent aus irgendwelchen anderen Gründen, die sie vermutlich selbst nicht kennen, die restlichen 4 Prozent lachen über Clowns, die auf Bananenschalen ausrutschen, so ähnlich hat es mal Heinz Strunk formuliert (mal ganz davon abgesehen, dass wohl noch niemand je jemanden irgendwo auf der Welt tatsächlich auf einer Bananenschale hat ausrutschen sehen). Und auch hier, wie in allen Rudeln, gibt es einen Chef, der als Erster lacht, dann lachen alle mit. Die Leute denken immer, dass diese Person, nennen wir sie Meinungsführer, einen Witz, eine Idee oder was auch immer am schnellsten begriffen hat, aber oft ist das nur ein gehorsames, vorauseilendes, dünkelhaftes Lachen, damit auch jeder erkennt, wer hier das Alphatier ist. Letztlich läuft alles darauf hinaus, dass der Witz eine Art Währung ist, und das Lachen sind die Zinsen.

Das schlimmste Geräusch allerdings ist, wenn Menschen dem Drang nachgeben, vor Publikum zu telefonieren, ich nenne es mal: Die exhibitionistische Stimme. Zur Rücksichtslosigkeit kommt ein, wie ich vermute, massiver Minderwertigkeitskomplex, jetzt sage ich der Gesellschaft mal laut und deutlich, dass ich existiere, aber nicht direkt, sondern mit anderen Worten, «Na, wie hammas?», «Ich bin in 10 Minuten daham», «Was gibt's zu essen?», «Bussi», «Ich ruf dich an». Soll heißen: Ich habe ein Telefon, also kann mir auch keiner verbieten, zu reden, SO LAUT ES MIR PASST, ich kenne meine Rechte. Telefonierer reden auch grundsätzlich lauter in ihre Geräte als mit einem Gegenüber in der Kohlenstoffwelt, das hat vermutlich damit zu tun, dass sie sich dauerhaft der enormen Distanz zu ihrem Gesprächsteilnehmer gewahr sind. Da bleibt einem ja nichts anderes übrig als zu rufen, wie die Hirten früher von einem Berg zum nächsten. So bekommt ihr kleiner Fetisch inzwischen eine apotropäische Funktion, vergleichbar mit der Schelle, die im Mittelalter Aussätzigen umgehängt wurde, um mit ihrem Geschepper die Umwelt zu warnen.

Nur wissen sie nicht, dass es kein Recht auf Rücksichtslosigkeit gibt, und deshalb habe ich mir einen Phone Jammer zugelegt. Das ist ein nützliches Gerätchen, damit kann man im Umkreis von zwanzig Metern hässliche Telefonate unterbinden, es zerhackt die Frequenz, und niemand kriegt das mit, weil niemand weiß, wie so ein Phone Jammer aussieht, es könnte genauso gut ein Garagentoröffner sein oder ein Nasenhaarschneider. Phone Jammer sind in unseren Breiten verboten, deshalb muss man sie in Hongkong bestellen, sie kosten umgerechnet nur etwa 27 Euro. Wenn *sie* keine Rücksicht nehmen können, kann *ich* das auch, das ist doch nur Notwehr. Es gibt eine Bedrohung und eine Gefährdung durch Geräusche, aber keine durch Stille.

Einmal fuhr ich mit dem Zug von Wien nach Hallstadt, eine zauberhafte Strecke, *bitte umsteigen in Attnang Puchheim*. Der Bahnhof Hallstatt ist eine Bootsanlegestelle mitten im Wald, man fährt dann mit einer winzigen Fähre über den See zum unheimlichen Hallstatt, das aussieht wie King Kongs Totenkopfinsel. Ich hatte meinen Phone Jammer, wie üblich bei solchen Ausflügen, bei mir (aufpassen muss man indes, dass nicht das Gerät und der Einsatz desselben zum eigentlichen Zweck der Reise wird), aber der lag im

Koffer, als ein etwa siebzigjähriger Mann unerträglich laut zu telefonieren begann, statt Eier zu essen wie in früheren Tagen. Ich war zu müde oder zu apathisch oder von der Landschaft draußen zu sehr entrückt, um den Jammer herauszuholen. Vielleicht war ich auch nur versunken in der immer wiederkehrenden Überlegung, in was ich eigentlich sitze, denn unter uns Eisenbahnexperten besteht Uneinigkeit darüber, ob die Salzkammergutbahn (Abtritt noch mit Gleisbettentleerung) als eine Gebirgsbahn bezeichnet werden darf, auch wenn sie keine wesentliche Höhendifferenz überwindet und das Gebirge stattdessen umfährt. In Attnang Puchheim dann natürlich die Frage, wie es eigentlich dem Baumeister geht, der hier diesen traurigsten aller Bahnhöfe gebaut hat: Kann er ruhig schlafen. Steigt er selbst hier gerne um? Kann die primäre Eigenschaft dieser Stadt, dass man nämlich in ihr in erster Linie umsteigt, sie und ihre Lebensqualität ent- oder aufwerten?

Ich hab noch eine andere Art, um mich vor Umweltgeräuschen zu schützen, sie ist etwas kompliziert: Man erzeugt im Nasenrachenraum einen Überdruck durch Kontraktionen des Gaumensegels, sodass durch die Eustachischen Röhren die Trommelfelle nach außen gebläht werden. In der Folge können die Schallwellen nur unzureichend in den Gehörgang dringen, ich bin dann zwar nicht ganz taub, aber höre alles nur noch dumpf. Das funktioniert eine Zeitlang, ist aber anstrengend, man bekommt schnell einen Rachenkrampf.

Der Mann schreit weiter seine Sinnlosigkeiten ins Telefon. Jetzt könnte ich ja auch zu ihm hingehen und sagen, dass er hier alle belästigt, aber dabei, ich hab's ein paarmal ausprobiert, riskiert man, dass die Leute aggressiv werden, einen wahlweise als Vollnazi, dreckiger Kommunist oder Schwuchtel beschimpfen. Solchen Leuten mit Laotse zu kommen, der mal gesagt haben soll, die größte Offenbarung sei die Stille, oder ihnen zu erzählen, dass mit jedem Telefonat eine Elfe stirbt, hat natürlich keinen Zweck, da holt man sich unter Umständen gar Backenfutter ab.

Der Mann begeht bei seinem dritten Telefonat einen Fehler: Er spricht einem anderen Teilnehmer seine Nummer auf die Mailbox, man möge ihn doch bitte zurückrufen. Ich habe mitgeschrieben und schicke ihm nun eine SMS.

«Wo ist Lefty?»

Er schreibt zurück: «Ha?»

Ich: «Lefty ist nicht zum vereinbarten Termin gekommen, jetzt sitze ich hier mit der ganzen Kohle.»

Er: «He Hawara huach zua I was ned amoi wer du bist ok?»

Ich: «Du Fotzenkobold, jetzt ist deine Wohnung voller Kibara* irgendwer hat gesungen, wenn du zhaus kummscht, wirst du nichts mehr wiederfinden, mir fehlt bereits der rechte Schuh.»

Er: «Wer bist du?»

Ich: «Lefty»

Dann kam nichts mehr. Telefoniert hat er auch nicht mehr. Ruhe ist etwas Herrliches, man muss nur wissen, auf welchem Weg man zu ihr gelangt.

Ich war mal Kunstgroupie, das heißt, ich fuhr regelmäßig zur Documenta nach Kassel, zur Biennale nach Venedig, zur Art Basel, solchen Großereignissen, und inhalierte gleichsam die Kunst. Das ging natürlich nur so lange gut, etwa bis Anfang der neunziger Jahre, bis die beigefarbenen Rentner kamen, «flott» frisierte Frauen mit Lattepappbechern in den Händen, Männer, apathisch wie üblich, mit

* Polizisten

ausgeleierten Prostatas, die sich in ihren Gesichtern fortsetzten (die Zeit der harten Eier und des Hagebuttentees war längst vorbei), und die Kunst, wie alles in Deutschland früher oder später, zum «Event» verkam (Bundesgartenschau, Kirchentag, Songcontest), wo man sein musste. Man fuhr in Bussen hin und legte den Kopf schief vor der Kunst, weil eben alle den Kopf schief legten, Deutschland, das Land der rätselhaften Rudel, des Rhythmus, wo jeder mitmuss, immer.

In Basel bei der Art Fair, die mir damals ganz besonders Spaß machte, weil die neurotischen Händler im erregenden Kontrast zu den ausgelegten Fallen an der Wand standen, wie hungrige Spinnen in ihren Netzen. Hier sah ich an einem Stand eine von Jean Michel Basquiat beschmierte Tür. Das muss so etwa 1980 gewesen sein, als Basquiat gerade entdeckt wurde. Die Tür kostete 10000 Dollar. Ich war hypnotisiert, eine profane Voodoo-Ikone, mir unerschwinglich, aber ich ahnte, dass sie so wirklich teuer nun auch wieder nicht war, Basquiat seinen Platz demnach wohl noch nicht gefunden hatte, zudem noch lebte und Spekulanten noch nicht auf ihn aufmerksam geworden waren, auch wenn ich den Teil mit den Spekulanten erst viel später begriff. Ich rief meine Mutter an und fragte, ob sie mir etwa 17000 Mark leihen könnte. Sie wollte wissen, wozu, und ich merkte schon, dass ich mich hier in etwas kompliziert zu Kommunizierendes verrennen würde, und sah davon ab, die schnöde, aber andererseits auch wieder gar nicht so schnöde Tür zu erklären. Den Künstler kannte sie natürlich nicht, von der Seite brauchte ich es also gar nicht erst versuchen. Ich murmelte nur, dass es egal sei und Basel schön, ich äße den ganzen Tag Lauchchüechli, ich könnte mich an ihnen blind fressen, und sie fragte panisch, ob ich in Not sei, etwas passiert, wieso gerade 17000 Mark? Da hätte ich nun einhaken könne, irgendein Szenario, Notamputation eines Auges, erfinden, sie kannte das, schon einmal hatte sie ein ominöses Telegramm vom deutschen Honorarkonsul in Dover bekommen, der mir Geld für die Fähre nach Belgien vorgestreckt hatte, weil mir zu spät eingefallen war, dass man übers Wasser nicht trampen kann. Der Konsul schrieb ihr damals: «Für die Heimführung Ihres Sohnes berechnen wir 250 Pfund», und sie dachte natürlich, ich käme im Sarg heim. Aber jetzt war ich zu schwach oder zu phantasielos für eine Lüge, sagte, ach egal, komm, vergiss es, war nur so eine Idee, und gerade kommt ein mobiler Lauchchüechlihändler vorbei, muss aufhören, kann nicht widerstehen, vielleicht dachte sie, ich brauche das Kapital, um ins Lauchgeschäft einzusteigen. Blass nur entstand in meinem Kopf das Bild, wie ich mit der klobigen Tür und einem großen Lauchkuchen die Heimreise antrete und an der Grenze von skeptischen Zöllnern taxiert werde. Bei der Tür hätte man immer noch sagen können, das ist Sperrmüll, aber beim Kuchen? «Wollen Sie ein Stück?» Lauch habe ich außerhalb Basels auch nie wieder in irgendeiner Darreichungsform zu mir genommen. Lauch – allein der Name, man kann jemanden mit Lauch auspeitschen, aber essen?

Diese Tür wurde unlängst bei einer Auktion angeboten, Schätzpreis zehn Millionen Dollar, und sie ging auch weg.

Ich hingegen ging später nach Wien, um dort Kunst zu studieren. Ich wurde auch an der Akademie am Schillerplatz aufgenommen, im Gegensatz zu manch anderem, dem man vielleicht mehr gewünscht hätte, akademischer Maler zu werden, anstatt halb Europa in Schutt und Asche zu legen. Aber das Studium erwies sich als Farce. Bereits nach einer Woche kam ich drauf, dass Kunst zu studieren oder zu erwarten, dass sie einem vermittelt wird, in etwa so ist, als wolle man ein Auto mit Wasser betanken. Ich ließ es bleiben, malte aber weiter so vor mich hin, während ich allabendlich im Café Alt Wien mit Martin Kippenberger saß und Mau-Mau spielte: eindeutig das bessere Kunststudium. Ich hatte dann sogar eine Galerie, verkaufte auch, doch das blieb alles im unteren Segment, im kaum wahrnehmbaren. Einmal rief die Galeristin an, sie wollte, dass ich bei einer Gruppenausstellung mitmache, jetzt, auf der Stelle solle ich etwas bringen, bellte sie mich an. Nur ging es mir gerade nicht gut, ich war schwer krank, ein rätselhafter Virus, eine Art Körperfresser hatte sich in mir eingenistet, ich hatte schon zwei Monate lang Fieber gehabt und in dieser Zeit zehn Kilo abgenommen. Ich war geschwächt wie eine Motte mit nassen Flügeln, hob schwach meinen Kopf von meiner schweißnassen Bettstatt, praktischerweise eine Art Sarg, und sah mich in meinem Zimmer um. Was könnte ich ihr bringen? Nichts da. Malen ging nicht, da sah ich die zwei Türen meines Kleiderschranks, die ich mal zu später Stunde im Stile Salvador Dalís bemalt hatte. Ich hebelte sie aus und schleppte sie willenlos, schwitzend und graugrün im Gesicht in die Galerie, wo mich die Galeristin, auf die Türen deutend, anschnauzte: «Herr Rubinowitz, das ist scheiße!» Mutlos und entkräftet murmelte ich, dass ich mir das nicht gefallen lasse und sie mich so nicht behandeln dürfe, ich sei sehr krank, das sehe sie doch, und dann sah ich, dass sie weinte, ja, soll sie nur, auch wenn ihre Tränen theatralische Tränen des Selbstmitleids waren. Ich ging grußlos, schleppte die Türen wieder heim und wuchtete sie nie wieder in ihre Scharniere, wozu auch? Ein Schrank bleibt ein Schrank, auch wenn er keine Türen hat, wie das Dionne Warwick einst sinngemäß in «A House is not a Home» besang.

Etwa ein Jahr später sah ich im Newsletter meiner Lieblingsstadt in Japan, dass in Beppu wieder einmal Kunstbiennale ist, eine Art Wettbewerb, da gibt's einen Preis für das beste Werk, eine Million Yen, und jede Menge Trostpreise (Excellence Prize, Encouragement Prize). Jetzt wusste ich, was ich mit den mich die ganze Zeit fragend anschauenden Türen zu tun hatte. Die Türen mussten nach Beppu, ich wollte *The Beppu Art Museum Prize*, weil das eines der schönsten Museen der Welt ist, es liegt prächtig an der Beppubucht, ringsum blüht blassgelb der Ginster, das Haus sieht aus wie eine dieser Space-Age-Villen von John Lautner und atmet innen einen Geist aus Bohnerwachs und dezentem Luxus, da sollen meine Türen hängen! Ich gab ihnen den schnittigen Titel «Liebling, ich steh im Brockhaus», allein der Titel ist schon preiswürdig, dann verpackte ich die Türen aufwendig und rief einen UPS-Boten. Die Fracht war sagenhaft teuer, 500 Euro, dafür konnte man im Internet verfolgen, wo sich die Sendung gerade aufhielt, und sie reiste leider ganz verschnörkelt, langsam wie eine Schnirkelschnecke, herum, was mich nervös machte, denn der Abgabeschluss dräute. Warum müssen die Türen erst nach Paris gehen, nach Peking, Tokio, Fukuoka und erst dann nach Beppu? Ganz knapp, am letzten Abgabetag, kamen sie an, und als Antwort schickt mir das Büro eine Mail und fragt, warum ich denn keine digitalen Bilder gemailt hätte? Stünde doch in der Ausschreibung, erst digital, dann wird ausgewählt, dann erst solle man die Werke schicken. Na ja, jetzt sind sie schon mal da, dachte ich, erleichtert der Jury vielleicht die Entscheidung, mir gleich einen Preis zu geben. Einen Monat später dann auf der Homepage der Biennale, 700 Einreichungen, Kunstwerke mit erregend siegessicheren Titeln wie «Therapy of Silence No.7», «Thaumazein VI of Existence», «To the Sky of No Excuse», «Composition of Memory», «People, Travelers on the Earth», «Arti-Fact IV», «Born in Accumulated II»,

«Remaining Voice (Pillar)», «What Do You Say People Do Nothing But Fight?». Meine Türen hingegen nirgends, nichts zu sehen, dabei hätte mein Titel doch wunderbar in die Reihe gepasst.

Aber zumindest hatte ich jetzt einen Vorwand, wieder mal nach Beppu zu fahren. Es gibt doch dieses Lied von Hildegard Knef, in dem sie singt, sie hätte noch einen Koffer in Berlin: Bei mir sind es eben Türen in Beppu.

Ich liebe Beppu, ein Kurort, alles so langsam hier, nur Rentner und Behinderte, man hat den Eindruck, das Städtchen stehe auf einer tektonischen Sollbruchstelle wie auf einer Eierschale. Aus allen Ritzen und morschen Rohren brodelt's und dampft's, weißer Dampf, überall, als vierte Dimension, es gibt 3700 Thermalquellen und 168 öffentliche Bäder, in denen die Siechen sieden, das ganze Städtchen in Schwefelschwaden wattiert, man muss sich gleichsam durch Nebelwände schneiden. Überall an Straßenständen werden hier Onsen-Tamagos verkauft, Quelleneier, die garen rund eine Stunde bei Temperaturen zwischen 60 und 70 °C im geothermischen Bad, wodurch sowohl Eiklar wie Dotter nur leicht gerinnen und eine gleichmäßig wachsweiche Konsistenz erhalten, vergleichbar mit verlorenen Eiern. Durch die im Wasser gelösten Mineralien nehmen die Eier zusätzlich einen je nach Quelle mehr oder weniger salzig-schwefligen Geschmack an. In Beppu ernähre ich mich ausschließlich von Eiern. Als ich im Museum nach meinen Türen frage, entschuldigt sich die schöne, verblühte Chefin, Michiko Takagawa, ein altes Ginstergirl, den Tränen nahe, schwer zu erkennen, ob echt oder gespielt. Sie bedauert, dass ich nichts gewonnen hätte, und meinen sie beruhigen sollenden Einwand, es sei doch schon ein Gewinn, sie und Beppu kennen zu dürfen, versteht sie nicht auf Anhieb. Dass ich außerdem am liebsten gleich mit ihr durchbrennen würde, spare ich mir lieber. Im Land der diffizilen Etikette wäre ich zu leicht in falsches Fahrwasser geraten.

Wehmütig verlasse ich mit den zwei schweren Türen das Museum und erinnere mich an die ähnliche Situation, als ich die Galerie in Wien mit den Türen verließ. Damals war ich schwer krank, jetzt bin ich nur schwermütig. Hinter der Museumsgardine nehme ich schemenhaft Madame Michiko wahr. Ich wünschte, sie würde weinen, aber nicht die falschen Tränen der Galeristin, sondern die der verpassten Gelegenheiten.

Mit den Türen reiste ich dann durch das untere Japan. Am Ende setzte ich mit der Fähre über nach Korea, dort lebt meine zukünftige Verlobte, also die, die ich dort zu finden hoffte, von Shimonoseki geht die Überfahrt nach Pusan. In der Nacht stehe ich an der Reling und rauche eine «Pianissimo Peche», eine Zigarette, die nach Pfirsich schmeckt, die Türen neben mir. Ich sehe den Aldebaran am Himmel, einen roten Riesenstern, ein Teelöffel wiegt auf ihm 10000 Tonnen. Und mit einem Mal wird mir bewusst, was man da eigentlich um den halben Globus herumschleppt, während einem die Arme immer länger werden. Wenn man jetzt das Gewicht all der Tage addieren würde, die die Türen schon unterwegs sind, käme man sicher auch annähernd auf den aldebaranischen Löffel. Deshalb schmeiße ich sie in die schwarze Koreastraße, wie die Meerenge hier genannt wird, das stoische Wasser macht sich gnädigerweise nichts aus Kunst. Was für Manès Sperber die Tränen im Ozean waren, also eine Metapher für den Verrat der kommunistischen Partei an einer großen Idee, sind bei mir Türen im Ozean: eine surrealistische Allegorie des pathetischen Scheiterns. Passt doch. Ich bin sicher, Basquiat, Kippenberger und Dalí hätte es gefallen.

Unterm Tisch des Seepferdchens

Interesting place this, I like it here, I think I'll stay and see what happens.
Television Personalities

Mein Freund, der Journalist Klaus Nüchtern, mit einer gewissen Grundmuffigkeit ausgestattet, wie er selbst sagt, aber weder Kulturpessimist noch Misanthrop, fährt, wenn er nach London reist, was nicht selten vorkommt, vom Flughafen direkt in die Tabard Street Nr. 44 im Süden Londons (U-Bahn-Station Borough), betritt das Royal Oak Pub, sucht sich ein Plätzchen und verlässt dieses nicht unter vier Pints Sussex Best Bitter, Sussex Old Ale oder Armada Ale von Harveys aus Leeds, erst dann ist er, sagt Nüchtern, angekommen (Namenswitze verkneife ich mir schon seit langem, und insbesondere hier). Ein anderer Freund, ein Finne namens Brandi Ifgray, ein Musiker, wies, als er das erste Mal am New Yorker John F. Kennedy Airport (gebaut von seinem Landsmann Eero Saarinen) ankam, den Taxifahrer an, ihn direkt und ohne Umwege ins CBGB's zu fahren, den legendären Club in der Bowery in Manhattan, den es nicht mehr gibt. Der Laden hieß korrekt eigentlich CBGB & OMFUG (ein Akronym für «*Country, **B**luegrass, **B**lues and **O**ther **M**usic **F**or **U**plifting **G**ormandizers*») und kann als Keimzelle von Punkrock betrachtet werden, der sich von hier aus über die ganze Welt verbreitete. Also, so ein grundmuffiger Gormandizer bin ich ebenfalls, auch wenn ich mit Punk und London nicht recht warm werden will, aber wenn ich nach Helsinki komme, führt mich der direkteste Weg an einen ganz bestimmten Ort, nämlich ins

Sea Horse, und das aus dem einfachen Grund, weil dieses Lokal (Ravintola auf Finnisch) wie kein zweites all das verkörpert, was Finnland ausmacht. Diese Mischung aus dunstiger Melancholie und Demutskapitulation, alles passt so gut zusammen: die Einrichtung, das Personal, die Sitzkoben, das unterseeische Zwielicht, die sedierten Gäste, das wunderschöne Seepferdchenfresko an der Wand, eine kokonartige Einheit forcierten Bremsens. Keine Frage: der Vorhof zum Paradies.

Das Lokal in der Kapteeninkatu existiert seit den 1930ern, in einem beeindruckenden Jugendstilgebäude aus dem Jahre 1902, die finnische Version heißt Nationalromantizismus, das einer düsteren Burg ähnelt, mit Erkern und Türmchen und merkwürdigen, einer schwer nachvollziehbaren Logik folgend befestigten Balkonen. Erbaut wurde es von einem blinden, weit über Finnland hinaus bekannten Klavierstimmer namens Herman Walentin Schalin, der im Alter von zwölf Jahren sein Augenlicht infolge einer Scharlachinfektion verlor. Er war eine Respektsperson in der Stadt und führte stets ein geladenes Gewehr in seinem weiten Mantel bei sich. Seinen Kindern war es verboten, mit ihm zu sprechen oder ihn zu berühren.

Die große Zeit des Gasthauses begann 1959, als Olavi Paukku und seine Frau den Laden übernahmen. Ihr hausgemachter Senf galt als ganz besondere Delikatesse, die Leute ließen ihn sich eimerweise durchs Küchenfenster reichen, und so wurden auch immer die Tageseinnahmen zur Bank getragen, im Eimer.

Tyler Brulé, Gründer der Illustrierten *Wallpaper* und derzeit Chef von *Monocle*, dem fraglos bestfrisierten und zugleich überflüssigsten Magazin hier auf Erden, kürte das Sea Horse in Helsinki zu einem der zehn weltbesten Restaurants. Der Mann versteht sein Handwerk, denn welches Restaurant bekommt so eine Adelung, dessen Koch, laut Brulé, eine Elektroheizung ist («Executive chef: ‹Mr. Winston›, the kitchen's electrical heater»)?

Das kann Momus nicht beeindrucken. Er verachtet Brulé, seine ganze scheißelitäre Haltung, die ihn beispielsweise einfach behaupten lässt, die Präsidentenmaschine Taiwans sei die beste Fluglinie der Welt, was *ich* wiederum gut finde. Mit Momus sitze ich jetzt im Sea Horse.

Momus ist Nicholas Currie, ein schottischer Musiker. Das Pseudonym hat er vom griechischen Gott des Spotts. Die Pet Shop Boys bezeichneten ihn als ihren perversen dritten Bruder («What is the cultural meaning of coming in a girl's mouth? Do I wish to feed her or fill her mouth with filth?»). Er lebt in Osaka und hat nur ein Auge: Nach dem Reinigen seiner Kontaktlinsen mit griechischem Leitungswasser schlüpften irgendwelche Parasiten zwischen Auge und Linse und fraßen Ersteres auf. Ich frage ihn, ob er noch jemanden kennt, der durch Tiere sein Auge verloren hat, ich selber weiß nur von Harpo, dem schwedischen Sänger («Moviestar», «Motorcycle Mama»), dem hat ein Pferd ein Auge ausgetreten oder ausgebissen, so genau will man das nicht wissen (ich eigentlich schon). Momus fällt nur die Geschichte von Eric Hosking ein, einem englischen Vogelfotografen. Ich würde doch sicher dieses bekannte Bild *Barn Owl with Prey* kennen, die verdutzte Schleiereule mit der schlaffen Maus im Schnabel. Richtig bekannt wurde Hosking allerdings, als ihm ein Waldkauz sein linkes Auge aushackte. Seine Biographie musste dann natürlich «An Eye for a Bird» heißen.

Momus deutet auf die rosa Lichter in den Fenstern. Klar, dass Brulé das hier gut findet. Ach, der ist schwul? Momus grinst sardonisch: «Supergay». Mehr beeindruckt ihn, als ich ihm erzähle, dass bei den Seepferdchen die Männchen schwanger werden. Die Stute spritzt ihre Eier dem Hengst in eine Brusttasche, wo er sie befruchtet und austrägt. Momus meint, für ein Seepferdchen hätte er natürlich lieber sein Auge gegeben. Eier im Auge: blind, und am Ende würden auch noch kleine Fohlen aus seinem Auge schlüpfen.

Ich kenne Momus schon sehr lange. Vor fünfundzwanzig Jahren oder so war ich kurz Konzertveranstalter; in Graz hab ich damals einen kleinen Abend gestalten dürfen, bei dem Momus der Hauptact war. Als «Vorgruppe» trat Max Goldt auf, mit dem Wiener HipHop-DJ DSL (Danube Supa Leiwand), Goldt hielt zunächst einen langen Monolog über spezielle Igel unter bestimmten Tischen, zu dem DSL unaufdringliche Musik dudeln ließ. Das kulminierte in einer phlegmatisch gesprochenen Version des schauerlichen Matthias-Reim-Schlagers «Verdammt ich lieb dich», zu dem DSL sich und seine Platten in einen Furor kratzte, mit allen zur Verfügung stehenden Gliedmaßen, sogar mit dem Po, ein im besten Sinne merkwürdiger Moment. Dann betrat Momus die Bühne. Er kam mit einem Kollegen, beide gekleidet wie zwei Bankangestellte aus Bratislava, sie schleppten riesige Pappkartons mit sich, aus denen sie fabrikneue Robotron-Computer wuchteten, große klobige Geräte. Das war aber nicht Teil der Performance, wie man hätte meinen können, sondern Notwendigkeit, weil sie keine Zeit zum Soundcheck hatten – die Anreise von Glasgow nach Graz ist wohl etwas verschlungener, als ich mir das ausgemalt hatte (sie kamen mit dem Auto). Sie begannen ein apartes Konzert, das heißt, Momus tat es, er drückte dann und wann auf die Tastatur seines Computers und rief ein paar dürre Beats ab, spielte dazu akustische Gitarre, während der andere Mann nur in einer Art pataphysischem Stupor, ratlos und verlegen auf seinen Bildschirm starrte. Er war wohl nur mitgekommen, um die tonnenschweren Geräte zu schleppen, sein eigenes war erkennbar ein Alibigerät, es hätte auch ein Stück Holz sein können, oder ein Amboss.

Ein Vierteljahrhundert später sitze ich nun also mit Momus im Ravintola Sea Horse (Momus sagt: Sea Whores). Gestern hatte er ein schönes intimes Konzert (diesmal lediglich von einem kleinen Telefon begleitet) in der Dubrovnik Bar in der Eerinkatu, sie gehört den Kaurismäki-Brüdern und ist Teil eines mit großer Liebe zum Detail eingerichteten Ensembles verschiedener, verschachtelter Lokale (Andorra Kultuurikompleksi heißt das), es gibt dort auch ein kleines Kino, eine Billardhalle und das Café Moskva, mit der muffigen Kellnerin mit den goldenen Zähnen, die kaum mehr als Russisch spricht, dem Matti-Pellonpää-Schrein in der Ecke (vor seinem frühen Tod war er Stammgast hier), der schweren, überlaut dröhnenden Musik von Dmitri Schostakowitsch und dem deprimierenden gastronomischen Angebot (Wurstbrote). Im Sea Horse hingegen serviert man die wunderbaren Baltischen Heringe aus der Bratpfanne, die Spezialität des Hauses, immer exakt 16 Stück pro Portion, dazu einen Klumpen pappiger Stampfkartoffeln und Nierensteine ausschwemmende, nach Grab schmeckende Rote Rüben, die den Zaubertrick beherrschen, den Urin hübsch dramatisch einzufärben. Obendrauf liegt noch ein Zweiglein Dill, denn ohne Dill geht in Finnland natürlich absolut gar nichts, Dill, die Posaune unter den Kräutern.

Ich möchte mit Momus eine kleine Fluxus-Aktion machen, die ich sporadisch da und dort an außergewöhnlichen Orten mit sympathischen Menschen veranstalte. Es geht darum, eine kleine blasse Marke zu hinterlassen. Ich liebe die Vergänglichkeit von Fluxus, das Absichtslose und Bedeutungsarme, ich liebe Yoko Ono und Allan Kaprow (schmierte einen Ford Mustang mit Marmelade ein, leckte ihn mit einer Gruppe Gleichgesinnter ab und verbrannte ihn dann), mein Aktiönchen ist weniger pathetisch, *Fluxus povero* könnte man das nennen.

Bevor wir jetzt zum Happening schreiten, muss ich noch ein paar einleitende Worte loswerden. Meine erste leidenschaftliche musikalische Liebe galt einem amerikanischen Brüderpaar namens Ron und Russel Mael, ihre Band hieß und heißt immer noch Sparks. Meine erste mit dreizehn Jahren von Taschengeld gekaufte Platte war von ihnen, sie hieß «Kimono my House», und Max Goldt, dessen Urteil mir einmal nicht unwichtig war, sollte mir später zu dieser exquisiten Wahl gratulieren.

Man kann es als Gnade oder Glück bezeichnen, zufällig von den Sparks musikalisch initiiert worden zu sein, statt etwa durch Nirvana oder Rammstein, da schämt man sich mit Sicherheit später seiner Ohren, und dann hatte ich sogar mal die Gelegenheit, mit den zwei freundlichen Brüdern über den Nutzen von Daumen zu diskutieren («If I had a million thumbs. I'd twiddle, twiddle. But I just have two. Nothing to do. Nothing to do»). Wer gar nichts von ihnen kennt, höre sich nur mal «Suburban Homeboy» an, kurz, präzise, burlesk, aber gleichzeitig auch opulent, altmodisch und prächtig wie eine Kathedrale aus bröckeliger Baisermasse, weiß wie alter Schnee, das müsste ausreichen als Einstiegsgift. Bei einem Konzert der Sparks in Hamburg tanzte ich vor einigen Jahren zu diesem Lied mit Elvira, der Frau von Walter Moers, eng, während dem smarten Schöpfer von «Adolf, die Nazi-Sau» Tränen des Glücks in den Augen standen.

Nun gibt es von den Sparks viele schlechte, oder sagen wir, viele halbgute («Suburban Homeboy» ist von so einer halbguten) und auch wenige ganz schlechte Platten, aber «Kimono my House» kann als Meilenstein gelten, ebenso die zwei folgenden, «Propaganda» und «Indiscreet», das ist eigentlich ihr Fundament, ihre geschichtliche Leistung, ein unglaublicher Pomp und hysterischer Spaß überschnappenden Wahnsinns. Drei Platten zum mit in die Grube nehmen.

Auf «Indiscreet» befindet sich ein Lied namens «Under the table with her», das ich ganz besonders mag, nicht nur weil es vermutlich das einzige in der gesamten Geschichte der Musik darstellt, in dem ein Kotelett vorkommt, es ist eine Art Menuett, bei dem auch eine Blockflöte zum Einsatz kommt, und auf Konzerten singt natürlich jeder mit, man kennt den gesamten Text, weil er ausnahmsweise recht kurz ist. Der Text geht so:

Nobody misses diminutive offspring
Not when there's big wigs there, there
Dinner for twelve is now dinner for ten
'Cause I'm under the table with her

I give a yelp and they throw me a cutlet
Somebody pats her hair, hair
Everyone's nice to the subhuman species
I'm under the table with her

People all around the world are having only rice and tea
Two of them should come and take the place of Laura
  Lee and me

Meine kleine Aktion geht nun so: Ich habe den Text auf Aufkleber kopiert, die Rückseite kann man abziehen, nun gebe ich, nachdem wir unsere 32 Heringe aufgegessen haben, Momus einen davon und behalte selbst einen. Jeder von uns schreibt dann an den Rand fünf Personen, zusammen also zehn, die oben am Tisch sitzen, weswegen wir es vorziehen, uns unter den Tisch zu verziehen. Und das ist gar nicht so einfach, denn wenn man jetzt Adolf Hitler, Elvis, Franz Kafka, Beyoncé und Thomas Gottschalk schreibt, möchte man diese Gesellschaft doch nicht verlassen müssen, das könnte ja ganz spannend werden. Man muss also außergewöhnliche Langweiler finden, die aber nicht in der Summe dann doch wieder eine interessante Mischung ergeben. Momus entscheidet sich für die fünf Freundinnen, mit denen er am längsten zusammen war, die will er auf gar keinen Fall zusammenbringen, das stellt er sich schrecklich vor. Ich grüble und entscheide mich für ein fiktives Personal, Charaktere der amerikanischen Systemgastronomie, die ganz fiese Riege: Ronald McDonald, der Kentucky-Fried-Chicken-Mann (Colonel Sanders), Big Boy, Wendy, Mr. Softee, ich glaube, die reden nur Scheiße, und die Exfreundinnen von Momus reden gar nichts mehr, angesichts ihrer üblen Tischgesellschaft. Wir schreiben die Namensliste zum Liedtext, ersetzen noch «Laura Lee» durch den Namen des jeweils anderen (damit eines Tages jemand anderes uns hier unten erlösen kann), ziehen die Folie von den Aufklebern und haften diese unter unseren Tisch, Momus macht noch ein paar Beweisfotos und sieht dabei so pervers aus, wie er gerne sein möchte, wie jemand, der jungen Mädchen unter den Rock fotografiert. Er erzählt, dass er die Sparks nie leiden konnte, weil seine erste Freundin verliebt war in einen der Sparksbrüder. In Russell, frage ich, den hübschen? Nein, Ron, der mit dem Hitlerbart, alle Mädchen seiner Generation standen auf Ron.

Ich stelle zur Diskussion, warum immer diejenigen am eifersüchtigsten sind, die auch am untreusten sind. Momus vermutet, sie wollen so ihre Schuld kompensieren, und fragt grinsend, ob ich ihn für eifersüchtig halte. Ich sage, das könne ich nicht wissen, mir sei das auch egal, immerhin gebe es ja von ihm den Song «A Complete History of Sexual Jealousy Parts 17 to 24», dieses großartige Lamento, das bizarrerweise sogar von Manfred Mann gecovert wurde, warum soll das nicht autobiographisch sein? Momus oder ein Erzähler ist darin eifersüchtig auf den Mann, dem eine Frau das Herz gebrochen hat, eifersüchtig auf den Mann, den sie kannte in einer Zeit, in die er nie mehr zurückkehren kann, er glaubt nicht an platonische Liebe, ist aber trotzdem eifersüchtig auf Platon. Momus lacht, nein, er sei höchstens eifersüchtig auf jemanden, der eifersüchtig ist, auf das Gefühl, den bitteren Schmerz. Aber, wende ich ein, der sei doch autodestruktiv, und in jedem Fall vergifte diese Energie das, was man zu lieben vorgibt. Momus meint, es wäre doch klasse, wenn man einen Schalter hätte, mit dem man diese Energiequelle auch ab und zu mal an- und ausknipsen könnte. Er stellt sich das vor wie den süßen Druck einer vollen Blase, den der Genießer hin und wieder durchaus auszukosten weiß. Ich verschweige, dass in mir dann und wann tückische Kräfte der Eifersucht zu toben pflegen, so war ich eine Zeitlang eifersüchtig auf die Chlamydien von Claudia Schiffer, nicht weil sie dem Ort nahe sind, der eigentlich als mein Platz vorgesehen wäre, sondern weil ich dadurch die Macht hätte, dem Mann, der dort ein- und ausgeht, den Zugang zu verwehren.

Wir verlassen das Seepferdchen, und gehen ins U. Kaleva, wo ich mit Mauri Antero Numminen verabredet bin. Das U. Kaleva ist eine sogenannte «pystybaari», das heißt vertikale Bar, gemeint ist Stehbar, eine Institution in Helsinki, sehr eng, sehr laut, und hier spielen sie ausschließlich finnische Musik. Als wir kommen, ist Numminen noch nicht da. Momus ordert einen Whisky, er freut sich, dass sie seine Marke (*Laphroaig*, zu deutsch «Schöne Senke an der weißen Bucht») haben, ein extrem torfiger Fusel («vielleicht der Grund, warum ich nie geraucht habe», aber ich erkläre ihm, dass man Torf schon lange nicht mehr raucht). Ich bestelle ein Karhu-Bier, in diesem einer Suppenschüssel nicht unähnlichen, geriffelten Glas, das schönste Bierglas der Welt, wenn es nicht so dickwandig wäre, würde ich es aufessen vor Glück (an dünnen Gläsern habe ich aus Übermut bisweilen schon geknabbert, wenn man Glas lange kaut, schneidet man sich ja nicht). Momus beschwert sich über die Musik, er hasst Rockmusik, ich sage, er mache es sich zu einfach. Numminen, der gleich kommen wird, kann ihm einen Exkurs darüber halten, wie wichtig gerade Rock 'n' Roll für Finnland ist.

Numminen, den ich auch schon einige Zeit kenne, ist ein zweiundsiebzigjähriger Soziolinguist, Komponist, Sänger, Tangoforscher und eine Wittgensteinkapazität. Des weiteren tritt er seit 1977 im Kinderfernsehen im Duo *Gommi ja Pommi* als Banjo spielender *Gommi* im Hasenkostüm auf (mit dem Akkordeonspieler Pedro Hietanen als *Pommi* im Katzenkostüm). *Gommi* kann als Wortspiel basierend auf dem schwedischen *gommen*, Gaumen, und dem finnischen *kommari*, Kommunist, aufgefasst werden. Dann bedeutet der Name des Duos auf Deutsch etwa *Der Kommunistengaumen und die Bombe*, weil Pommi die Bombe ist.

Momus meint, so ein Duo würde er jetzt viel lieber hören als diesen schnöden Rock, eine Katze namens Bombe und ein Hase singen Tangos über Wittgenstein. Moment, sage ich, kannst du haben, lieber Freund, gehe zum Gastwirt, der ein Deutscher ist, und frage ihn, ob er etwas von Numminen hat. Natürlich hat er, und natürlich hat er dessen Tractatus-Suite von 1966, die Vertonung der Kritik der Sprache aus Ludwig Wittgensteins «Tractatus logicophilosophicus». Gleich spielt er daraus das deutsch-englische «The General Form of a Truth-Function» («Zu einer Antwort, die man nicht aussprechen kann, kann man auch die Frage nicht aussprechen. *Das Rätsel* gibt es nicht. Wenn sich eine Frage überhaupt aussprechen lässt, so *kann* sie auch beantwortet werden»), ein so schwerfälliges wie schwermütiges Tier von einem Lied, das da mit dramatischer Chor- und Orchesterbegleitung ratlos durchs Unterholz unserer Logik kriecht wie ein Lemur.

Momus ist begeistert, und am meisten verblüfft ihn, dass hier von den vertikalen Gästen niemand murrt. Das sei eben die typische resignative Toleranz der Finnen, sage ich und hoffe nur inständig, dass Numminen nicht auftaucht in diesem Moment, wo sie etwas von ihm spielen, vielleicht ist ihm das unangenehm. Aber das Lied ist bereits aus, als der Barde die Bar betritt. Er freut sich wie ein Kind. Das ist immer so, er grinst von einem Ohr zum anderen, ein großes Kind mit Bart und gigantischem Haarhelm auf dem zerdrückten Gesicht. Ich stelle die beiden einander vor und frage Numminen gleich, weil auch gerade ein Lied von The Agents läuft, vielleicht die wichtigste Band Finnlands, niemand vertont die finnische Mentalität so adäquat wie Esa und sein Bruder Kai Pulliainen, mit jeweils wechselnden Sängern (selbst Ville Valo war einer von ihnen), frage also den Auskenner, warum das so ist, warum das, was da jetzt gerade läuft, dieser wehmütige Rock, so beliebt ist in Finnland. Welche Saite bringt das in ihnen zum Klingen? Ich kenne natürlich die Antwort, überlasse es aber dem Fachmann, den einäugigen Schotten aufzuklären:

Als die Deutschen nach dem Krieg abzogen und das Land verwüstet und niedergebrannt der Sowjetunion überließen, die sich zur Strafe erst mal große Teile Kareliens einverleibte und nur deshalb nicht auch noch den Rest des Landes, weil Finnland zum eigenen Schutz die Neutralität annahm, verfiel die Nation in eine Art Duldungsstarre gegen das gefräßige kommunistische Riesenreich, und in dieser Zeit entwickelte sich eine große Sehnsucht nach Amerika, eine Sehnsucht, die stärker war als sonstwo in Europa, Amerika, das so weit weg ist, man *war* Rock 'n' Roll, riesige amerikanische Straßenkreuzer, Plymouth Furys, Muntz Jets, Pontiac Bonneville Broughams, Kaiser Custom Cars und Studebaker Commander Starliner glitten, und tun es immer noch, aus den finnischen Wäldern in die Städte, in denen sie ihre Runden drehen, und die Musik dazu ist eben so eine verwehte, sehnsüchtige Shadows-Gitarre, dieses sogenannte *twangling*, das man auch von Chris Isaak («Wicked Game») kennt. In Finnland ist dieser Sound ein Haushaltsgegenstand, schon immer da und nie weg gewesen, und man könnte denken, Isaak hätte seinen Stil von hier.

Die Agents perfektionieren das am allergelungensten mit Topi Sorsakoski als Sänger, dem großen Tragöden mit Klobrillenbart, er könnte der Bruder von Matti Pellonpää sein. Topi starb im August 2011 im Alter von 58 Jahren an Lungenkrebs, ausgerechnet in Seijnäjoki. Da hab ich ihn zum ersten Mal gesehen, beim Tangomarkkinat, dem Tangomarkt, der jedes Jahr 100000 Tänzer anzieht, dic vier Tage und vier Nächte, die keine Nächte sind, weil die Sonne nicht untergeht, ohne Pause schwofen, nur wachgehalten von fadendünnem Kaffee, den die Finnen ja eimerweise zu trinken pflegen, und rohen Rhabarberstangen, an denen sie knabbern. Überall am Straßenrand sind kleine Bretterbühnen aufgebaut, mit Birkenzweigen geschmückte, die Gosse ist der Tanzboden, finnischer Tango geht ja nur mit Gesang und wird eher gegangen als exaltiert getanzt, komplizierte Figuren zu inszenieren ist in Finnland verpönt, weil peinlich, und da stand eben Topi Sorsakoski mit den

Agents, wand sich am Mikrophonständer, klammerte sich an ihn, so als sei er Krücke und Zepter zugleich, in einer Hand die Zigarette, ich musste heulen wie ein Seehund, er sang «Valot» (Lichter), kein Tango eigentlich, aber Sorsakoski durfte das, und dann bitte ich Numminen, Momus die Geschichte von «Valot» zu erzählen, dem vielleicht berühmtesten Lied Finnlands.

Numminen bestellt sich, bevor er erzählt, gleichzeitig einen Rotwein, eine Estragonlimonade, grün wie der Hulk, und einen Kaffee. Das macht er immer so, möglichst die ganze Getränkekarte durchtrinken, aber an allem nippt er nur, nie sah ich ihn betrunken. «Valot» ist von Rauli Badding Somerjoki, der wie Numminen aus Somero stammt, einer außergewöhnlich hässlichen Kleinstadt im Südwesten Finnlands, das Wappen ziert ein brennender Baumstumpf.

Somerjoki beherrschte kein Instrument, aber er hatte Melodien im Kopf, träumte sie sogar, und an einem nasskalten, dunklen Februarmorgen des Jahres 1971 auch jene von «Valot». Licht als Freund, Trostspender und Lebensretter, das die strangulierenden Schatten bannt, er summte das Lied vor sich hin, fuhr im Bus zum Freund Numminen, der das dann transkribieren musste, Somerjoki war fest davon überzeugt, dass das niemand anders als sein Idol, Elvis Presley, singen müsse. Sie nahmen eine Demoversion auf, schickten sie nach Memphis und warteten und warteten und bekamen keine Reaktion, nichts, der King wusste vermutlich nicht mal, wo oder *was* Finnland überhaupt ist.

Momus hat aufmerksam zugehört, er mochte, sagt er, die Stelle vom Summenden im Bus, und diese schier erdrückende Erwartung an eine Antwort aus Memphis, er fragt, was aus Somerjoki geworden sei. Numminen erzählt, dass sie das dann selbst aufgenommen hätten, mit Rauli als

Sänger, und es zu einem riesigen Hit in Finnland wurde, es gehörte schon bald zum finnischen Musikkanon, Rauli habe aber immer so eine große Angst vor Auftritten gehabt, Angst vor den Erwartungen des Lebens generell, sei Berufsalkoholiker geworden und mit 39 gestorben, auch wenn Elvis nur drei Jahre älter wurde, hat Rauli ihn zehn Jahre überlebt. Seine Mutter habe ihn eines Morgens tot im Bett gefunden, wahrscheinlich, so Numminen, träumte er eine letzte Melodie, die vom Ausgang.

Im Ravintola Kivi (vormals Grilli Bertina), in der Kivinkatu, Raulis Lieblingslokal, einer sogenannten Keskiolutbaari (Dünnbierbar), hängt zum Gedenken an ihn sein Foto an der Wand, die dicke Brille, das dünne Haar, das verquollene, ernste Gesicht. Die Wurlitzer ist voll von seinen traurigen Liedern, da wohnt er jetzt als «Geistermann», das ist nun «seine metaphysische Existenzwiese», wie sein Freund, unser Finnlanderklärer, erklärt.

Momus, der ja vorher den Tractatusauszug gehört hat, fragt Numminen, warum dieser so in Obsession mit Paul Wittgenstein verbunden sei. Nicht Paul, korrigiert Numminen ihn, Ludwig, er finde seine Philosophie einfach «lockend und wichtig», als Poesie und Wissenschaft gleichermaßen, vor allem sein Tractatus, das sei eine verführerische Kombination, es fange mit logischen, vernünftigen Sätzen an und mäandere in metaphysischen Gedanken aus.

Aber auch Paul sei doch nicht uninteressant, so Momus, Ludwigs Bruder, der Pianist und Mäzen, dem man den rechten Arm im Ersten Weltkrieg amputieren musste, er hat 1923 bei Paul Hindemith ein Stück in Auftrag gegeben für linkshändiges Klavierspiel und auch bezahlt, nur gefiel es ihm nicht, und das Stück wurde nie aufgeführt, durfte es nicht, und geriet in Vergessenheit, bis die zerknitterten Noten nach achtzig Jahren in einem dreieinhalb Tonnen schweren, staubigen Konvolut, Hindemiths Nachlass, bei einer Auktion auftauchten. Ein Mann aus Hongkong, Besitzer einer Kette von Nudelsuppenküchen, ersteigerte sie und gab das Stück endlich frei.

Und Numminen kann ergänzen, dass Paul Wittgenstein ja auch bei Maurice Ravel ein Stück bestellt hat, es hieß pragmatisch «Klavierkonzert für die linke Hand». Ravel war bei der Uraufführung nicht anwesend, deshalb arrangierte Wittgenstein für ihn eine Soirée. Nachdem er fertig war, schrie Ravel: «Aber das stimmt doch alles gar nicht!» Seiner Auffassung nach hatte Paul Wittgenstein, genannt «Der leere Ärmel», das Stück nicht in seinem Sinne dargeboten, er sei viel zu frei und unbekümmert mit seiner Partitur umgegangen. Wittgenstein erwiderte, die Interpreten dürften keine Sklaven sein, worauf Ravel ihn zusammenfaltete: «Die Interpreten SIND Sklaven!»

Das erheitert Momus zweifach, einerseits weil er ja vorhin die groteske, über alle Maßen unbekümmerte Interpretation Numminens des Auszugs aus dem Tractatus von Bruder *Ludwig* gehört hatte und sich nun *dessen* Reaktion vorstellte, und andererseits über diese Chuzpe Ravels, einen Versehrten, womöglich Traumatisierten so zurechtzuweisen. Aber vielleicht hat ja Momus im Falle Paul Wittgensteins nur das aufrichtige Mitleid desjenigen, dem auch ein Teil des Körpers genommen wurde, gepaart mit der kollegialen Erleichterung darüber, dass man ja gewissermaßen auf einem Bein auch noch stehen könne.

Ah, das *gute Gespräch* am Abend. Ich genieße das, wage indes nicht, mein Lieblingsbuch von Thomas Bernhard anzusprechen, «Wittgensteins Neffe», wie soll ich mit meinem rudimentären Englisch auch erklären, was mich an dem Buch so zum Lachen bringt («Ich bin kein Spaziergeher, ich gehe schon lebenslänglich nur widerwillig spazieren, ich bin immer widerwillig spazieren gegangen, aber mit Freunden gehe ich spazieren, und zwar so, dass diese Freunde glauben, ich sei ein leidenschaftlicher Spaziergeher, denn ich gehe mit einer solchen *Theatralik* spazieren, dass sie staunen»). Eigentlich bin ich auch ganz woanders jetzt, der ebenfalls zur Theatralik neigende Wirt spielt in diesem Moment nämlich Leevi & the Leavings, «Elina mitä mä teen», das gerade bei einer Leserumfrage vom Helsingin Sanomat, der auflagenstärksten und einflussreichsten Tageszeitung Finnlands, zum dritttraurigsten Lied Finnlands gewählt wurde, auf Platz 1 natürlich Rauli Badding Somerjokis «Valot», Platz 2 ist «Muistatko Monrepos'n» von Annikki Tähti, ein Lied, so traurig wie eine tote Katze, eingewickelt in eine nasse Gardine.

Gösta Sundqvist, der Sänger von Leevi & the Leavings, starb übrigens 2003 mit 36 Jahren an einem Herzinfarkt.

Zumindest lebt Annikki Tähti noch, sie ist 83. Man muss also in Finnland nicht zwangsläufig früh sterben, aber es scheint irgendwie zum Konzept zu gehören.

Was gibt's denn da zu grinsen, Rumäne?

I wash my hands in the water of your toilet
I wash my hands in the beauty of your smile
And everytime I see your smile
I feel like drowning in the Nile
FELIX KUBIN

Darf nicht das gedacht werden, was gedacht werden *kann*? Wohnt nicht jeder schwachsinnigen Idee zuallererst eine *unschuldige* Idee inne? Später erst erweist sich doch, ob sie brauchbar gewesen ist. Das Rad war eine gute Idee, Teebeutel, Windeln, Internet, das herrliche Brot natürlich, Reis, aber auch die Steine. Der Eurovision Songcontest ebenso. Vor allem für all jene, die sich über ihn ereifern, ihn verachten, sich aufplustern wie ein nassforscher Truthahn und die Musik des Contests minderwertiger finden als vermeintlich Wertvolleres, wie Arcade Fire (Fußballfangegröle), Bob Dylan (Schmuseballaden) oder Edvard Grieg (Fahrstuhlmusik). Und das beste Argument unserer Freunde, der Hüter der wahren Werte: Die Songcontestsongs wären «da draußen» ja gar nicht überlebensfähig. Ja, hat das denn irgendwer verlangt? Der Songcontest ist ein riesiger, aufgeblasener, herrlicher Zirkus, der nur einmal im Jahr auf unserem Planeten landet, dann zieht er weiter in andere Galaxien, und nächstes Jahr kommt er wieder. Die ganze Idee des Wettbewerbs ist, dass man in einer Mischung aus Fassungslosigkeit und Faszination vor ihm sitzt, gebannt, wie man von einem Autounfall gebannt ist, mit Toten, Verstümmelten oder auch nur schnöden Blechschäden, eine groteske Kollision, die abweicht von unserem linearen Denken und sich dann im Verlauf des Abends sogar noch steigert, mit diesem endlos sich hinziehenden, hingebungsvoll zelebrierten Wahlcrescendo, bei dem die Punkte über Europa und noch ein bisschen darüber hinaus verstreut werden. Diejenigen, die ABBA und Lordi, Udo Jürgens (beim dritten Anlauf hat's geklappt) und Vicky Leandros als Sieger vorhergesagt haben, gibt es nicht, der Sieger ist hier völlig unvorhersagbar. Daran scheitern auch letztlich die Wettbörsen, die so tun, als wären sie besonders sensible Barometer für aktuelle Befindlichkeiten und Trends. Das Uraltargument, geopolitischer Punkteschacher mache alles vorhersehbar, stimmt auch nur bedingt. Warum ist etwa ein schiitisches, postsowjetisches Land im De-facto-Kriegszustand wie Aserbaidschan in den vier Jahren seiner Teilnahme so beliebt und belegt immer vordere Plätze, auch mit Unterstützung von unverdächtigen Nationen wie Dänemark und Andorra? Wer hier eine Interessensschnittmenge herzustellen in der Lage ist, möge bitte vortreten. Eher könnte man den Fluss der Punkte mit den riesigen über Europa verteilten Migrantengemeinden erklären, die aus der Diaspora ihr Heimweh stillen. Aber sind nun die Exilaserbaidschaner in Andorra wirklich so stimmenstark?

Um herauszufinden, was Aserbaidschan hat, was andere Länder nicht haben, oder worum es andere Nationen bewundern, fahre ich nicht, wie ursprünglich geplant, nach Düsseldorf, also zum Austragungsort des ganzen Irrsinns (30000 Fans in der Arena, 4000 Journalisten, 500 Millionen vor den heimischen Empfangsgeräten), sondern in die Hauptstadt des Landes, nach Baku.

Ich habe den deutschen Erfolgsschriftsteller Joachim Lottmann («Auf der Borderline nachts um halb eins», KiWi) überzeugen können, mich zu begleiten. Er lebt seit einiger Zeit in Wien, weil er mit der Geschwindigkeit der Gentrifizierung in seiner Heimatstadt Berlin nicht mithalten kann und mag. In den Osten, «da, wo alles begann, da, wo wir alle herkommen», will er hingegen gerne. Er soll mir einerseits mit profundem Fachwissen sekundieren, andererseits aber auf sogenannte Rückschaufehler achten, Unschärfen, die sich bei zu großem Überschwang in den Nachbericht einschleichen könnten.

Im Flieger bestellt Lottmann zunächst einen Sekt, schaut ein bisschen Mr. Bean, über den er Tränen lacht, dann verschläft er den größten Teil des vierstündigen, größtenteils rumpeligen Fluges in der Turbopropmaschine.

Lottmann ist, dies nur zum besseren Verständnis, Songcontestexperte ersten Ranges, so muss man das nennen, allerdings nur der ersten und der zweiten Phase, also der sechziger und frühen siebziger Jahre, «dann kam Johnny Logan, und ein Traum ging zu Ende». Nun, diese Einschätzung teile ich nicht; gerade in den letzten Jahren waren doch ein spürbares Wiedererstarken und ein Niveauzugewinn zu registrieren. Wir beide können uns hier jedenfalls mit Wissen ergänzen und durch historische Bezüge dort, wo es nötig ist, relativieren.

Dennoch vertritt Lottmann die gewagte These, durch die rätselhaften Erfolge Aserbaidschans (zuletzt Safura mit «Drip Drop») liege es durchaus im Bereich des Möglichen, dass das Land dieses Jahr gewinnt. «Die Chancen sind *so* klein nicht», raunt Lottmann, und deutet mit Zeigefinger und Daumen einen kleinen Raum an, in den gerade eine Pistazie passen könnte, ein Hinweis vielleicht auf die letzten Pistazienwälder der Welt, die hier in diesem Land noch rauschen.

Auf der Taxifahrt ins Örtchen sind wir unisono entsetzt. Was haben sie aus dieser einstmals so prachtvollen sozialistischen Stadt gemacht? Alles abgerissen und durch lachhafte pseudoklassizistische Disneylandarchitektur ersetzt, ganze Straßenzüge prächtigster Plattenbauten, Hochhäuser, Denkmäler – bis auf das von Stalin – abrasiert, keine Geschichte wird gemacht, und an das Hafenbecken, die Baki Buxtasi, die Bucht Bakus, leckt ermattet nachtschwarz das ölfilmschillernde Meer Transkaspiens, während die transsexuellen Gunstgewerblerinnen am Kai stehen und den Matrosen den Kopf verdrehen, in nicht großer Ferne die Ölbohrtürme, an deren Spitzen das mindere Gas abgefackelt wird, züngelnde Fingerzeige der Verschwendung und des Überflusses, und das manifestiert sich hier in der rohen baulichen Zerstörung dessen, was einstmals Baku war, der Verheißung des Glücks in einem Außenposten großer trauriger Repression.

Lottmann, der sich physiognomisch aus der Schnittmenge von Rainer Hunold («Ein Fall für zwei») mit Inspektor Issel aus Walt Disney's lustigen Taschenbüchern zusammensetzt, ist indigniert. Ein Himmelfahrtskommando, in das ich ihn da «hineingeritten» habe, so sein Vorwurf. Unser Quartier ist im Möbelviertel der Stadt (Mebel). Viertel ist untertrieben, die ganze Stadt scheint aus Möbelwerkstätten und -geschäften zu bestehen. Mit irgendetwas müssen sie ihre vielen vielen neuen Gebäude befüllen, und Zimmer sind nicht genug, es müssen auch Möbel sein, stinkende Möbel, unser Hotelzimmer müffelt dann auch beißend nach Holzleim, so werden die Möbel, so wird das Zimmer, das Haus, die ganze Stadt zusammengehalten, wie froh wäre man gewesen, wenn man von köstlichem Öl- oder Benzinodeur empfangen worden wäre.

Aus Lottmanns schreckensgeweiteten Augen bricht sich ein stummer Schrei der Ratlosigkeit Bahn: Was machen wir hier eigentlich? Wer bin ich? Was, wenn nicht das eintritt, weswegen wir hier sind? Erstmals einer Revolution beizuwohnen, das war der Plan, die in Leipzig hatte er (Lottmann) buchstäblich verschlafen, die samtene und die orangene, die französische, die Nelkenrevolution, den Tahrirplatz, kannte man alles nur aus dem Fernsehgerät, jetzt war zum Greifen nahe, wie ein korruptes schiitisches Regime durch eine schwule Schlagerparade zu Fall gebracht wird, kraft der Federboa und des Trickkleids, ein Flächenbrand entsteht und erreicht den Nachbarn Iran, die Keimzelle des Grusels. Aber was, wenn Aserbaidschan nicht gewinnt, wenn das alles nicht eintritt, weswegen wir hier sind? «Der neunte Platz ist gar nicht schlecht», wie Wencke Myhre einst sang, in ihrem Beitrag «Ein Hoch der Liebe» für Deutschland 1968, mit dem sie aber dennoch den sechsten Platz holte, wäre das ein Trost für uns? Als ich Lottmann das zur Beruhigung erzähle, lacht er bitter, aber sein Lachen ist ein nach außen gewendetes Weinen, so gut kenne ich ihn, er, der sich hier ausgesetzt fühlt wie ein maunzendes Kätzchen in einem Baum.

Nichtsdestotrotz, und das ist ihm hoch anzurechnen, erklärt Lottmann entschlossen, er werde das jetzt hier aussitzen, wie Helmut Kohl 1989 den CDU-Parteitag, sechzehn Stunden mit einem Blasenkatheter.

Wir gehen erst einmal essen, ein schönes Jiz Biz, ein Nieren-Lungen-Ragout, dazu ein Sogan Dolmani, eine mit gehackten Zwiebeln gefüllte Zwiebel und ein knuspriges Kartof Kateleti (Kartoffelkotelett, Triumph der pathozentrischen Küche), das alles wird mit einem großen Glas Schärbät heruntergespült, Milch mit Basilikum, Lottmann wird milder, der Schärbät zeigt seine Wirkung, er wird jetzt selbst dem Kellner gegenüber toleranter, der seine Langsamkeit mit Serviceübereifer zu kompensieren trachtet, indem er mit dem Tischstaubsauger zwischen unseren

Tellern saugt, während wir essen, und durch diese Emsigkeit seinen eigentlichen Aufgabenbereich außer Acht lässt, woraus letztlich wiederum seine Langsamkeit resultiert. So ist das nun mal, nun sind wir schon mal hier, sei's drum. Und wenn die Revolution nun nicht stattfindet, weiß man zumindest gewiss, dass man nie wieder hier in die äußerste Ecke Eurasiens muss und man das jetzt auch abgehakt hätte.

Wir erkunden die Stadt, Qız Qalası, das winzige Altstadtgeviert, erweist sich als einziger Teppichladen, schlecht bedruckter Nadelfilz aus der Volksrepublik China, die Hafenpromenade Milli Park, eine Komplettverlade, junge Mädchen mit einer einzigen durchgehenden Augenbraue ergötzen sich an Seifenblasen, die ein Gaukler durch ein Tennisracket ohne Bespannung zieht, ein Affe bekommt eine Pistazie und spielt auf einem Miniaturschlagzeug, Lottmann nagt an einem Trockenfisch.

Man kann einen ehrlichen Mann nicht auf seine Knie zwingen und uns nicht, hier alles gut zu finden, aber das verlangt ja auch keiner. Zumindest gibt es keine wilden Hunde, struppige Rudel, wie man sie überall findet, südlich von Klagenfurt, hinter den Karawanken und östlich von Pinkafeld, also ab der Pannonischen Tiefebene, wo sie die Städte terrorisieren, wo sind sie hin? Stattdessen Scharen grüner Sittiche, sind sie der Grund für den Hundeschwund? Wohl kaum. Eher fahren die Azeris eine kluge Kastrationspolitik, endlich mal was Gutes neben dem Schärbät.

Der charakterlich beige Lottmann hält mir an den Gestaden der Bucht von Baku einen bizarren Vortrag über Jürgen Marcus («Auf dem Karussell fahren alle gleich schnell»), er hat einmal für Martin Kippenberger einen Katalogtext geschrieben über den singenden Betriebsschlosser aus Herne, ausgehend von Kippenbergers berühmtem Gemälde, das den gleichen ingeniösen Karusselltitel hat wie der Song des Schnulzenfuzzies. Marcus sollte ja Mitte der siebziger Jahre des letzten Jahrhunderts in Deutschland als eine Antwort auf oder Bollwerk gegen die Charmeoffensive aus Amerika, Shaun Cassidy und Leif Garrett, aufgebaut werden, also als hausgemachter Mädchenschwarm, positiv, rein, weiße Zähne, unschuldig, blond. Er wurde dann aber doch nur Kanonenfutter für die Kriegsgeneration, vermutlich weil er schwul ist, was die avisierte Zielgruppe schnell durchschaute, die ihn mangels Interesse für die Omas freigab («Ihr könnt ihn haben»). Denen war Homosexualität sowieso egal, weil sie gar nicht existierte oder so abstrakt war wie eine aldebaranische Schlange (transparentes, fluoreszierendes Lebewesen, hat drei Köpfe). Auch Marcus trat beim Songcontest an (wer eigentlich nicht?), mit dem bizarren Song «Der Tingler singt für euch alle», eine Art Vorwegnahme des Erfolgstitels «Ein Song namens Schunder» der Gruppe Die Ärzte zwanzig Jahre später («Immer mitten in die Fresse rein!»), also nicht inhaltlich oder musikalisch, eher von der Titelkryptik her.

Das Einzige, was ich titelbezüglich beisteuern kann, ist auf Halde gebunkertes Quizwissen, für den unwahrscheinlichen Fall, dass mal irgendwo exakt diese Frage kommt: nämlich wie die deutsche Version von Sandie Shaws Songcontestsiegerlied «Puppet on a String» von 1967 hieß, sie hieß «Wiedehopf im Mai», wem fällt so etwas ein? Ein Lied mit einem Wiedehopf (auch Hoppevogel, Puvogel oder Hupatz genannt) im Titel, («O Darling, es ist herrlich gefährlich mit dir, wenn du wiederkommst, dann sing ich und spring ich zur Tür, wie ein Wiedehopf im Mai»), ist das nicht ganz exquisit, Lottmann? Ihn kann ich nicht beeindrucken, und mein flehentlicher Appell, ob er denn nicht verstünde, ein Wiedehopf im Titel, das ist unschlagbar, das fällt auf, wenn ich ein Reisebuch schriebe, würde ich es «Haltloses Reisen ohne Plan und Verstand, aber mit einem Wiedehopf aus Holz» nennen, der Titelvogel springt doch jedem ins sprichwörtliche Auge. Lottmann kontert lapidar, Shaws Eurovisionstitel habe im Original in Deutschland die Nummer 1 erreicht und sich 23 Wochen unter den Top 10 gehalten, wohingegen die Vogelversion lediglich einen mauen sechsunddreißigsten Platz schaffte, so viel zu meinen hochfliegenden Plänen. Das schüttelt dieser Autor so en passant aus seinem Ärmel wie andere die Uhrzeit oder ein Illusionist eine Piksieben.

Am Abend, eher in der tiefen Nacht, Geisterstunde, weil die Uhren hier anders gehen, Zeitzonendifferenz: drei Stunden, fängt der Contest an. Wir entscheiden uns, ihn in einer Großraumdisco namens Psyhaterror mitzuerleben. Nur die Robustesten machen den Songcontest alleine mit sich in der Kemenate aus, so was muss man aber immer in Gesellschaft sehen. Der Liftboy unseres Hotels hat uns die Disco empfohlen, ein Fehler. Die Halle ist zugig, Lottmann bekommt alsbald Nackensteife, auch stopft er sich Klopapierkügelchen in die Ohren, «sonst könnte ich nicht bestehen». Der Saal ist halbleer und bleibt es auch, nur etwa fünfzig hirsutische Mädchen mit gigantischen Stöckelschuhen, auf denen sie sich kaum aufrecht halten können, sie gehen wie auf Stelzen, im Absatz eines Schuhs sah ich gar Goldfische schwimmen, und große Gruppen Jünglinge, nein, eigentlich Kinder, so um die zwölf schätzungsweise, noch kein Bart (den haben ja die Girls). Sie fläzen sich in den ausrangierten Möbeln, nuckeln an der Wasserpfeife, knabbern Pistazien und Labscha, geräucherte Labmagenstreifen, und nesteln aneinander, das ist hier nicht unüblich, Frauen machen das nicht, Männer an Frauen auch nicht, immer nur Jungmänner untereinander, einmal sah ich, kein Wort gelogen, in der U-Bahn zwei Unteroffiziere im vollen Wichs sich gegenseitig zärtlich Wangenkniffe geben. O.k., ich weiß, das sind nur die Keime, die vielen Keime in einem keimenden Körper, die irgendwie und irgendwo rauswollen, und hier im Psyhaterror liegen vor uns circa fünfzehn Zwölfjährige aneinandergekuschelt wie Ferkel in der Aufzuchtbox, nimm es einfach hin, so sind sie eben. Der eigentliche Wettbewerb wird hier gar nicht wahrgenommen, man ist total desinteressiert, nur wenn von der schrillen Moderatorin das Wort *Aserbaidschan* kommt, brandet müder Jubel auf. Begleitend wabert aus der Verneblernase einer Trockeneiskanone Bodenwrasen, die meisten der Buben sind sowieso schon eingeschlafen, wie abgelegte Tote, zu viel Rauch vermutlich, gnädig deckt der Nebel sie zu, er legt sich über sie wie eine Steppdecke.

Was dann passiert, ist Geschichte, das kennt man bereits. Aserbaidschan hat gewonnen, mit einem vermutlich teuer bezahlten, aber anständigen Lied von irgendwelchen schwedischen Mietkomponisten, niemand brauchte den Sieg so dringend wie dieses Land mit seinem schwelenden Grenzkonflikt. Lottmann verschlief den größten Teil des Wettbewerbs, eigentlich komplett, wohl der eine oder andere Schärbät zu viel. Dann und wann reckte er den schweren Kopf und murmelte zusammenhanglos: «Was gibt's denn da zu grinsen, Rumäne?» und «Nadine powerballadet wieder alle nieder», dann sackte er erneut in sich zusammen, es war immerhin schon drei Uhr morgens, alles hier, selbst die Zeit ist so langsam, zäh wie das Öl, das dem Staat seinen Reichtum schenkt. Ein Freund aus der Schweiz regte sich in einer SMS auf, zu Recht, der gute Beitrag der Schweiz sei so grausam unterbewertet geblieben, vielleicht solle die Schweiz auch einmal Krieg führen mit ihren Nachbarländern, danach würde es Punkte über

Jahre hinweg *hageln*, Zynismus in Reinkultur, der jetzt hier auch keinem weiterhilft. Zur Österreicherin Nadine Beiler (Platz 18) meinte er, sie könne auch gut Werbung für Monatswatte machen, und wenn ihren Song eine Straßenkatze gesungen hätte, hätte er für sie angerufen.

Als wir gehen, stöhnt Lottmann matt: «Nun haben aber die Sirenen eine noch schrecklichere Waffe als den Gesang, nämlich ihr Schweigen.»

Das Dorf

In april 1981, at my request, my mother went to a detective agency. She hired them to follow me, to report my daily activities, and to provide photographic evidence of my existence.
SOPHIE CALLE

Als ich jung war, galt Westberlin als die langweiligste, verstaubteste Stadt Deutschlands. Irgendwie verbummelt, eine ganze sogenannte Stadt wie ein riesiger Schlafsack, das hatte natürlich mit dem Sonderstatus zu tun, alleine nicht überlebensfähig, hing am Tropf, alles musste eingeführt werden. Scharen von westdeutschen Militärdrückebergern verkrümelten sich in dieses muffige Museumsdorf, selbst Städte wie Wuppertal und Wipperfürth waren zumindest *frei*. Und nun sogar frei von Tagedieben, weil die ja alle nach Berlin zogen. Ich bekam eine Gänsehaut wenn ich mir vorstellte, wie sie da alle abhingen (Rindfleisch hängt ab, damit es mürbe wird), ihre Zigaretten mit fusseligem holländischen Tabak drehten und in ihr abgestandenes Bier (Schultheiss) schwadronierten, eine bleierne Zeit, einziger Lichtblick in jener Zeit, neben David Bowie, der sich eine Weile an den Drogenwracks vom Bahnhof Zoo delektierte, war eine Kinderband namens The Teens (der Schlagzeuger war neun), die Ende der siebziger Jahre des letzten Jahrhunderts mit «Gimme Gimme Gimme Gimme Gimme Your Love» einen veritablen Ohrwurm ablieferte, ein trotziges, stampfendes Statement melancholischen

Hedonismus, etwas, wofür man sich nicht schämen musste. Der damalige Bürgermeister Berlins, Dietrich Stobbe, verlieh ihnen natürlich eilfertig den Verdienstorden des Landes, wenig später stolperte er über die Garski-Affäre, die Stadt hatte für einen insolventen Bauunternehmer gebürgt, der 112 Mio. D-Mark in Saudi-Arabien in den buchstäblichen Sand setzte; es war, als wolle sich Berlin auch mal so etwas Kosmopolitisches wie Korruptionsfilz leisten. Ein paarmal besuchte ich Berlin, allerdings nur den besseren Teil, den Osten, großzügig angelegte, harmonische Bauwerke, weiträumige, moderne Architektur, umgeben von Spielzeugautos in einer Spielzeugwelt, im Fernsehen lief das (bessere) Sandmännchen, Frau Elster, Zu Besuch bei Frau Puppendoktor Pille, Professor Flimmrich, Willi Schwabes Rumpelkammer und Meister Nadelöhr – Besuch im Märchenland, anspruchslose, bescheidene, leicht tölpelhafte, aber liebenswerte Menschen in Synthetiktextilen, die den Vorteil haben, nicht zu stinken, weil der Schweiß nicht ausdünsten kann, sondern unten rausläuft. Neidvoll blickten die Westberliner auf die sie im Würgegriff umklammernde Hauptstadt der DDR, und hilflos blickten sie gen Westen, von wo nur Häme, Hohn und Abschaum kam. Berlinerisch zu reden war verpönt, weil Berlinern das offizielle Staatsdeutsch des Ostens war, da bleibt einem ja nichts anderes übrig, als schizophren zu werden, sie berauben uns sogar unserer Sprachidentität. Der Düsseldorfer Punkmusiker Tommi Stumpff (KFC/Kriminalitätsförderungsclub) empfahl in einem Interview mit der Wochenzeitung DIE ZEIT: «Westberlin samt Punks, Fixer, Türken, Sexshops, Hausbesetzer, Hunde, Dreck, Nina Hagen, Rentner, Künstler und ähnliche Berliner an die DDR verschenken.»

Anfang der achtziger Jahre, als in Berlin alles zerfiel und

verrottete (kein Geld da zum Sanieren der minderwertigen Nachkriegsbausubstanz) und die Stadt in den letzten wirtschaftlichen wie kreativen Zuckungen lag, bäumten sich dilettantische Musiker, Irreredende und andere Scheinkreative, also Leute, die beispielsweise durch die Nase rauchen, um ihre Zwangsandersartigkeit zu zeigen, noch einmal auf, um aus dem verkapselten Status quo Nutzen zu ziehen, um irgendetwas Weltläufiges beizutragen, Kaputtheit zu verbrämen, qua Mitleid reüssieren, allen voran eine hässliche Vogelscheuche namens Blixa Bargeld, stets trug er Gummistiefel, jodelte wie Hubert von Goisern und wurde, dank üppiger Subventionsgelder (Senatsrockförderung), in späteren Jahren kugelrund. Selbst den in Duldungsstarre brütenden Berlinern wurde er bald unangenehm, sie nannten ihn *Pisse*. Alle waren heilfroh, als er irgendwann beschloss, nach Peking zu emigrieren, diese Plage war man los.

Stobbe, Bargeld, der spätere Bürgermeister Momper, im Zoo ein Nilpferd namens Knautschke, Günter Pfitzmann, Edith Hancke, Thomas Kapielski, Bimmel-Bolle, Strohhut-Emil, Zille sein Milljöh, Auge von der Teekanone (legendärer Wirt am Müggelsee), Löffelerbsen, Fischtüfte, Fassbrause, Teltower Rübchen, Hoppelpoppel, Sascha Lobo, Herthafrösche, Zirkus Karajani, Telespargel und der Wasserklops, dit war Berlin, die Bräsigkeit, die sich in John F. Kennedys, Amerikas ranghöchstem Sexstrolch, berühmtem, 1963 vor dem Schöneberger Rathaus geäußerten Satz wohlig suhlte: *«Today in the world of freedom the proudest boast is: Ich bin ein Berliner»*, worauf Tausende in Sportpalast-Stimmung jubelten. Viel zu lange hatte man sich gemütlich mit diesem Satz die Identitätswohnstube eingerichtet, mit der Illusion, man sei etwas, wenigstens ein Bollwerk gegen den Ostblockpopanz. Das weinerliche Mantra ging so: Wir halten für euch unseren Kopf hin! Wenn unsere Tapferkeit nicht wäre, würden wir und mehr noch: ihr, also der Rest des Westens mit Haut und Haaren aufgefressen. Dabei sind Berliner, wie der Journalist Andreas Banaski damals in einem Hamburger Nachrichtenmagazin anmerkte, «dicke Pfannkuchen, aus denen rote Marmelade quillt, wenn du raufdrückst».

Im Jahr, als die Mauer fiel, arbeitete ich bei Ogilvy & Mather, einer wohltuend uninnovativen Werbeagentur in Wien, und sah draußen vor meinem Fenster die wie der Führerbunker aussehende westdeutsche Botschaft, vor der den ganzen Sommer lang Ostdeutsche brav, wie sie es gewohnt waren, in einer langen Schlange aufgefädelt standen, eieräugige Flüchtlinge, die über Ungarn türmen konnten, während ich Radiospots für den Ford Sierra («Fahrkomfort in Reinkultur») schreiben musste, bei dem man jetzt eine *doppelt oben liegende Nockenwelle* serienmäßig eingebaut hatte, für die da draußen wäre die Materie, mit der ich mich da abplagte, nichts anderes als eine UFO-Bauanleitung gewesen.

Nun wird die Enklave geflutet, dachte ich, und kommt, hoffentlich, zur Besinnung, wacht auf, normale Menschen ziehen nach Westberlin, alles wird wohltuend durchmischt, 28 Jahre dumpfe Isolation hat nun ein Ende, jetzt wird gelüftet.

Doch was dann passierte, war bei weitem schlimmer, als was nach dem Mauerbau so vor sich weste wie ein faules Kuckucksei. Als man nach der Nacht von Donnerstag, dem 9. November, auf Freitag, dem 10. November 1989, verkatert erwachte, ging ein Traum zu Ende, und getreu dem Bibelwort (Jeremia 17,9): *Wen Gott strafen will, dem erfüllt er seine Wünsche*, begann jetzt erst der ganze Ärger. Wer bisher naiverweise geglaubt hatte, die beiden Berlins ließen sich zusammenstecken wie zwei LEGO-Steine, irrte, denn die Steine in der DDR hießen FORMO, und die waren nicht mit LEGO kombinierbar.

Wackere, verdienstvolle Berliner wie die beiden Musiker der Hardrockgruppe Die Ärzte («Mit dem Schwert nach Polen, warum René?»), Farin Urlaub und Bela B, verließen Hals über Kopf die Stadt. Bela übersiedelte nach Hamburg und gründete die Turbojugend St. Pauli, die Keimzelle aller globalen Turbojugenden, Farin zog nach Amelinghausen in der Lüneburger Heide und heiratete aus Überassimilationsmotiven auch noch eine Heidekönigin, als wolle er den Asbeststaub und den bleiernen Ballast Berlins durch die violette Lieblichkeit des Heidekrauts vertreiben. Beide ahnten, dass die Öffnung ihrer Heimatstadt eine Karawane von Kriegsgewinnlern anziehen würde, sie würden kommen, um ihre Claims abzustecken, wie die Körperfresser in dem bekannten Film aus den Erbsenschoten. Und diese Karawane würde weiterziehen und nur verbrannte Erde hinterlassen wie schon einmal: Stunde Null.

Als ich vor zwei Jahren den in einem Phantasieberlin angesiedelten Roman «Ramses Müller» veröffentlichte, bekam ich kurz darauf eine unerwartete Mail von einer Redakteurin der Zeitschrift GALA:

«*... mit großem Wohlgefallen habe ich ‹Ramses Müller› gelesen und es in einem Anfall von Verwegenheit und eigentlich auch nur halb im Ernst als Thema für die GALA vorgeschlagen.*

Und siehe: Man war begeistert!

Nun möchten wir Sie gern einmal als Gastautor für GALA gewinnen.

Möglich ist einiges, alles natürlich in Verbindung der Erwähnung Ihres Buches:

Wir haben mal wild vor uns hingedacht:

Vielleicht würden Sie, Herr Rubinowitz, einmal eine

Berliner Veranstaltung für uns besuchen und darüber schreiben?

Vielleicht würden Sie mal einen Abend im Borchardt abwarten, schauen und beschreiben?

Oder diverse Berliner Szenetreffs und wer da so abhängt?

Ich bin mir bewusst, dass Sie ja nicht in Berlin, sondern in Wien zu Hause sind, aber Ihr Buch klingt ganz so, als würden Sie Berlin schon auch aus eigener Erfahrung bestens kennen … Und wie weit Sie gehen können … Fäkalien und Geschlechtsteile haben immer so ihre Schwierigkeiten, in die Gala zu kommen, aber ansonsten haben wir schon Humor …»

Ich schrieb noch ein bisschen mit der humorvollen Redakteurin hin und her, sie wollte 7000 Zeichen haben und 800 Euro dafür bezahlen, in Zeiten grassierenden Printsterbens und Lohndrückens ein guter Schnitt, nur konnte ich mir partout nicht vor meinem geistigen Auge vorstellen, im Borchardts «abzuwarten» und zu «beschreiben», «was» «sich» «da» «so» «zuträgt», zudem schien mir, dass die Frau Redakteurin mein Buch vollkommen falsch verstanden hatte. «Ramses Müller» ist allenfalls eine Persiflage auf Gesellschaftsberichterstattungen, aber eigentlich nicht einmal das, es ist eher eine Reise ins Innere von ein paar Vollidioten, die zufällig und ohne dass ich damit einen großen Plan verfolgt hätte so heißen wie ein paar bekannte Personen der Weltgeschichte. Man könnte schön einen Bericht schreiben in der Tradition der Subversiven Affirmation und sich dann die Patschehändchen reiben, dass das Klatschblatt auf die allerlahmsten Borderlinemanöver reingefallen ist, ausschließen könnte man aber wohl, dass so ein Text den Verkauf des Buches befeuert, die Schnittmenge zwischen GALA und mir ist einfach zu klein. Ich marterte mir das Hirn, was machen, wo mich hinpflanzen, was besuchen, fand das alles aber unappetitlich, ich kannte und kenne zwar ein paar Berliner, unter ihnen sogar rare autochthone Exemplare, aber ich kann die doch unmöglich zu einem Mario-Barth-Massenaufmarsch, einer Veranstaltung des Kabaretts *Die Wühlmäuse* oder einem Zug durch Mitte zwingen, und alleine würde ich das nicht durchstehen, würde depressiv werden, so wie mich allein der Gedanke an Berlin schon depressiv macht, dass sich mein Hals wellt. Nach einiger Zeit kam von ihr überhaupt nichts mehr, meine Mails gingen ins Leere, sie verpufften. Sie hatte offenbar, wie ich dem Impressum entnahm, den Arbeitsplatz gewechselt, war nicht mehr bei GALA, und mein Buch war auch schon zu lange nicht mehr neu, so sind mir 800 Euro entgangen. 500 Exemplare meines Buches müsste ich verkaufen, um diesen Betrag zu verdienen, weil es sich stetig, aber langsam verkauft, bräuchte ich dafür schätzungsweise zwei mühsame Eichhörnchenjahre.

Ich musste also nicht als GALA-Reporter nach Berlin, aber vielleicht sollte ich es trotzdem einmal versuchen, nachsehen, was da so «abgeht», vielleicht ist es ja gar nicht so schlimm, vielleicht ist das ja eine ganz normale Stadt, die sich nur ein bisschen aufplustert, und, äh, gemausert hat? Fünfzig Jahre erfolgreich vermieden, Berlin zu besuchen, war das nun gut oder nicht gut? Vermisse ich etwas (Fassbrause?), und halt, ich hatte *doch* eine Berlinverbindung! Hatte meine einäugige Oma nicht jahrelang zwischen den zwei großen Kriegen, jeden Winter den langen Weg von Litauen kommend, ein paar Monate in der beliebten Volksküchenkette Aschinger Erbsensuppe gekocht? Übrigens in der Filiale am Rosenthaler Platz (Die 9. Bierquelle), in der sich jetzt das Café Sankt Oberholz eingenistet hat, der beliebte Hangout für Digitale Gammler. Franz Biberkopf besucht diese Läden in Alfred Döblins «Berlin Alexanderplatz» oft und gerne («Der Aschinger-Schrippen à la discrétion wegen, wie der Löffelerbsen, die Studenten mit dem schmalen Wechsel freuen sich. Die Weiber haben dünne Strümpfe und müssen frieren, aber es sieht hübsch aus. Rumm rumm wuchtet vor Aschinger die Dampframme.»). Und war nicht ihre Tochter, also meine Mutter, wenige Tage vor dem Mauerbau nach Westberlin geflohen, um dann gleich weiter in die progressivste Stadt Deutschlands zu ziehen, nach Hannover, schwanger mit mir? Also, das ist doch nicht nichts, oder? War ich dadurch nicht auch *irgendwie* ein Berliner, selbst wenn nur familiäre Gene an der Stadt vorüberzogen, Moleküle möglicherweise gar Franz Biberkopf streifend?

Und wie viele Hassbücher es über Berlin gibt, die Stadt, die heute unangefochten das höchste Feuilletonistenaufkommen pro Quadratkilometer vorweisen kann, all die zugezogenen Redakteure, diese ganzen Georg Dieze, sie belferten wie Rumpelstilzchen, weil sie jetzt *auch* nach Berlin umziehen mussten, ihre Argumente waren haltlos, alleine gespeist aus Heimweh nach Vorgartenidyllen wie Maxvorstadt und Sossenheim. Das machte mich stutzig. Vielleicht ist ja doch was dran an der Stadt, nach der einmal eine Mauer benannt wurde (oder andersrum?), und gäbe es jetzt (Stand 2011) nicht wirklich endlich einmal einen Grund, nach Berlin zu fahren, die Mauer weg, schon seit einiger Zeit, ich komme mir vor wie ein Sträfling, der vor 1989 eingesperrt wurde, jetzt entlassen wird, und plötzlich ein Berlin ohne Mauer sieht, ich musste hin, SOFORT!

Ich bin 2011 fünfzig Jahre alt geworden, kein Grund, ein großes Gewese zu machen, aber mir ist aufgefallen, dass verblüffend viele Melancholiker zusammen mit mir fünfzig wurden (bei mir ist es ja eher die Schwerblütigkeit des Übermüdeten, eines Mannes, der höchstens ein bisschen Restleidenschaft entwickelt, wenn er Gelegenheit bekommt, Listen zusammenzustellen): Leif Garrett (sang für Ron L. Hubbard, dann mit den Melvins, jetzt Crackhure), Forest Whitaker (Ptosis-Auge), Michael J. Fox («Hallo McFly, jemand zu Hause?»), Klaus Nüchtern (Vizepräsident der Cloud Appreciation Society), Boy George («Do you really want to make me cry?», kehrt jetzt die Straßen von London), Dave Mustaine (bei Metallica rausgeflogen, musste weinend mit dem Bus von LA heim nach NY fahren), Tim Roth (Gary Oldmans kleiner gehänselter Bruder in der Skinheadposse «Meantime», Roths bestem Film), Scott «Wino» Weinrich («Every time I'm on the street/ People laugh and point at me/They talk about my length of hair/And the out of date clothes I wear»), Christiane Rösinger («Mein zukünftiger Exfreund»), K.D. Lang («Crying»), Kati Outinen («Das Mädchen aus der Streichholzfabrik»), Sophie Rois (Ottensheim/Oberes Mühlviertel), Ricky Gervais (Wernham Hogg/Slough), Bobo (Der Ausbrecherkönig), Jeffrey Dahmer, Lady Diana Spencer, Sven Regener, Nastassja Kinski, Ulrike Folkerts, Enya, Berliner Mauer, und äh, Eddy Murphy («Bowfingers große Nummer»). Der zehn Jahre jüngere ZEIT-Redakteur und Neoberliner Ijoma Mangold, der sich als *Regierungszuzugs-Berliner* beschreibt, also als einen, der vor dem Mauerfall nie in diese Stadt gezogen wäre, meinte zu meiner Liste: «Tex, Sie fahren da wirklich schweres Geschütz auf, aber mich beschleicht der Verdacht, Sie haben genussvoll und mühsam zugleich so lange gesucht, bis Sie diese dramatische Reihe wasserdicht gekriegt haben. Aber dass auch die Berliner Mauer in dieser Taxonomie auftaucht, ist sehr goldig.» Goldig? Was soll am Schicksal der Mauer weniger bedrückend sein als an jenem Jeffrey Dahmers? So eine «wasserdichte» Ballung an Schwermut kriegt er mit seinem Einundsiebziger-Sanguinikerjahrgang nicht zusammen, es ist doch bloß der Neid, der da aus Mangold spricht.

Vorsatz: Das Erste, was ich mache, sobald ich Berlin betrete, ist, mir eine typische Berliner Zeitung, am besten die BZ, schnappen, blind irgendeine Seite aufschlagen und mich von der ersten Meldung leiten lassen. Das soll mein Motto sein.

Am 13. August komme ich in Berlin an. Ich schlage die Zeitung auf, Seite 13, und da steht im Lokalteil: «Einer der Täter soll einen auffälligen, gelben Anzug getragen haben, ein anderer hatte demnach eine Glatze.»

Ich bin in Berlin, auch *mein* Anzug ist gelb, und obenrum dünne ich aus. Und soeben ist, wie der Taxifahrer mir schnoddrig zu erzählen sich verpflichtet fühlt, aus dem Zoo ein Gorilla ausgebrochen. Sie haben außerdem den offenbar geisteskranken Feuerteufel festgenommen, der eine Reihe von Kinderwagen in Hausfluren angezündet hat. Motiv: «Schwabenhass». Skepsis wandelt mich und mein Berlinvorhaben an, ob dieser wirren Logik und der verwirrenden Gesamtsituation.

Als Erstes treffe ich Wolfgang Müller. Wir sitzen im Lokal Möbel Olfe, am grauenvollen Kottbusser Tor (Kotti), seinem verlängerten Wohnzimmer, und sie spielen *sein* Lied: «I'm Forever Blowing Bubbles», Wolfgang war ein Drittel des Musik-Kunst-Kollektivs Tödliche Doris, Künstler, Autor, Islandauskenner, ja, sogar offizieller Elfenbeauftragter und Vorsitzender der Walther von Goethe Foundation in Reykjavík, Erfinder des «Festivals Genialer Dilletanten» (mit dem beabsichtigten Orthographiefehler), er gilt als *die* Meisenkoryphäe Deutschlands, weshalb ihm der Name Meisenmüller unabwaschbar anhaftet, auch ist er der Librettist des großen Grüblers Andreas Dorau, von ihm stammt die einnehmende «Blaumeise Yvonne» und das traurige Lied vom «Wasserfloh», den die Sonne versehentlich mit dem Wasser aufgesaugt hat und der jetzt in den Wolken wandern muss. Er kam als Siebzehnjähriger nach Berlin, aus der Volkswagenstadt Wolfsburg, sein Vater hatte sich kurz davor aufgehängt, und er war von der Schule geflogen, da war die Mauer gerade einmal sechzehn Jahre alt, stand also noch gut im Saft. «Was ist Berlin, Wolfgang?» Ich erwarte natürlich nicht, dass er mich gegen die Wand laufen lässt, indem er mit dem ranzigen Bonmot kommt, Berlin sei eine Wolke, es kommt aber leider schlimmer. Er sagt: «Wer sich nicht ein Pferd auf einer Tomate galoppierend vorstellen kann, ist ein Idiot.» Wie bitte? Müller: «Salvador Dalí.» Aber was hat der Surrealist mit Berlin zu tun? Ist der jetzige Zustand mit einer brennenden Giraffe, einer weichen Uhr vergleichbar? «Hat jemand an die Klowand geschrieben.» Aha, also keine charmanten Obszönitäten auf Berliner Abtritten wie «Ich ficke mein eigenes Knie und treibe ab – aus Rache», wie ich es gerade eben im Flugzeugklo gelesen habe? Er übergeht die Frage und hält mir einen ausufernden Vortrag über Meisenknödel – mitten im Sommer. Es gebe ja Leute, die büken sich selbst Salzstangen oder brauten sich ihre eigene Cola, er forme sich eben Meisenknödel aus Rindertalg und Körnern für die darbenden gefiederten Freunde im Winter, dafür habe er sogar einmal eine Anzeige bekommen, im Zuge der BSE-Hysterie vor ein paar Jahren, nachdem ihm ein Artikel in der taz vorwarf, er würde die Tiere mit Rinderwahn infizieren.

Ein Punk kommt auf einem Hund ins Lokal geritten und will uns Salatzangen verkaufen, die er aus Bierdosen gebastelt hat. Müller schmunzelt, das erinnere ihn an seine Anfangszeit in Berlin, er wohnte damals bei Egmont Fassbinder, dem Cousin von Rainer Werner, als jeder irgendwas *machte* und wartete, dass es irgendwann einmal losgehen würde, aber es ging nie los, Kunst ließ sich nicht verkaufen, weil keiner Geld hatte, alles schielte nach Westdeutschland, doch Westdeutschland kam nicht, ausgenommen immer neuer Ladungen von Studenten, die bis zu ihrem Lebensende Studenten zu bleiben beabsichtigten, saprobiontische Wirtshausschwadroneure und jene, denen ein diffuses Bild von Berlin als einer uterusartigen Behaglichkeit vorschwebte, in der auf ihrer Gedanken Nässe ein süßlicher Schimmel gedeihen kann.

Müller begann deshalb mit dem Kunstkollektiv Tödliche Doris einen erweiterten Kunstbegriff zu bauen, an einer Art «subjektlosen Abwesenheit» zu arbeiten, wenn schon nichts geht, kann man sich ja auch gleich subtrahieren, irgendwie. So brachten sie auch eine Platte heraus, die gar nicht existiert, die nur entsteht, wenn man die zwei vorher veröffentlichten, physischen, gleichzeitig abspielt, in zwei verschiedenen Häusern, durch zwei geöffnete Fenster. Während Müller zu einem weiteren Monolog ausholen will, beginnt der Salatzangenpunk plötzlich seinerseits zu plappern, er sei aus Suhl, er hätte Bäcker gelernt, leidet unter einer Art «Mehlkrätze», im Dezember wird er fünfzig (also auch einer von uns), im Osten sei er schon «fünfzig gewesen», nein, er lacht, er hat sich versprochen, er meint, er sei schon damals Punk gewesen, der einzige Punk in Suhl. «Toleranz ist für mich Punk», sagt er und «Anarschie» und so was wie «Kacken ohne Abwischen», aber ich kann mich auch verhört haben, sein Dialekt ist wirklich derb. «Ersdemol überleschn, wie dor Wech dogeschn is, unn nisch dorfir.» Seine Haare habe er mit Klub Kola gefestigt, unter dem Hohngelächter der Vopos musste er mit einem Kamm seine Igelhaare glätten, «eine Zinke fehlte, typisch», wenn Haare liegen (müssen), das war das Schlimmste, und der Rauchzwang immer, alle mussten immer rauchen, selbst in der Kirche, durch seine Mehlallergie habe er aber eine Rauchaversion gehabt. Dass die Mauer fiel, hat er glatt «verschnarscht», eine Woche gar nichts davon mitbekommen, alle seine Kumpels haben rübergemacht, malochen auf den «Spargelfeldern der Schweiz» (im November?), er nennt die Westcola «Vergewaltigtes Wasser». Müller und ich schauen uns an, der Typ ist gerade noch an einer zumutbaren Grenze der Überspanntheit, er verflucht die Grünen/Bündnis 90, weil sie das Dosenpfand eingeführt hätten, schlecht für seine Marge. Ich kaufe ihm eine Zange ab, und er zieht von dannen. Müller murmelt ihm und seinem Hund Mielkes Motto nach: «Wenn drei in einem Raum sind und vier rausgehen, muss einer wieder reinkommen, damit niemand mehr da ist.» Was mach ich mit der Zange jetzt? Ich esse keinen Salat, ich glaub, ich lasse sie im Möbel Olfe, auch wenn Zangen nicht Möbel im eigentlichen Sinne sind.

Ein kahler, höflicher, leise sprechender Herr taucht auf, setzt sich, nein, biegt sich, gleichsam osmotisch an unseren Tisch heran. Müller stellt uns vor, das sei Mark Ernestus, fragt, ob ich etwas dagegen hätte, dass er ihn für sein Buch «Freizeit. Berliner Subkultur 79–89» interviewt, während ich mein Interview mit ihm, Müller, weiterführe. Nein, das ist vielleicht ganz interessant, vielleicht will ja bei diesem nicht ganz geschlossenen Triangel Mark Ernestus auch etwas von mir wissen. Ernestus ist eine Legende, mir schnürt's die Kehle fast, Chef des renommierten Plattenladens Hard Wax, in dem schon DJ Hell gearbeitet hat, der große Svengali und lizenzierte Fußballtrainer. Mit Moritz von Oswald produziert Ernestus Minimalmusik unter dem Namen Basic Channel, sie betreiben auch das Label Chain Reaction, das als eines der wichtigsten deutschen Techno-Labels der neunziger Jahre gilt. Von Oswald, der Ururenkel Otto von Bismarcks, der bei Palais Schaumburg («O Murmeltier aus Gipsbenzin, ich sengel dich, ich sengel dir») getrommelt und mit dem großen Billy MacKenzie Musik gemacht hat, der ergreifendsten Stimme der Musikgeschichte, vielleicht neben denen von Scott Walker, Jacques Brel und Roy Orbison, die sitzen jetzt alle zwar nicht hier am ranzigen Kotti in dem schmutzigen Möbelladen mit mir und Meisenmüller, aber zumindest Ernestus, der mit meinem Idol Rainald Goetz, dem Technokierkegaard, vermutlich auch auf Du und Du steht. Als ich folglich den Namen Goetz nenne, stöhnt Müller auf, und verfällt zu meiner Überraschung in eine kapielskihafte Kleinbürgermuffigkeit, das sei doch der, der sich die Stirn aufgeschlitzt hätte, in Klagenfurt, was *mich* wiederum aufstöhnen lässt. Ich erkläre ihm knapp, dass dieser Akt des Furors weit über den reinen physischen Schlitz gehe, eine pathetische Entäußerung des Zuviels in ihm, nicht zu kapieren, warum man das nicht kapieren kann, nach all den Jahren, gerade er, Müller, müsse das doch nachvollziehen können, einer von den Mitteilungsarmen ist er ja nun nicht gerade. Er kontert, der linke Unterarm seines Bruders Max sei übersät mit Narben von Schnitzereien, ja, das hab ich schon gesehen, aber das ist etwas anderes, das sind junge Leute, die sich spüren wollen, weil alles taub in ihnen ist oder sie sich einbilden, dass es in ihnen taub ist, weil es sich alle einbilden. Hilfesuchend wende ich meinen Blick Ernestus zu und frage ihn, ob er «Rave» kenne, Goetzens schmales Bändchen, sein poetischstes Werk, an dessen Ende die Protagonisten nach 72 Stunden Dauertanz vor Dankbarkeit, dass der Spuk nun endlich vorbei ist, auf der Wiese niederknien und den Tau von den Grashalmen lecken, ganz so wie Leutnant Glahn in Knut Hamsuns «Pan». Er lächelt verlegen, meint, er habe es «nicht so mit Büchern» (großartig, dass sich das jemand zu sagen traut), er kenne nur jene Stellen, wo er vorkommt. Ernestus betrieb zu allem Überfluss auch noch das berühmte Kumpelnest. Das Wort ist eine Schöpfung eines kanadischen Bekannten Müllers, der eines Tages zwei betrunkene Männer engumschlungen aus einer Erotikbar stolpern sah und sagte: «Das ist wohl ein Kumpelnest?» Um das muffig-asexuelle Wort «Kumpel» etwas aufzufrischen, entschied sich das Kellnerkollektiv, der Wortschöpfung «Kumpelnest» ein «3000» anzuschmiegen. Es war im Jahr 1987, und das Jahr 2000 dräute, da konnte man ja generös auch gleich noch einen Tausender draufpacken. Ernestus, der damals noch Kunststudent war, hat vielen seiner Mitstudiosi während und nach ihrem brotlosen Dasein einen (großzügig bezahlten) Arbeitsplatz verschafft. Er ließ ihnen bei Musikauswahl, Stilfragen etc. völlig freie Hand, was einen regelrechten Kreativitätsschub auslöste. Wer Lust dazu hatte, konnte sogar im Clownskostüm arbeiten oder Lichthemd, also nackt, Max Müller war dort jahrelang Putzfrau, allerdings angezogen. Karl Lagerfeld hat in dem Laden eine Serie von Fotos mit Claudia Schiffer gemacht, mir schwinden die Sinne, wenn ich daran denke, ich glühe für beide wie eine Narva-Birne. Lagerfelds Initialien hab ich mir als Sechzehnjähriger aufs linke Knie tätowiert, Claudia dagegen trägt an ihrem linken Innenoberarm die exakt gleiche Leberfleckkombination wie ich, drei Pünktchen, die wie die Knopfaugen und die Schnauze eines Eisbären aussehen, ich nenne sie mein Schiffersternbild.

Müller erzählt von dem Abend, als Lagerfeld fotografierte, er sei auf jeden der zufällig anwesenden Gäste zugegangen und habe allen die Hand geschüttelt. Die Begrüßten waren überrascht, einige regelrecht verdutzt. Jemand namens Gunther, der oft als Dragqueen herumlief, saß in einem Leopardenimitatmantel und übergroßen Brüsten unter dem rosa Pulli neben Müller am Tresen. Lagerfeld fragte: «Ach, hätten Sie vielleicht Lust, bei unserer Fotosession teilzunehmen?» Doch Gunther verstand nicht, weil Lagerfeld nuschelte. Lagerfeld, ratlos, fragte Müller: «Welche Sprache spricht er?», und Müller meinte: «Deutsche Gebärdensprache.» Gunther könne zwar sehr gut von den Lippen ablesen, aber eben nicht, wenn jemand nuschelt.

Ich muss gehen, zu viel Informationsplankton, und das Interviewtriangel lässt sich nicht schließen, mir fällt auch auf, dass ich hier schon seit fünf Stunden sitze, zahle meine sieben Fassbrausen und entferne mich von diesem Ort. Von Techno weiß ich einfach zu wenig, und Ernestus will vermutlich und zu Recht nichts von mir wissen. Außerdem sollen gleich, wie von Müller angekündigt, zur Gesellschaft auch noch Volker Hauptvogel und Norbert Hähnel dazustoßen. Hauptvogel war Sänger und Texter von Mekanik Destrüktiw Komandöh, einer eher stumpfsinnigen Hippieband, und Wirt des legendären Pinguin Clubs, wo die Jungs von Depeche Mode herumzuhängen pflegten und dem Max Goldt mit der Platte «Ein Kuss in der Irrtumstaverne» ein Denkmal setzte. Hähnel hingegen betrieb das Plattengeschäft Scheißladen, war Heino-Imitator und quakt stets zur Begrüßung wie eine Krickente, das wird mir jetzt aber alles etwas zu viel an hohldrehender Verstiegenheit.

Im Gehen fällt mir ein, dass ich doch noch bei Ernestus und seiner Neigungsgruppe hätte andocken können, ich war nämlich mal gemeinsam mit DJ Hell in einer Fernsehshow namens «Willkommen Österreich» eingeladen. Das war sehr nett, nein, *er* war sehr nett; freundlich, aufgeräumt erzählte er, wie er bei Hugh Heffners Gartenparty auflegte, bei der auch Marilyn Manson herumstand, für eine halbe

Stunde bekam er 50000 Dollar oder so. Ich saß während des Talks in einem Kleiderschrank, der von ihm gnädigerweise kurz einmal geöffnet wurde. Zum Dank habe ich eines dieser runden, schwedischen Knäckebrote, die in der Mitte ein Loch haben, so groß wie das von Singles, auf einem Batterieplattenspieler aufgelegt, es lief tadellos, wiewohl natürlich eierig, hopsend und heftig krachend. Hell fand das gut, meinte, das sei eine Mischung aus Musique concrète und Minimaltechno, damit könne man leben, daraus lasse sich was machen.

Und in Ernestus' Laden hat auch mal eine Verflossene von mir gearbeitet. Als ich mit ihr zusammenkam, war sie siebzehn, ihre Eltern waren eine Woche zuvor bei einem Verkehrsunfall umgekommen, das heißt, der Vater lebte noch drei Tage, dem waren die Füße abgetrennt worden, ob beim Unfall oder beim Rausfräsen aus dem Wrack, weiß ich nicht. Die wurden dann wohl gleich mitverschrottet, der Mann klagte fortwährend, er wolle seine Füße wiederhaben, aber ach, vielleicht hätte ich den sanften Ernestus damit nur geschockt, wie der Schockrocker in Heffners Garten die Gäste oder die Geranien.

Draußen vor dem legendären SO 36 in der Oranienstraße steht eine Gruppe Jugendlicher, vielleicht fünfzehn Leute, nicht weil sie reinwollen, sondern weil sie geführt werden, es handelt sich um eine Stadttour zu legendären Berlinorten der sogenannten Subkultur, ein ungeheuer deprimierender Anblick, der Führer ist ein graubärtiger Mann mit Jeanshemd, das wenige Haupthaar mit einem Frottéring zum Pferdeschwanz gebunden, und der muss den Jugendlichen von Martin Kippenberger erzählen, der hier 1978/79 Besitzer war, und von Pere Ubu, Suicide, Tuxedomoon, Wire, Liaisons Dangereuses, Gang of Four und Throbbing Gristle (na, da wäre man gern Mäuschen, wenn er den Jugendlichen deren Song «Zyklon B Zombies» erklärt). Die sind hier alle aufgetreten, das letzte Mal, dass Musik wirklich interessant, relevant und aufregend war, sogar die fidelen Die Ärzte waren hier, damals noch mit Max Müller als Sänger, Wolfgangs Bruder mit dem zerschnippelten Arm, jetzt ist der Schuppen ein schwul-lesbischer Bauchtanzladen, und ein Mädchen in der Gruppe hat in ihren Nacken LIFE IS ABSURD tätowieren lassen. Ob wohl ihr Reiseleiter seinen Schützlingen von Kippenbergers Bild mit dem Titel «Dialog mit der Jugend», mit seinem bandagierten, schwerverletzten Kopf, erzählt? Diese Frage bleibt unbeantwortet, ebenso wie die, wer damals Kippenberger krankenhausreif geprügelt hat, und aus welchem Grund, wahrscheinlich, wie immer, ein paar Lümmel, aus Undankbarkeit und purem Sadismus, ich werde es nicht erfahren, weil der Dozent plötzlich mit dem Finger in meine Richtung deutet und mit ihm sich alle Köpfe seiner Schützlinge umdrehen, während er in breitestem Sächsisch schreit: «Nuguggemol, do gäht Peaches.» Er meint eine ameisenkleine Frau, die lustige kanadische Sängerin, die eben an mir vorbeiläuft, da können die Jugendlichen aber was erzählen heute Abend in ihren Hostels.

Ich fahre ins NBI, die «Neue Berliner Initiative» in Prenzlauer Berg, dort findet in äußerst unregelmäßigen Abständen die Bunnyshow statt, eine Art Flüsterveranstaltung meiner Freundin Ulrike Sterblich alias Supatopcheckerbunny, nicht weil dort geflüstert wird, sondern weil man von den Shows nur über okkulte Kanäle erfährt. Heutiges Motto ist «Schlaf». Die Show dauert sechs Stunden, in ihrem Verlauf schläft die Sachbuchautorin Kathrin Passig tatsächlich auf offener Bühne ein, das Hilfscheckerbunny macht sich wie üblich so seine Gedanken, die beiden Go-go-Boys der Bunnyshow sind natürlich auch da, Porno Iglesias und

Kirk Erbs, sie zeigen ein paar Dias von Schlafenden, hinterhältig eigentlich, aber der Saal johlt, vielleicht auch, weil beide Boys in knappen, flaschengrünen Frottéstramplern gekommen sind. Der aus Lüdenscheid stammende Barde Jens Friebe («Ein Name wie eine Autowerkstatt» – Joachim Lottmann) singt einen Song mit Klapphornversen, in der Tradition von Schobert & Black, und dann ist da noch Fil.

Fil, eigentlich Philip Tägert, er zeichnet seit 23 Jahren für die scheußliche Programmzeitung Zitty einen ganzseitigen Bilderbogen über die beiden Subproletarier *Dieter Kolenda* und *Andreas Stullkowski*, genannt Didi und Stulle, aus dem Märkischen Viertel, und das ist der einzige Grund, diese Zeitung zu kaufen. Fils zweite Stärke ist seine Bühnenperformance. Ich wage mal zu behaupten, wer in Berlin war und Fil nicht gesehen hat, war nicht in Berlin. In der Bunnyshow probiert er neues Material aus, um es später auf größeren Bühnen wochenlang zu spielen, heute erzählt er, von einer umgehängten Holzgitarre unterstützt – er ist eine perfekte Schnittmenge aus Jonathan Richman und Helge Schneider –, über seine Jugend in Berlin Anfang der achtziger Jahre, als er mit Blixa Bargeld und Farin Unruh eine Heroin genommen und sie mit Industrialonade runtergespült habe, während im Osten die Mauer aufging, im Nachtbus sei er regelmäßig eingeschlafen und in der Invalidensiedlung aufgewacht, er hätte sich gewundert, warum die Invaliden im Wald wohnen müssen, und dann hebt er zu einer wüsten Suada an über das arme Ampelmännchen, «du faschistischer Clown, du rechte Sau mit Hut, du Gender-Ausblender», er beschwert sich, den löchrigen Strohhut lüpfend und auf seine Glatze deutend, über Gott, den alten Scherzkeks, aber so ein Ereignis nacherzählen zu wollen muss naturgemäß immer scheitern, in der Erinnerung ist so etwas am besten aufgehoben.

Nach der Bunnyshow sind alle glücklich, weise und erschöpft. Das sei «wie umgedrehte Psychiatrie», meint Iglesias, der eigentlich Kopernikus Reiher heißt, ich komme nicht dazu, zu fragen, was er meint, weil ein etwa siebzigjähriger DJ gerade Billy Oceans Motownstampfer «Love really hurts without you» spielt, die Gäste stürmen den Tanzboden, in dessen Mitte wirbelt wie ein Kragenbär der sympathische Schriftsteller Tilman Rammstedt («Der Kaiser von China»), dem 2008 in Klagenfurt erstmalig der Hattrick gelang, beim Bachmannkampf gleich drei Preise einzuheimsen. Um fünf ist die Sause aus, der Saaldiener macht das Licht an, alle müssen raus, an die feindliche frische Luft, draußen spielt sich eine unschöne Szene ab, als einer der euphorischen Gäste einen kleinen, offenbar türkischstämmigen jungen Passanten, der ein übergroßes T-Shirt mit der Ziffer 81 trägt, fragt, ob das für «Heil Adolf» stünde, was den Angesprochenen konsterniert, er ist den Tränen nahe: «Alter, isch hab jeden Respekt vor dir verloren», und mit so einem Ende muss man dann ins Bett. Auch dit is Berlin, nur scheinbar eine friedliche Koexistenz der verschiedenen Kulturen.

Ich schlafe im Bauch der Barbara II, einer Motoryacht aus dem Jahr 1927, weiß genieteter Stahlrumpf, Deck aus Lärchenholz mit Mahagoni-Aufbauten, eines der schönsten Schiffe im Historischen Hafen auf der Fischerinsel, es gehört dem Freizeitkapitän Honzbert Hiller, Geschäftsführer des Wirtschaftsverbands Wassersport, der eine Frisur hat wie Stan Laurel. Eine Nacht auf der Barbara ersetzt eine Woche im Hotel Adlon, sag ich mal. Auf der anderen Seite, auf der Mühlendammschleuse stehen etwas voneinander entfernt zwei Reiher. Bei Einbruch der Dunkelheit schnürt zusätzlich ein Fuchs zwischen ihnen hin und her, unermüdlich, und erreicht sie doch nicht, er bildet sich vielleicht ein, dass es nur *ein* Vogel ist. Am nächsten Morgen wird man geweckt durch das Quorren der Uferschnepfen, ein Sprung in den Kanal, neben mir treibt eine Zwiebel, wo die wohl herkommt? Die Bordbibliothek ist geschmackvoll monothematisch maritim bestückt, hier steht Knut Hamsuns «August Weltumsegler» neben Graf Luckners «Der Seeteufel».

Am Abend gibt es einen kleinen Empfang auf Hillers anderem Schiff, dem Zollschlepper Tolleren. Fast alle von der gestrigen Bunnyshow sind gekommen, die Gruppe nennt sich Pappen, auch Erfolgsschriftsteller Wolfgang Herrndorf ist unter ihnen, er feiert die Vollendung des letzten Kapitels seines, wie er ihn selbst nennt, Trottelromans «Sand». Man kennt sich schon seit zehn Jahren, eine kleine Gemeinde, der vielleicht kreativste und produktivste Zusammenschluss im Internet: Einen Grimmepreis, fünf Bachmannpreise, acht Kinder und um die 50 Bücher sind bisher zu verzeichnen, man kommuniziert inzwischen auch innerhalb der Bücher untereinander, immer ist in ihnen auch eine kleine Ebene eingebaut, Formulierungen, Chiffren, Namen, die nur die Gemeinde versteht, jemand hat sie mal die «scheißelitäre Lounge der Erleuchteten» genannt. Man grillt Hühnerbeine und Gummikäse, am Rost steht einer, den sie Larry Erbs nennen, und da erklärt sich mit einemmal die Zwiebel aus der Spree heute Morgen, sie stammt vermutlich von so einer Grillparty, auf einem der anderen alten Schiffe hier, vielleicht jenem von «Kuchen-Udo», wie Hiller zu berichten weiß, seinem Nachbarn hier im Hafen, einem marinaffinen Konditor. Es ist so unglaublich ruhig und friedlich hier, dass man flüstern möchte, wenn die Gruppe nicht zum Grölen und Gackern neigen würde. Der Kapitän spendiert noch eine Spreefahrt mit der Barbara, man muss natürlich, als sei es ein Naturgesetz, im Verlauf der Reise die notorischen, am

Ufer sitzenden und Aperol-Spritz Trinkenden anpöbeln: «Ihr habt den Bogen raus!» Das dient aber natürlich lediglich der Versicherung der eigenen fragwürdigen Einzigartigkeit, weil die am Ufer sowieso nichts verstehen, es sind in erster Linie Touristen aus Spanien und Italien, die glauben, dass das, was da vorbeifährt, das neue Berlingefühl ist, und schief grinsend denken mögen, dass wir unsererseits «den Bogen» raushätten, na, bei so einem Boot wie der Barbara liegt das ja auf der Hand.

Am nächsten Morgen fahre ich mit dem Fahrrad zur Badeanstalt Plötzensee, gleich hinter der ehemaligen Strafgefangenenanstalt gleichen Namens, die ab 1933 als zentrale Hinrichtungsstätte Berlins diente. Allein in den Nächten vom 7. bis zum 12. September 1943 wurden in den sogenannten *Plötzenseer Blutnächten* über 250 Häftlinge erhängt, gruseligerweise bei Kerzenlicht, weil das elektrische Licht nicht ging. In der Badeanstalt ein wundervoller Eingangsbereich, zwei zweigeschossige, expressionistische Türme mit gezwirbelten Backsteinsäulen, auch hier treffe ich die Gruppe vom Schiff gestern wieder, im Wasser ist kaum einer, ein alter Mann hat eine eigenartige Schwimmtechnik, bei der er so gut wie gar nicht vorankommt, lange taucht er, man sieht nur seinen klobigen Rundrücken, dann erscheint der Rest an der Oberfläche, schnaufend wie ein Walross, und plötzlich prügelt er auf das Wasser ein, als müsse es für etwas büßen. Das geht Stunden so. Vielleicht ist er eine Amphibie, und wir sind Zeuge eines entscheidenden Schrittes der umgekehrten Evolution, ich kann aber nicht auf den Ausgang warten.

Gerade will ich gehen, da taucht mit einemmal zu allem zaubrischen Überfluss auch noch eine große Gruppe missionierter Afrikaner auf, die erst polyphone Gesänge anstimmen, bevor ein Priester, komplett angezogen, ins Wasser geht und dort eine Reihe von ebenfalls voll bekleideten Leuten tauft, die sich dann nach hinten ins Wasser fallen lassen. So etwas kennt man doch nur aus Filmen, aber hier ist es umso pittoresker, während im Hintergrund übermütig die silbrigen Plötzen springen und ein paar Wasserhühner sich gnickernd an auf der Oberfläche treibendem Falllaub und Entengrütze schadlos halten. Fast hätte der Priester den einzigen Ungetauften (mich) in unserer Pappengruppe noch bekehrt und ins Wasser zur Taufe gebeten, indem er mich zielsicher aus der Menge von Zuschauern ausguckt und praktisch direkt anspricht, aber als einer aus der Gruppe, der Schauspieler Tomas-Raoul Toelpel (aus dem Ensemble René Polleschs), meint, er gäbe mir zwei Euro, wenn ich's mache, ist der Moment auch schon vorbei. Ungetauft muss ich los.

Ich hab ein Rendezvous mit Ulrike Sterblich im Prater, Prenzlauer Berg. Auf dem Weg dorthin sehe ich den Satireclown Rafael Horzon, eine Art Mario Barth für die Generation Mitte, talggesichtig und gefährlich schlingernd auf der Bernauer Straße, am hellen Nachmittag, ihm ist augenscheinlich nicht ganz wohl, und er stützt sich auf einen Stockschirm wie ein alter Opa, die andere Hand hält sich an einer Ampel fest. Unterm Arm trägt er ein Minigebinde Klopapier (zwei Rollen nur, rückwärtig gibt er sich augenscheinlich bescheiden), ratlos sieht er aus, als überfordere ihn alles, das Licht, das Klopapier, Schirm und Ampel, vielleicht bräuchte er drei Arme, soll ich ihm helfen? Kann leider nicht, muss Ulrike treffen.

Im Prater prasseln auf uns die Kastanien, viele Gäste knoten sich ihre Jacken zu Turbanen und setzen sie sich auf die Köpfe, um Verletzungen zu vermeiden, aber ich denke, ernsthaft kann man sich nur verletzen, wenn man ein Auge so lange nach oben richtet, bis eine Kastanie im

Stachelmantel herunterfällt und trifft. Ich bestelle dieses grüne Bier, das ich schon mal irgendwo gesehen habe, vielleicht tranken sie das immer in der famosen Vorabendfernsehserie «Drei Damen vom Grill» mit der ehrwürdigen Brigitte Mira. Ulrike klärt mich auf, es heiße nicht *grünes Bier*, sondern Berliner Weiße, das sei eine Art Sauerbier, und damit es nicht so sauer ist, süßt man es wahlweise mit Waldmeister- oder Himbeersirup. Es schmeckt absolut phantastisch, aber als Berlinerin weigert Ulrike sich, das Zeug zu trinken.

Sie schreibt wie Wolfgang Müller auch gerade an einem Westberlinbuch. «Die halbe Stadt, die es nicht mehr gibt», soll es heißen, es geht um ihre Jugend in Neukölln, in «old West-Berlin», das alte Rock It an der Karl-Marx-Straße, erste Liebe, Freundschaften, Brieffreundschaften, katholische Schule, Kirche, die BVG, und wie sie initiiert wurden mit dem, was ich grünes Bier nenne, seitdem hat sie das nicht mehr getrunken. Was das eigentlich sei, frage ich, *Berliner Schnauze*. Sie meint, das sei eigentlich etwas umständlich «um den Pudding herumreden», nur schnell etwas sagen, oft würde Geschwindigkeit mit Geistesgegenwart verwechselt, Hauptsache man liefert eine schnelle Entgegnung, witzig müsse das gar nicht sein. Aha, wie ich also. Sollte ich am Ende doch ein Berliner sein?

Ich gehe in die Gaststätte W. Prassnik in der Torstraße, auch sie ein beliebter Versammlungsort der Pappenschar. Hier werden Aktionen geplant («Das Onkel-Milgram-Leseexperiment», «Der Snickers Kongress») und Titel für Bücher gefunden («Haarweg zur Hölle»), außerdem spielen sie zwei Spiele, um die Zeit, dieses lästige Biest, totzuschlagen. Das eine heißt «Du hast den Bogen raus»: Reihum sagt einer eine Aufgabe, beispielsweise «Chemische Elemente, die nicht fest sind», «Tiere mit F» oder «Fünfte Beatles», dann «bietet» reihum jeder, wie viele richtige Antworten er oder sie sich zutraut. Wenn fertig geboten ist und keiner mehr weiterreizt, muss der Höchstbietende aufzählen. Da aber alle dazwischenschreien und hämisch sind, kommt man nie auf so viele, wie man eigentlich wüsste, Leistungsdruck de luxe. Wer sein Gebot schafft, kriegt einen Punkt, wer scheitert, zwei Minuspunkte.

Das zweite Spiel ist noch esoterischer. Jeder schreibt (verdeckt) eine beliebige natürliche Zahl auf. Dann werden die Zettel aufgedeckt, und die äußersten Zahlen werden paarweise gestrichen. Also wenn 1, 2, 3, 25, 1000, 1405985, 100000000 aufgeschrieben wurden, gewinnt die 25. Der Gewinner bekommt die 25 Punkte gutgeschrieben. Wenn es eine grade Anzahl Mitspieler sind, gibt es pro Runde zwei Gewinner, auch kein Problem. Das wird so oft wiederholt, wie sich Mitspieler am Tisch befinden. Sieger ist aber nicht der, der am Schluss die meisten Punkte hat, sondern der, der mit seiner Punktzahl seinerseits in der Mitte sitzt. Ein unglaublich hirnzerreißendes Spiel.

Jetzt aber sitze ich alleine im Prassnik und spiele ein Spiel mit mir selbst: Fragen, die niemand beantworten kann. Fünf Lieder von Billy MacKenzie bzw. The Associates, in denen ein Hund vorkommen:

1. «Whippets»
2. «Even Dogs in the Wild»
3. «Bap de la Bap»
4. «Ulcragyceptimol»
5. «White Car in Germany»

Ich habe gewonnen, und zwar eine Fassbrause, mit der ich mir selbst zuproste, ich verdammter Glückspilz. Auf dem abgewetzten Tresen der Kneipe steht ein großes Glas Soleier. Eines davon lasse ich mir herausfischen, als Mundvorrat für den beschwingten Heimweg.

Für den letzten Tag habe ich eine Art runden Tisch in der Stadt organisiert. Ich möchte mich mit vier Kapazitäten (für was auch immer) im Bierpinsel treffen, ein 46 Meter hohes Gebäude in futuristisch anmutender Poparchitektur der 1970er Jahre in Steglitz.

Ich habe Sascha Lobo eingeladen, einen rundlichen Mann mit ulkigen, roten Haaren, eine Art Hühnerfrisur, die, wenn es regnet, hängt wie ein Erdbeerstrauch. Er weiß zu allem irgendetwas und ist gebürtiger Westberliner (geboren 1975). Des weiteren erwarte ich Christiane Rösinger, sie war Mitglied der formidablen Lassie Singers, ist Wirtin der Flittchenbar in Kreuzberg, und ich war einmal mit ihr verheiratet. Dritter Gast ist Max Müller, Kopf und Sänger der Band Mutter, davor war er kurzfristig bei Die Ärzte und hat Bela B tätowiert, einen Kürbis und den Namen ihrer Jugendgang: VOLLSTARK. Rösinger und Müller sind Zuzugsberliner, sie kamen mit der zweiten großen Welle Anfang der achtziger Jahre in die Halbstadt und entwickelten im kreativen Vakuum eine endlich einmal die Mauer ignorierende Sprache der Relevanz, Rösingers war die der resignativen Melancholie («Liebe wird oft überbewertet»), Müller kam mit Krach, quälender Langsamkeit und Schmerz («Alt und schwul»). Als Letzten habe ich zu mir in den Bierpinsel Jochen Schmidt gebeten, der engagierte Journalist, Proustianer und Autor («Müller haut uns raus»), 1970 in Ostberlin geboren, er schreibt gerade ein Buch über Rumänien, endlich mal keins über Berlin, meinte aber in einer Mail, als ich das Treffen vorschlug, säuerlich: «Charlottenburg, das ist aber für mich eine dermaßen deprimierende Gegend, dieses ganze Westberlin, das ist für mich der graue Osten ohne die Erinnerung an früher.» So was gefällt mir natürlich, auch wenn er den Stadtteil verwechselt, der Bierpinsel ist natürlich in Steglitz.

Ich schätze alle vier sehr und stelle mir den Abend als eine Art vorweggenommene Geburtstagsfeier vor. Als Geschenke bringen sie sich selbst mit, vier Gäste sind auch die ideale Runde, jeder kann sich noch auf jeden konzentrieren, und alle sind spannend genug, dass das Interesse aneinander so schnell nicht ausglühen wird, hier in diesem historischen Bauwerk, dessen wunderbare Ästhetik durchaus ostberlinkompatibel wäre. Wir sind um 19 Uhr verabredet, eine gute Zeit, nicht zu früh, nicht zu spät, nur ich komme etwas früher, um meine Gäste zu empfangen, ich suche einen schönen Tisch, mit schöner Aussicht. Eine müde Spätsommersonne deutet gerade an, sich vom Acker machen zu wollen. Als um halb acht noch niemand da ist, denke ich mir, ja, so sind sie, Künstler brauchen Zeit. Von Jochen weiß ich, dass er Fußball spielt, vielleicht ist er noch beim Training, von Max, dass er seine neue Platte abmischt und damit viel zu tun hat, Sascha kommt sowieso immer zu spät. Ich bestelle mein drittes Bier, eine grüne Weiße, mit Strohhalm, am Tresen hängt eine fettleibige 57-jährige Hausfrau, Typ Regalservicekraft, mit Hertha-BSC-Tattoo am Oberarm und schmalzigen Haaren. Sie hält dem Schankburschen einen Vortrag, der, wie ich gestern bei Ulrike gelernt habe, genau dem Berlin-Erzählschema entspricht: viel und schnell brabbeln, nicht witzig sein. Ich muss trotzdem lachen und staunen: «Jestan haste misch ja jesehn, mit der orangschen Tasche, weeßte, wat da drinne war in die orangsche Tasche, nee, kannste janich wissen, wat da drinne war, ick willda sagen, wat da drinne war, Feffanüsse, Dominosteine undn Appel, hat dit lecka jeschmeckt, dit jloobste janich, und nachher ess ick ne Stulle, die lass ick schon atmen, die hab ick vorher schon ausjepackt.»

Mir ist nicht nur ein Rätsel, wie man im Sommer Pfeffernüsse essen kann, sondern auch, warum sie in ihrer eigenen

Wohnung eine Stulle einpackt und wieder auspackt (zum Atmen), vielleicht entwickelt es dadurch den typischen Geschmack eines sogenannten Hasenbrots, den ja viele, ich übrigens auch, so gerne haben, übriggebliebener Proviant, das am Rand schon etwas trockene Brot, schon mit der Margarine und dem schwitzenden Käse und der welligen Salami sich verbindend, alles diffundiert in alles, und in Gedanken dem Geschmack von Hasenbrot nachhängend, sehe ich, dass es bereits acht ist, und vor mir vier leere Bierpokale stehen, aus denen vier traurige Strohhalme ragen, während keiner meiner vier Gäste gekommen ist. Draußen geht plötzlich ein gewaltiges Gewitter über Berlin nieder, Blitze, schwarze Wolken, Sturzbäche, ein wunderbarer Anblick, vom Inneren eines Pinsels aus betrachtet, wie der alte Westen früher, ringsum schützt einen die Mauer vor allem Unbill, man fühlt sich wohl wie ein Welpe mit anderen Welpen eingekuschelt in der Kiste oder eine Wespe im Kuchen, und dann: ich glaub's nicht, spielen sie im Radio Berluc, die Hardrocker aus Luckenwalde, der Stadt mit der grandiosen Hutfabrik von Erich Mendelsohn: «Hallo Erde, hier ist Alpha, vor uns liegt Proxymed. Weit in die Galaxis leuchtet der Planet. Seht durch alle Meere bricht sein heller Schein. Alpha ruft die Erde», meine Lieblingsgruppe, eine meiner Lieblingsgruppen, also eine von vielen, eigentlich keine Lieblingsgruppe im engeren Sinne, na ja, Berluc ist wirklich zum Gotterbarmen schauerlich, so was wie Scorpions halt, hört man alle zwanzig Jahre ganz gerne wieder, am besten fünfmal hintereinander, allerdings nur dieses eine Lied, den Rest braucht man nicht, dann reicht's auch wieder, «Wird uns noch eine Sonne wärmen, vor uns der neue Stern. Schon sind wir von der Erde, Lichtjahre fern. Wir fliegen durch das Universum, im Orbit-Samtanzug. Alpha ruft die Erde», und hier passt es ja, ich sag das zum

Kellner, wie das doch alles wunderbar in den futuristischen Bierpinsel passt, Wolkenbruch, Pfeffernüsse, Hutfabrik, Proxymed, er sagt: «Bierpinsel? Nee, dit is der Lange Lulatsch, Keule», und jetzt wird mir (Keule) auch klar, warum niemand gekommen ist: Ich habe mich selbst versetzt, sitze im falschen Turm, im Funkturm nämlich. Wie konnte ich nur hier landen, ich kann mir das nur so erklären, dass ich in dieses architektonisch vollkommen anders aussehende, gleichwohl ebenso zauberhafte Bauwerk, das mich an den Besichtigungszentrum-Fernsehturm (観光センターテレビ塔 kankõ sentã terebitõ) in Beppu erinnert, meiner Lieblingsstadt in Japan, wie in Trance, wie ein fremdgesteuertes Aufziehinsekt gelangt bin, nur mit dem einen hypnotisierenden Gedanken an etwas, das Bierpinsel heißt, alles andere ausblendend. Es ist ja auch ein immer wiederkehrender Traum von mir, durch Omsk zu spazieren und sich einzubilden, man sei in Worms, oder andersrum.

Funkturm, *Langer Lulatsch*, und ich dachte immer, diesen Berliner Volksmund gibt's gar nicht, so spreche kein Mensch, weil es einfach zu doof ist, jemand beim Tourismusverband habe sich das in Wirklichkeit ausgedacht, in der Hoffnung, das Volk werde es nachplappern, um dem Rest der deutschsprachigen Welt vorzugaukeln, was für kauzige Insassen Berlin doch hat.

Muttermüller, meine Exfrau, Lobo und Jochen sitzen derweil im richtigen Pinsel und haben vielleicht gerade eine gute Zeit, vielleicht auch nicht, dann vertreiben sie sich die Zeit mit Pusteball oder Elektronen-Toto, was man eben so spielt, wenn Stillstand dräut, aber jetzt ist sowieso alles zu spät, ich zahle meine grünen Biere und schlurfe im strömenden Regen zurück zu meiner Barbara, schlafe schlecht, das Bett ist nass, im Boot steht zwei Handbreit die Kieljauche. Ich habe nämlich vergessen, die Kajüte zu-

zumachen. Aber egal, ich weiß jetzt, alle meine Berlinressentiments, sie sind weg, verpufft, Berlin ist gar nicht so schlimm, wie alle immer tun, es ist ein wunderbares Dorf mit lustigen Bewohnern, ein bisschen wie Schlumpfhausen, man muss nur das ultrahocherhitzte Touristenberlin, das sich wie eine dreckige Gardine über das Dorf legt, so weit es eben irgendwie möglich ist, zu ignorieren oder zu umgehen versuchen, dann geht's. Die Feierlichkeiten zum fünfzigsten Geburtstag der Mauer hab ich verpasst, so wie ich fast alles verpasst habe. Dafür bin ich auf der anderen Seite so reich beschenkt worden, wie mich wohl kein anderer Ort in diesem Universum beschenkt hätte, außer vielleicht Proxymed. Und ich bin in diesen 72 Stunden in Berlin zwei Jahre älter geworden, so ist mein fünfzigster Geburtstag gnädigerweise auch an mir vorübergezogen wie ein Schiff in der Nacht.

Gloria

Toy city streets crawling through my sights
Sprouting clumps of mushrooms like a world surreal
This dream won't ever seem to end
And time seems like it'll never begin
30 seconds
And a one way ride
30 seconds
And no place to hide
30 seconds over Tokyo
PERE UBU

Ich hatte es also geschafft, hatte mich überwunden. Ich flog in die USA, wo ich vorher noch nie gewesen war. Immer diese Aversion, wie die Katze vor dem Wasser, schiere Angst, aber alle meine Freunde (eineinhalb) meinten, ich *müsse* gerade deshalb dorthin, um mich mit der Angst (Angst vor dem Hass eigentlich) zu konfrontieren, dann verschwinde alles, es sei *dort* alles gar nicht so schlimm. Und nun saß ich tatsächlich in einem Flugzeug («Flieger» – Niki Lauda) nach Ohio, ich fühlte mich sogar wohl, gut, entspannt, gespannt und gerüstet.

Nach langer Recherche kam eben Ohio heraus, als der Bundesstaat, der meinen Bedürfnissen am ehesten entsprechen würde. Nicht Ostküste, nicht Westküste, nicht Los Angeles, New York, auch nicht Neu-England oder Chicago, das alles macht es einem möglicherweise zu leicht, aber auch nicht der Bible Belt, das Biotop des Schreckens und der Finsternis, da würde ich womöglich zugrunde gehen wie eine Primel in der Nacht. Diese Staaten da in der Mitte, oben, mit denen kann man arbeiten, noch dazu ein See, Wasser ist ja immer ganz hilfreich, tröstlich, Cleveland, Partnerstadt Bratislavas, die Stadt mit der Burg, die wie ein umgedrehter Tisch aussieht, aus Cleveland kommen Pere Ubu, meine Lieblingspostpunkband, David Thomas, ihr einziges konstantes Mitglied und Sänger, hat mir mal ein Autogramm auf den Hals gegeben, nein, kein Autogramm im eigentlichen Sinn, er malte einen Bus, der aussah wie ein Dinosaurier, jemand hat ihn mal als James Stewart, eingesperrt in einer Oboe, bezeichnet. Ich liebe diesen dicken Mann, der mit seiner Mutter und einem Amboss auf Tour zu gehen pflegt. Vielleicht könnte ich Thomas sogar treffen? Cleveland, ja, das ist es, Bilder tun sich auf, der schreckliche Jim-Jarmusch-Film «Stranger than Paradise» (danach wurden seine Filme noch viel schrecklicher), der spielt in Cleveland, der Eriesee ist zugefroren, verlockende Bilder, Industrieruinen, der schneidende Wind, durch die Szenerie stolpert eine orientierungslose Ungarin, diese Ungarin wollte ich sein, auch wenn jetzt leider im November der See wohl kaum zugefroren sein wird, aber dafür könnte ich noch in ihm schwimmen. Ich wollte zum geheimnisvollen Blue Hole in Castalia, einer seltsamen Quelle, Tiefe unbekannt, keine Lebewesen in ihr, Fische sterben, kein Sauerstoff, totale Leere, und auch wenn sie dieses unheimliche Nichts inzwischen geschlossen haben, es gibt keinen Zugang mehr, muss es doch möglich sein, da irgendwie hinzukommen, Taxi zum toten blauen Loch, vielleicht da auch mal rein? Ich musste natürlich in die Antistadt Oberlin, nicht nur aus onomatopoetischen Gründen, Wurzel der Anti-Sklaven-Bewegung, aber auch Heimat der Anti-Kneipen-Liga.

Außerdem hatte ich vor, einen Ausflug nach Ramses zu machen, jedermann bekannt aus dem anrührendsten

Roman der Weltgeschichte, Franz Kafkas «Amerika», das einzige Buch, das ich nicht nur gelesen, sondern gleichsam inhaliert habe, und ich liebe den Film von Jean-Marie Straub und Danièle Huillet, die das Buch 1984 unter dem Titel «Klassenverhältnisse» verfilmten, mein alter Freund Harun Farocki spielt darin den Delamarche, ich kann Zeile um Zeile daraus mit dieser merkwürdigen kubistischen Intonation nachsprechen, und mache es auch regelmäßig, zumindest wenn ich Harun treffe: «Ich heiße Karl Roßmann und bin ein Deutscher. Bitte, sagen Sie mir, da wir doch ein gemeinsames Zimmer haben, auch Ihren Namen und Ihre Nationalität. Ich erkläre nur noch gleich, dass ich keinen Anspruch auf ein Bett habe, da ich so spät gekommen bin und überhaupt nicht die Absicht habe, zu schlafen. Außerdem müssen Sie sich nicht an meinem schönen Kleid stoßen, ich bin völlig arm und ohne Aussicht.» Worauf Harun streng zu geben pflegt: «Der da heißt Robinson und ist Irländer, ich heiße Delamarche, bin Franzose und bitte jetzt um Ruhe.» Später brechen sie dann nach Ramses auf, kommen aber nie dort an, so wenig wie in Butterford («Wir werden schon in Butterford Stellen erzwingen»), und das ist doch das Schöne, im Film, im Buch, und auch in unserer Kohlenstoffwelt, dass man die Erwartung an einen Ort auch einmal in der Vorstellung kompostieren lassen kann, man auch aus dem Nichts kokette Dinge davontragen kann, nun wollte ich aber nicht für mich, sondern stellvertretend für Roßmann, Robinson und Delamarche nach Ramses.

Ich wollte in irgendeiner Redneckkneipe fragen, ob ich ein wenig auflegen dürfe, vielleicht meine kleine Sammlung des unheimlichen, ungarischen Liedes Szomorú Vasárnap, besser bekannt als Gloomy Sunday von Rezső Seress, der es für seine Freundin schrieb, welche sich dann kurz nach Veröffentlichung umgebracht hat, Seress legte 1968 ebenfalls Hand an sich, indem er zwar einen Sprung aus dem Fenster überlebte, aber sich dann im Krankenhaus mit einem Draht strangulierte. Dieses ergreifende, hoffnungslose Lied gilt als Selbstmordbeschleuniger, man bringt viele Tode mit ihm in Verbindung, zum Beispiel jenen von Billy MacKenzie, dem Sänger der Associates, der es sang und sich 1997 das Leben in einer Hundehütte nahm, aber auch von Billie Holiday, die, um alles betrogen und verarmt, mit 44 Jahren schwer herz- und leberkrank in ein New Yorker Krankenhaus eingeliefert wurde, wo sie unter entwürdigenden Umständen an Leberzirrhose verstarb. Polizisten standen um das Krankenbett, um sie zu verhaften, wenn sie sich erholt hätte. Sie entzog sich der Haft durch Tod. Aber das sind alles nur Zufälle, und der Ruf des Liedes fußt vermutlich auf der Tatsache, dass sich zum Zeitpunkt des Todes Rezső Seress' in Ungarn gerne mal selbstentleibt wurde. Ich wollte also meine Gloomy-Sunday-Singles irgendwo spielen, bis es den Kneipenbesuchern gereicht hätte und sie mich verprügelt hätten, das war mein Ziel, das hatte ich vor, denn ich bin ein Nehmer.

Ich plante durch vom rücksichtslosen Dünge- und Genmonopolisten Monsanto verwüstete Monokulturen zu fahren, die große Flächen Ohios und die angrenzenden Bundestaaten bedecken, traurige, sterilisierte Maisfelder, Hektarmeere von Schweinefutter, gottspottende, vergewaltigte Erde. Ich wollte ihren Flaggenfetisch bewundern, der etwa ein Drittel des Himmels bedeckt. Ich komme in diesem Land an, wie Millionen vor mir, für das ich nur Körper, Kleider, ein Name und ein Alter bin, das ist meine Identität, mehr nicht, nicht einmal meine Nationalität ist von Belang, denn es gibt ja nur zwei, wir und die, USA und der Rest, ist ja dann auch egal, woher ich komme, da kann ich auch aus Ungarn sein, ich muss hier nichts beweisen, indem ich differenziere, Missionieren sowieso zwecklos, wahrscheinlich würde ich von meinem hohen Ross der Ressentiments herunterkommen, würde mich ihre schier grenzenlose Toleranz einfach entwaffnen, sie würden mich vermutlich nicht einmal verprügeln, in dieser Kneipe voller Kreationisten da, in der ich meine Selbstmörderlieder auflege, sondern lächelnd machen lassen, na, soll der schwule Spinner seinen Spaß haben und uns zu provozieren versuchen, irgendwann ist er auch wieder weg, oder er geht in uns auf.

Es gibt einen Direktflug von Wien nach Cleveland. Die Hauptstadt Ohios, Columbus, wollte ich auslassen, zu deutschtümelnd, was sollte ich dort, Sauerkraut kämmen? Der Flug verlief problemlos, am Anfang betete ich nur, dass ich nicht neben der lauten Nervensäge, einem circa siebzigjährigen Mann, zu sitzen gezwungen sein würde, er zappelt und gockelt bereits am Flughafen morgens um acht herum wie besoffen, plusterte sich auf, behängt mit Katzengold, redet mit jedem, und zwar sehr laut, dann sitzt sein Freund oder Kollege vor mir, und er kommt von hinten immer nach vorne, lehnt sich an dessen Sitz, streckt mir seinen Po ins Gesicht, ich sitze am Gang, er geht immer hin und her und kaut dabei nervös Kaugummi. Ich sage zu meiner Sitznachbarin, einer Georgierin, die an der Ekonomicka Universita in Bratislava studiert und jetzt zu ihrem Freund nach Ohio fliegt, dass ich den Zappler unmöglich finde, Typ verhaltenskreativer Kompensationswirrkopf, ich halte den nicht aus, schwer einzuschätzen, der benimmt sich wie ein ADHS-Kind. Sie antwortet, das sei ein ganz berühmter georgischer Balletttanznestor, und dann sehe ich, dass er, es gibt gleich Essen, sich sein Kaugummi hinter das Ohrläppchen geklebt hat. Das stimmt mich ganz milde, meine Wut ist augenblicklich verflogen. Komischer Reflex, was beruhigt mich hier? Relativiert sich seine Unberechenbarkeit durch sympathischen Irrsinn? Vermutlich. Tanzopa muss wohl so viel zappeln und gehen, um die Gelenke elastisch zu halten, «wie Tiger im Zoo» sagt meine Nachbarin, Gwindi heißt sie, ihr Name bedeutet auf Deutsch «Wir wollen dich», sie liest die Bibel und bekreuzigt sich andauernd und hat unglaublich dicke Beine bei einem ansonsten normalen Körper.

Man kommt kommod an, um 17 Uhr, Taxi brettert über den schnurgeraden George W. Bush Highway (erstaunlich, dass sie so eine wichtige Straße nach dem Abgemeldeten benennen) in das Zentrum Clevelands, zum Hotel Zp, Bethlehem Street 11, rätselhaft, warum das Hotel so heißt. Aber dort gibt es dann gleich eine angenehme Überraschung, die Betten sind gar nicht so hoch, so klobig wie Hummerautos, wie man es immer in den Fernsehserien sieht, und sie sind auch nicht mit so vielen sinnlosen Kissen befüllt, die Luxus und Verschwendung vortäuschen sollen, und die Bettdecke ist gar nicht am Fußende quasi mit der Matratze verwachsen, ich finde das nämlich so widerlich, so unhygienisch, so entmündigend, Füße wollen atmen, müssen sich bewegen, Füße sind doch Lebewesen, sollten wir unsere Füße nicht lieben? Huch, ich klinge ja wie ein Podophiler, ein Fußfetischist, aber dieses eigenartige Verhältnis zu Füßen in diesem prüden Land ist schon auffällig und führte vermutlich auch dazu, dass in populären amerikanischen Fernsehserien («King of Queens», «Two and a Half Men») die Leute immer in Socken (vorzugsweise weißen) zu Bett gehen. Das Hotel Zp ist also gut zu Füßen. Nächste Überraschung: Sie haben im Hotelfernseher einen polnischen Sender, als einzigen europäischen, und ich hänge gleich nach meiner Ankunft gebannt vor einer polnischen Waldkauzdoku, von der ich mich nicht lösen kann. Von den slawischen Sprachen ist ja, da muss man sich nicht lange streiten, Polnisch die geschmeidigste, und dann der Waldkauz, acht Eier in dieser engen Baumhöhle, ausgebrütet, gepäppelt, und dann frisst ein Luchs die Mutter, weil sie sich unvorsichtigerweise zu lange am Boden damit beschäftigt hat, die Maus artgerecht zu töten, das letzte widerliche Bild ist das des die Eule mampfenden Pinselohrs, blöde glotzend, das Maul voller Federn, als Nachspeise gibt's dann noch die Maus obendrauf, mir wird übel und es bricht mir das Herz, ich muss raus, muss ins Städtchen, Hunger hab ich außerdem, jetzt aber nicht angeregt durch den polnischen Tierfilm.

Cleveland ist phantastisch, alles so dermaßen kaputt, kariös, korrodiert, sagenhaft, ich liebe das, man kommt aus dem Staunen nicht heraus, wie viele Facetten der organischen Zerstörung unorganischen Materials existieren. Ich sah kein gerades Haus, alles verbogen, gekrümmt, ich sah gar ein Haus gewissermaßen kotzen, es wurde einfach eines Teils von sich überdrüssig und spie es von sich. Cleveland ist eine Stadt, die sich, so scheint es, gerade selbst verdaut.

Ich gehe in ein Schnellrestaurant namens Pizza Hat. Zunächst denke ich, das ist eine legasthenische Entgleisung, aber dann setzt es sich in der Speisekarte fort, zu trinken gibt's Cuke und zum Essen eine Pizza mit Mashrooms. Vielleicht ist das hier Konzept, Teil eines anstrengenden linguistischen Eventgastronomietrends, aber ich will irgendwie keine Pizza. Hatte ich nicht in Wolfgang Büschers Amerikaspaziergangserzählung «Hartland» gelesen, dass die da tonnenweise Analogkäse draufpappen, nichts als Rindertalg und Lab, zäh wie Gummireifen, während der Boden dick und weich ist wie Kuchen? Ich kaufe mir lieber in einem dieser winzigen sogenannten 24/24-Läden (was das wohl heißen mag, 24 Stunden offen, aber nur an 24

Tagen?) zwei Kakis und einen halben Liter Kefir, der hier überall angeboten wird, auch etwas, was man ja nicht auf Anhieb mit Ohio verbinden würde. Die Leute in dieser phantastischen Stadt, und vermutlich auch im restlichen Land, registriere ich, in meine Kaki beißend, haben alle ganz runde Köpfe und lachen nie. Sie starren einen mit nackten Blicken an, aus ihren mondförmigen Geigendiebengesichtern. Moment, Geigendiebe, hab *ich* das eben gedacht? Welcher Satan macht mich so denken?

Ich treffe ein paar Schweizer Bekannte; sie nehmen teil an einer internationalen Kunstausstellung namens «Artisterium», die über die ganze Stadt verteilt ist, in verschiedenen Galerien, Museen, verlassenen Lagerhallen und anderen gewärmten Orten. Die Schweizer stellen in der renommierten Picture Art Gallery aus.

Da ist zum einen Thomas Haemmerli, den man auf gar keinen Fall beim Vornamen nennen darf, dann wird er böse, nur Haemmerli (Das Hämmerchen), er war schon vieles in seinem Leben, gründete eine Zeitung, arbeitete als Filmkritiker und Frankreichkorrespondent fürs Schweizer Fernsehen, auch hat er einen Dokumentarfilm über die Entsorgung des Besitzes seiner toten Messie-Mutter gedreht, der Film heißt «Sieben Mulden und eine Leiche». Mit ihm ist seine Freundin Ana Roldan gekommen, sie ist einen Meter vierzig groß, Mexikanerin und will mir weismachen, dass ihr Vorname das Akronym der japanischen Fluglinie All Nippon Airways ist. Auch sie stellt hier aus, vergoldete Kokosnüsse, und als Dritter in der kleinen Gruppe von Repräsentanten schweizerischen Kunstschaffens ist der siebenundsechzigjährige Dieter Meier dabei, den kennt man von Yello, diesem schauerlichen Prototechnoduo, bekannt durch die Erkennungsmelodie («Oh Yeah») des Duffman bei den Simpsons («Seid ihr bereit, euch heute zu beduffen?»). Auch er hat so einige berufliche Mäander in seinem Leben genommen, war Profipokerplayer in Knokke, Golfspieler (Mitglied der Schweizer Nationalmannschaft), Großaktionär beim Gelddrucker Orell Füssli und besitzt in Argentinien 10000 Hereford-Rinder und 12000 Schafe, deren Fell mit einem von ihm entwickelten Scherverfahren veredelt wird. Und dann ist da noch seine Fluxuskunst. So fleißig er in anderen Bereichen ist, und meinetwegen so kreativ in Tierhaarfragen, so mager sieht es hier aus. Ich würde das, vorsichtig ausgedrückt, als kläglichen Versuch werten, Yoko Ono zu imitieren, wenngleich meilenweit davon entfernt, so subtil, klug und essenziell zu sein wie Ono.

Meier verbietet mir, ihn zu siezen, ich kann da schlecht raus aus dieser Nummer, obwohl es mir andersrum lieber wäre. Er ist überhaupt sehr streng, was ich aber gerne mag. Einmal bellt er mich im Kasernenhofton an: «Hast du dir deine Haare gewaschen?» Ich verstehe zunächst nicht, was er will, ob ich mir meine *Hände* gewaschen habe, warum sollte ich? Ich war doch gar nicht auf dem Abtritt, und nach Besuch desselben wasche ich mir grundsätzlich nie die Hände, mein Penis ist ja nicht schmutzig, ich wasche meine Hände, *bevor* ich pisse, vernünftigerweise, so viel resthygienisches Gewissen ist bei mir noch vorhanden, immerhin. Dann erklärt er, dass man seine *Haare* nicht zu oft waschen dürfe, sie müssten die Chance haben «rückzufetten», na ja, bei seinen Rindern vielleicht. Am Abend sitzen wir im Wirtshaus Pur Pur, da kriecht er plötzlich unter den Tisch: Er sucht im Finstern seinen Kamm. «Ein Mann muss immer wissen, wo sein Kamm ist», dröhnt es dumpf von unten durch den Tisch zu uns hoch. Man sieht ihm auch nach, wenn man seinen schneidigen Widerborst und seine offensichtliche Prinzipienfestigkeit respektiert, dass er sich fürchterlich über Pablo Picasso, ja sogar über

Andy Warhol echauffiert, dass ihm das Ereifern ein großer Quell der Lebensfreude zu sein scheint, «Andy» hätte nicht alles, was man ihm unter die Nase gehalten hat, signieren dürfen. Ich frage ihn, der er ja mit «Andy» befreundet war, ob er diesen mal geküsst habe, denn ich weiß von meinem Freund und Nachbarn, dem zweiundachtzigjährigen Daniel Spoerri, der das einst gemacht hat, dass es so gewesen sei, als küsse man eine ausgeleierte Gummimaske, Meier schaut indigniert und zetert weiter, für ihn der Schlimmste aber sei Piet Mondrian, das sei doch esoterische Spökenkiekerei, durchsäuerte Kunst, Laubsägearbeiten seien das. Um ihn, den Schweizer, zu frotzeln, aber auch ganz im Ernst sage ich, dass ich seinen etwa gleichaltrigen Landsmann HR (Hansruedi) Giger für einen ganz großen Künstler hielte, ihn verehrte. Den «phantastischen» Horrormaler, Schöpfer düsterer Alienwelten, hat sogar einen Oscar, ich habe ihn einmal im Backstageraum der stilprägenden und immens einflussreichen Metalband Celtic Frost die Musiker schminken sehen. Dieter schaut mich an, als hinge mir der Dickdarm hinten raus. Er muss gar nichts sagen, ich kann mir vorstellen, was er von Giger hält, und von Celtic Frost will er angeblich noch nie gehört haben. Ich frage, wer schlimmer sei, Mondrian oder Giger? Seine Antwort: «Jackson Pollock.» Bei Kunst werden wir also nicht warm. Wer weiß, vielleicht wäre er mir bei Beuys an die Kehle gegangen, dann hätte er das erreicht, was ich eigentlich in der Redneckkneipe erreichen wollte, also spreche ich ihn auf Billy MacKenzie an, die verschwenderischste Stimme des Pops. Yello, beziehungsweise Dieters Partner Boris Blank hat den Song «The Rhythm Divine» produziert, den Billy für Shirley Bassey geschrieben hat, der beste Bondsong, der kein Bondsong ist, wer bei diesem Lied nicht in Ehrfurcht erstarrt, muss anstelle des Herzens einen Kühlschrank aus

Stein haben, Billy selbst singt den Chor, ja, der arme Billy, sagt Dieter, aber Shirley sei eine «bitch» gewesen, jetzt hat er wieder Gelegenheit zum Schimpfen, wunderbar, sie habe sich für ihren Aufenthalt in Zürich einen Adligen gewünscht, irgendeinen Prinzen als Begleiter, und dann seien ihr die Perücken abhandengekommen (vielleicht hat sie der Blaublütler als Souvenir mitgehen lassen, schon mal *daran* gedacht?), ihr Fahrer habe geflucht, wie die sich aufgeführt habe auf der Fahrt von Perückenknüpfer zu Perückenknüpfer, er habe schon Elton John gefahren, aber so was sei ihm noch nicht untergekommen. Nach der tieferen Bedeutung des letzten Satzes frage ich lieber nicht, weil darin so viel zaubrischer Interpretationsspielraum residiert. Fuhr der Taxifahrer etwa ausschließlich Haarteiltouren durch die Limmatmetropole an der Siehl?

Ich habe aber jetzt, und das ist gar nicht mal unangenehm, diese irre Zeile aus Billys Lied im Ohr «The longer you're gone/I'll hunger and shake/From Warsaw to Rome/I'll wait out of time», und gehe benommen ins Hotel Zp, kaufe mir noch ein paar Kakis und einen Liter Kefir für die Nacht, beim Einschlafen denke ich angestrengt über die Zugverbindungen von Warschau nach Rom nach.

Am nächsten Tag ist Ausstellungseröffnung, zur Mittagszeit, sie wird von den Clevelandern nur so gestürmt, sie scheinen regelrecht ausgehungert nach Kunst zu sein. Der Schweizer Honorarkonsul und seine Gemahlin sprechen mich an, ob ich Dieter Meier sei, was für eine groteske Verwechslung! Ich spiele sie leider nicht weiter, vielleicht findet Dieter den Identitätstausch nicht so gut, sage, ich sehe in ihrer Vorstellung vielleicht aus wie jemand, der Dieter Meier heißt, heiße aber Müller, Ramses Müller, und deute auf Dieter, der mich wieder strafend anschaut, was habe ich denn jetzt schon wieder verbrochen?

Ich bleibe nicht lange bei der Ausstellung, es sind mir einfach zu viele Menschen, lieber erkunde ich die Stadt, die Rock'n' Roll Hall of Fame schenke ich mir, es ist nicht anzunehmen, dass sie dort irgendetwas oder -jemandem huldigen, der mir wichtig ist, ich könnte mir sogar vorstellen, dass sie aus Trotz die wirklich relevanten Söhne der Stadt, Pere Ubu, ignorieren. Stattdessen gehe ich zum berühmten, brutalistischen Ministry of Highway Construction (Verwaltungsgebäude des Ministeriums für Straßenbau) von George Tschachawa aus dem Jahr 1975. Das Grundstück liegt außerhalb des Stadtzentrums, man kann da mit öffentlichen Verkehrsmitteln gar nicht hin, kein Bus, U-Bahn sowieso nicht, nur mit dem Auto oder zu Fuß. Der verschachtelte Klotzhaufen klebt an einem Hang und steht auf Stelzen, die Landschaft «fließt» ungehindert unter dem Gebäude hindurch, inklusive eines kleinen Bachs. Hier stand El Lissitzky Pate, der russische Konstruktivist, der 1924 seinem «Wolkenbügel» eine formal ähnliche Struktur gab, als Antithese zum Wolkenkratzer. Idee ist es, durch die Aufständerung weniger Grundfläche zu verbrauchen, sodass der Raum unter dem Gebäude der Natur zurückgegeben werden kann, was ein bisschen albern ist, weil hier am Stadtrand sowieso noch genug Raum ist. Tschachawa behauptet indes, sein Konzept beruhe auf dem Prinzip des Waldes. Die Ständer entsprächen den Baumstämmen, die daraufliegenden Riegel den Kronen; aber so was muss er sagen, um dem ganzen, an und für sich schon prachtvollen Gebäude noch ein paar profane Bilder aufzupfropfen, damit der einfache Mann von der Straße, der sich so vor Beton fürchtet, auch etwas davon hat. Zwischen Grund und der Baumkrone (immerhin 18 Stockwerke) gebe es offene, lichte Freiräume, wo sich die Nutzer wohlfühlen sollen. Aber welche Nutzer? Wie kommen die da hin?

Eingeklemmt sind die Schachteln in der Gabelung zweier stark befahrener Autobahnen, die zu queren einem Selbstmordkommando gleicht, die Fahrbahn voller Löcher, von den rasenden, dreckigen Autos im Reißverschlussprinzip umkurvt. Alles ist staubig, laut und gefährlich, und trotzdem wurde das Gebäude hier in der schwer zugänglichen Peripherie 2010 von OMA (Office for Metropolitan Architecture) unter der Aufsicht von Rem Koolhaas frisch renoviert, nachdem es 2007 als National Monument unter Denkmalschutz gestellt worden war, die Oase des Brutalismus inmitten von sich, auf alles, was steht und sich bewegt, niedersenkenden Schwaden von Krach und Staub. Wie wohl Rems OMA hier täglich hergelangt sein mag?

Auf dem Rückweg tun mir meine Schuhe leid. Ich bin so weit in ihnen hier rausgelatscht, jetzt sind sie dreckig und staubig, und als ich an einem Schuhputzer vorbeikomme, mich auch schon auf seinen Thron zu setzen anschicke, scheucht der mich weg wie eine Fliege. Wie demütigend *das* ist, wie minder man sich vorkommt, auch wie sehr man sich vor seinen Schuhen schämt, es tut mir leid, na ja, du kannst ja nichts dafür, bilde ich mir ein sie murmeln zu hören, für den Schuhputzer bist du vielleicht nur Luft, und wir sind ihm noch nicht dreckig genug.

Am nächsten Tag ist ein Busausflug nach Piqua geplant (aber nicht das Piqua, in dem Buster Keaton geboren wurde, das steht in Kansas), ich kann die anderen, und insbesondere Dieter davon überzeugen, und Dieter ist das Alphatier, dem alle folgen. Der Busfahrer heißt Jago, ein Melancholiker, der sehr gut Deutsch spricht, die Galerie hat Bus und Fahrer organisiert. In dem eiernden Kassettenrekorder seines dreckigen Ford Transits singt Rudolf Schock das Ave Maria, bis Bandsalat dem elenden Gejaule ein Ende bereitet. Es ist eine schöne Fahrt, abgeerntete staubige Felder, Monsantomais vermutlich, überall schwelt die Steppenglut. Nach Piqua muss ich, so halte ich einen kleinen Vortrag von der Hinterbank meinen Mitreisenden nach vorne, aus mehrerlei Gründen. Natürlich wegen der Mills Brothers, sie kommen aus dem kleinen Ort und gelten als Erfinder, oder genauer als Vorläufer des Doo Wops, als das Genre noch gar nicht so hieß, Swing oder Barbershop wurde das damals genannt, mehrstimmiger Gesang, sparsam instrumentalisiert, so um 1930, in Zeiten großer Depression spendeten sie Trost und Erbauung mit Titeln wie «Gloria» («Gloria, it's not Marie, it's Gloria, it's not Cherie, it's Gloria»). Ferner gilt oder galt Piqua immer als die Unterhosenhauptstadt der Welt. Nirgendwo sonst gibt es, sagt man zumindest, so viele Kurzwarenfabriken auf so engem Raum. Des Weiteren haben sie ein Atomkraftwerk in Piqua, und das steht mitten in der Stadt, das aber bereits nach drei Jahren wieder vom Netz ging, es arbeitete nur von 1963 bis 1966, war eines der ersten Kernkraftwerke mit einem kommunalen Eigentümer und Betreiber weltweit und wurde unter Vertrag von der Stadt Piqua betrieben. Nach der Schließung wurde die Anlage für die Nutzung als Büros, Geschäfte und Lagerräume verpachtet, und wenn wir Glück haben, werden dort auch Schlüpfer verkauft (Atomunterhosen), und wenn wir noch mehr Glück haben, wird alles berieselt von den Mills Brothers («Wasn't Madeline your first love? It was just hello-goodbye. Wasn't Caroline your last love? It's a shame you made her cry»), und während ich meinen Mitreisenden all diese Koinzidenzen des Glücks ausmale, belfert mich Dieter vom Beifahrersitz aus in einer ungewohnten Schärfe an. Was ich denn da faselte, wir fahren nach Gori, ins Stalinmuseum, ich solle doch endlich mal die Klappe halten mit meinem blöden Cleveland, seine Golfschläger kämen zwar aus

Cleveland, das seien die besten, aber wir seien jetzt hier in GEORGIEN, ob ich das immer noch nicht begriffen habe, Tiflis/Georgien, jetzt gleich Gori, schau, da draußen die riesige ossetische Flüchtlingsbarackensiedlung, was ich denn die ganze Zeit hier für einen Unsinn erzählte.

Für den Rest des Tages schweige ich. Ich geh auch nicht mit ins Museum des Massenmörders, draußen summe ich das herzknitternde Lied, oder es summt mich («What a fool you are. You gave your heart to Gloria. You're not so smart 'cause Gloria. Is not in love with you»).

Häuser ohne Augen

Ich bin der zerquetschte Feuerwehrmann mit zerbrochenem Brustbein. Übel regt mich an und Verbesserung von Übel regt mich an. Allem, was gewachsen ist, feuchte ich die Wurzeln.

Albert Oehlen

Für die einen ist es der Orientexpress, für die anderen die Transsibirische Eisenbahn, für Dritte vielleicht der «Last Train to Trancentral» und für Christian Anders der Zug nach Nirgendwo: magische Strecken, die ihren Zauber nicht unbedingt im Ankommen entfalten, sondern irgendwo auf der Strecke zwischen zwei Punkten, die immer kleiner werden, je konstanter und monotoner der Zustand, der Stillstand in der Bewegung wird. Für mich war so etwas immer der Ostende-Wien-Express. Er fuhr seit 1894, aber hundert Jahre später wurde die Verbindung bedauerlicherweise eingestellt, das heißt, man kann sie jetzt nur noch mit unterbrechendem Umsteigen befahren (Köln / Brüssel), aber der Gedanke an die alte Gesamtstrecke schmust mein Gehirn nach wie vor. 1901 fuhr der Zug mit versagender Bremse in den Frankfurter Hauptbahnhof ein und kam mitten im Restaurant, inmitten der zum Frühstück gedeckten Tische zu stehen. Niemand wurde verletzt, da das Unglück morgens um fünf passierte. Ein Teil der Fahrgäste, auch ich (tja, so alt bin ich schon), hatte das Ereignis überhaupt nicht bemerkt, so sehr lullte die Strecke die Passagiere ein und schützte sie vor allen Widrigkeiten, wie ein eiserner Schlafsack.

Ich fuhr sie oft, die Fahrt begann um 21 Uhr und endete um neun am nächsten Morgen. Ich nahm selten Gepäck mit, sprang spontan in den stets leeren Zug, immer schnabulierte ich zum Frühstück in Ostende einen großen Topf Miesmuscheln, Jodbomben, es war, als treibe mich eine in mir glosende Schilddrüsenunterfunktion hin zur fernen Quelle. Manchmal fuhr ich schon in der folgenden Nacht wieder zurück. Einmal schmiss ich in einem Akt von Selbstjustiz einem McDonald's-Filialleiter aus Passau, der einer Frau im Liegewagen an die Wäsche ging, seine nagelneuen, schnieken Cowboystiefel aus dem Fenster, ich sah ihn morgens um fünf im harschen Winter 1985 durch die Eisblumen des Fensters fluchend in weißen Socken den Mainzer Bahnsteig entlanghüpfen. Ein anderes Mal wohnte ich im Ostende-Wien-Express einer rothaarigen Schwangeren bei, sie wollte es wissen, und wir trieben es nach allen Regeln der Kunst. Mit uns im Sechserabteil, wir hatten die Sitze ausgezogen, ein Koreaner, der schlief oder vorgab, es zu tun, doch er musste etwas mitbekommen haben, ich weiß nicht mehr, wie sie hieß, eine füllige Belgierin mit borstigen Beinen, die exakt aussah wie Lesley Gore, meine Lieblingslesbe, später entdeckte ich ein schwarzweißes Passfoto von ihr in meiner Hosentasche, auf das sie rückseitig mit Bleistift «Wij waren hier nooit» (Wir waren niemals hier) geschrieben hatte, sie musste es mir irgendwann zur Erinnerung dort hinterlassen haben, so wie wir dem Koreaner vermutlich erotischen Nährstoff der Phantasie für Jahre hinterließen. Von Ostende fuhr sie mit der Küstenstraßenbahn (Kusttram) weiter nach Knokke zu ihrem Mann, das Kind muss jetzt um die zwanzig sein. Ich torkelte erschöpft, benommen und verwirrt ins Hotel, in das immer gleiche, Hotel du Parc, da wo der Lesbenvampirfilm «Le Rouge aux lèvres» (dt. «Blutige Lippen») von

Harry Kümel aus dem Jahr 1971 spielt. Ich versuchte den Schlaf, den ich in der Nacht nicht bekam, nachzuholen, es gelang mir aber nicht, die Nacht dröhnte in mir nach, die Erinnerung wie eine große kybernetische Turbine, meine Außenhülle eine einzige hochempfindliche, entzündete Tastnervenzelle.

Das Geviert um das Hotel du Parc am Marie José Plein ist dann auch die schönste Ecke Ostendes, das herrlich brutalistische, von Le Corbusier inspirierte Postgebäude von Gaston Eysselinck, und dann, zum Wasser hin, natürlich der Kursaal, alles viel zu überdimensioniert für das kleine Städtchen, weswegen beiden Gebäuden immer auch eine realistische Inszenierung beiseitegestellt wird: Vor der Post, auf dem Grünstreifen in der Mitte der Leopold-II-Laan sind es die sich nach Einbruch der Dunkelheit versammelnden Rudel von ratlosen Kaninchen, sonder Zahl, und um den Kursaal flanieren die Bürger tagein, tagaus mit ihren Minihunden, alle in winzige Hundeanoraks gepackt, zum Teil schieben sie sie aber auch in Kinderwagen vor sich her, so bleibt die große Geste, was sie ist, nur eine Geste ohne Dünkel.

Da man die Strecke nach Ostende jetzt immer unterbrechen muss, steige ich manchmal in Köln aus und manchmal in Brüssel und bleibe dort kurz, gar nicht mal ungern, ich mag beide Städte sehr, auch wenn sie die alte ununterbrochene Fahrt natürlich nicht aufwiegen können. Früher fuhr ich häufiger, jetzt ist es jedes Jahr nur einmal, und zwar im November, meinem Lieblingsmonat, ich versuche die Reise um den Karnevalsanfang herum zu legen. Immer ist dann auf der Strecke auch ein prächtiges Konzert, eins, für das auszusteigen sich lohnt, immer im E-Werk, einmal war es Orchestral Manœuvres in the Dark, am 11.11., das Jahr drauf am 12.11., Erasure, schwule Entfesseltheit,

Vince Clarke, ihr musikalischer Direktor, hat mir mal eine Zigarette geschenkt, eine Kent. Er hat, wie ich, in seiner Jugend in einer Joghurtfabrik gearbeitet, und er ist das einzige Idol, bei dem ich nicht nur die Frisur zu kopieren versuchte, nein, ich erkor mir auch meine Freundin nach dem Bauplan der Sängerin seines damaligen Kurzprojekts Yazoo, Alison Moyet, was ich Martha natürlich nicht gestehen durfte («Kein Problem, dass du deine Tonnengestalt in einen Kaftan hüllst, macht doch Alison auch»). Am 13.11.2012 erwarte ich im E-Werk ein Konzert von Vince Clarke und Martin Gore, dann wäre die Trias des Glücks komplett. 30 Jahre haben sie sich nicht gesprochen, die beiden Gründer von Depeche Mode aus Basildon, Essex. Vince stieg gleich zu Beginn wieder aus, da waren ihm zu viele Egos in der Band, jetzt machen sie wieder gemeinsam Musik, mir nimmt's den Atem bei der Vorstellung, die beiden scheuen Sympathler gemeinsam auf der Bühne zu sehen.

Seit zwei Jahren gilt am 11.11. in der Innenstadt Kölns totales Glasverbot. Man darf keine Gläser und Flaschen und vermutlich auch keine Aquarien mit sich führen, die Verletzungsgefahr sei zu hoch, heißt es in einem diesbezüglichen Dekret, die Stadt habe sich in den vergangenen Jahren an diesem Tag in ein gefährliches Scherbenmeer verwandelt. Natürlich hält sich niemand an das Dekret, so viel Glas kann kein Glascontainer halten, wie man dann auf den Straßen sah, und das Dekret west jetzt vermutlich in einer Dekrettonne, an der streunende Hunde ihr Bein heben.

Und wie jedes Jahr wird die Stadt von einer aggressiven Fröhlichkeit heimgeholt, der man sich so wenig entziehen kann wie einem grauenvollen Flugzeugabsturz, maskierter Selbsthass, Lebensvernichtung, die verschmierte Fratze des Clowns, das ganze Hirn weggelutscht, das gnadenlose Ende unserer eigenen Unlösbarkeit. Und vor dem Fenster der Bar, in der man gerade sitzt und Bier aus einem Reagenzglas trinkt (Kölsch), kotzt eine Nonne, am helllichten Tag. Wir leben falsch, und alle wissen das, und es gibt keine Alternative dazu. Die Menschen sind falsch, alle. Das ist die zentrale Botschaft des Karnevals.

In einem Interview mit dem Bumsmusiker HP Baxxter erklärte der Künstler Albert Oehlen diesem die Essenz dessen, was sich da abspielt: «Beim Kölner Karneval geht es um den Kurzschluss von völliger Idiotie und einem Zen-artigen Gleichmut. Die wirklich guten Lieder haben Weisheit und Stumpfsinn so verschmolzen, dass es unentwirrbar ist. Ich denke da an Lieder wie ‹Wir lassen den Dom in Köln, denn da gehört er hin / Was soll er auch woanders, das macht doch keinen Sinn›. Da kommt man auch in eine Trance und verliert das Zeitgefühl.» Der Bumsmusiker sah Parallelen zu seiner eigenen Klientel: «Nehmen wir einen Menschen im Publikum, der Probleme hat und sich zergrübelt. Für denjenigen kann es von enormem, rettendem Vorteil sein, sein Hirn an der Garderobe abzugeben und die Sau rauszulassen. Zu viel Grübelei macht die Menschen mürbe.»

Auch ich bin mürbe, aber mürbe vor Wonne. Nach dem Erasurekonzert, im Café Storch, treffe ich mich zur Manöverkritik mit den immer wieder in Köln ihr karges Arbeitsexil fristenden Hamburger Musikern Felix Kubin, Schorsch Kamerun und Richard von der Schulenburg. Ihnen trieft die Seligkeit förmlich aus Aug und Ohr, sie sind weich und einsichtig wie von Engeln geküsstes Fallobst. Sie sind mit dem Fahrrad ins Storch gekommen, zu dritt auf einem, ich kam mit dem Taxi, ich weine lieber im Taxi als auf dem Rad. Wir fragen den DJ nach Erasures «Give a little respect», er erfüllt uns den Wunsch mit wissender Generosität, wir grölen das Lied mit wie läufige Hündinnen, alle freuen sich mit uns, man ist noch vom gerade verglühten Karneval ausgezonkt und demzufolge tolerant.

Die drei später im Lokal zufällig zu uns stoßenden Wiener Synchroniker *Maschek*, die parallel zum Konzert in der Harald Schmidt Show gastierten (zum respektablen fünften Mal), kommen mit Schmidts Redaktionsleiter Dr. Udo Brömme. Sie lassen sich nicht anstecken von der Atmosphäre, hier weigern sich die Moleküle zu wandern, die Säuerlichkeit der Satiriker, der mit Pathos inkompatible Zynismus, die Last des Daseins, den können wir hier, wir, die Zeugen des Glücks, ihnen nicht wie mit einem Schwamm aus ihren verkniffenen Antlitzen waschen.

Felix Kubin ist ebenso belgienaffin wie ich. Ich kenne ihn schon eine geraume Zeit, war bei seinem allerersten Auftritt in der Hamburger Markthalle, ein rotbackiges, talgiges Bürschchen von dreizehn Jahren, mich erwischte er nach der Show peinlicherweise auf dem Klo beim Masturbieren, aber das tat unserer Freundschaft keinen Abbruch. Er bezeichnet sich selbst als «Wirbelwind am Manual» und «Harte Zelle», kann, wie er sagt, mit seinen Zahnfüllungen Stimmen empfangen, und seine Doktorarbeit «Ist die Sinusschwingung ein akustisches Gespenst des menschlichen Unterbewusstseins?» schmort noch unveröffentlicht auf einer Halde in seinem Kopf. Vor drei Jahren hat er seinen vierzigsten Geburtstag in Brüssel gefeiert, in einer Kugel des Atomiums, man kann sie mieten, handverlesene vierzig Gäste kamen, alle mussten verkleidet sein als Bewohner Entenhausens, ich ging als Dussel Duck, das Geburtstagskind selbst war, wie könnte es anders sein, Klaas Klever, es gab ein Helferlein und den Neffen Alfons, aber auch einen Bottervogel, einer kam als Garfield, der hatte das Motto wohl nicht richtig verstanden, Hystra Klunker, die schon von Haus aus mit einem sensationell Erika-Fuchs'schen Namen gesegnete Reporterin der *Dresdner Neuesten Nachrichten,* ging als Kater Karlos Freundin Trudi. Statt des furunkelzeitigenden «Happy Birthday» sang man Kubins eigenes Lied «Raus aus meinem Traum, Donald Duck». Dem Gastgeber kullerten Tränen der Rührung über die Pausbacken, eine rundrum perfekte Fete, der Mann versteht zu feiern, während ich zu solchen Anlässen dazu neige, mir die muffige Steppdecke der Resignation über den Kopf zu ziehen. Höhepunkt der übermütigen Sause in der Kugel war indes *Die Raupe.* Zu einem bestimmten Lied, dem leiernden «Ich hab sie gesehn (Zwerge, Elfen, Feen)» von Wolfgang Müller gehen alle in die Knie und umfassen die Fesseln des Vordermannes, Regress in Reinkultur, und so wand man sich nun durchs Atomium. Der DJ spielte das Lied fünfzehnmal hintereinander, das war einer dieser Momente ungeplanter Magie, die gemäß einer Theorie Albert Einsteins jedem Menschen nur sieben Mal im Leben beschieden sind. Wäre so eine Feier in Holzminden möglich, in Hamburg oder Haiti? Natürlich. Aber erst durch die anachronistische Atmosphäre da oben im altmodischen Atomium, das Publikum durch Kwak befeuert, das Bier in der Phiole mit Holzgriff, in der Hauptstadt eines Landes ganz ohne Regierung, zu jenem Zeitpunkt zumindest, quasi kopflos, das macht den besonderen Liebreiz aus, den insularen Charakter hier im Herzen, oder vielleicht besser im Pansen Europas.

Felix hat gar einstmals Sabena sterben sehen, diese allersympathischste Fluglinie, das Logo mit dem geschwungenen S auf hellblauem Rund, Belgiens Staatsfluglinie, die von 1923 bis 2001 existierte. Ich flog so gern mit ihr, sie hatte das schönste Unternehmensidentitätsblau und die schönsten Stewardessen, alle sahen aus wie Gänseblümchen, eine Zeitlang legte ich sogar meine Ferien so an, dass sie mit meiner Sabena kompatibel waren, einmal sah ich ein Kaugummi auf einer der Tragflächen kleben, der Resttrost, der von diesem verlorensten Gegenstand des Universums ausging, überwältigte mich maßlos, und deshalb betrübte mich wenig mehr als die dramatische Mail, die mich von Freund Felix am 6.1.2001 aus Brüssel ereilte. Er kam von Hamburg und musste beruflich nach Lissabon. Andererseits betrübte die Nachricht mich nicht nur, sondern sie beruhigte mich auch gleichermaßen, denn die Linie mit dem S-Schwung war erhobenen Hauptes gestorben, nicht einfach abgewickelt worden, wie Felix mit arabesker Verve beschrieb: Er sei in Brüssel gelandet, man habe den Passagieren erklärt, sie müssten ihr Gepäck selbst aus dem Flugzeug holen, und dann fühlte er sich in eine Szene des Films «Westworld» versetzt, der Film, der in einem künstlich angelegten Wildwest-Vergnügungspark spielt, wo ferngesteuerte Cowboy-Roboter von Touristen erschossen werden dürfen. Die Roboter schießen wie die Touristen mit scharfer Munition, sind aber so programmiert, dass sie niemals einen Besucher treffen oder verletzen. Aufgrund eines Fehlers im System macht sich einer der gefährlichsten Kampfroboter, dargestellt von Yul Brunner, selbständig und beginnt die Vergnügungsgäste wahllos niederzuschießen. Alles wird evakuiert, damit Spezialisten den Killer-Roboter in der nunmehr menschenleeren Wildwest-Stadt jagen können. Und so sah das auf dem Flughafen von Brüssel aus, menschenleer bis auf ein paar Reinigungskräfte, die ihre Arbeit stumpf und automatisch verrichten (das waren wohl noch die alten Roboter). Die Fluggäste drehten sich buchstäblich im Kreis, versuchten, irgendwo eine Information aufzuschnappen, jedoch: «Kein Mitarbeiter der

Sabena weist ihnen den Weg, streichelt ihre Koffer, zupft an ihren Locken, redet beruhigend auf sie ein.»

Auch die Piloten und Stewardessen seien verwirrt in der Gegend herumgestanden, die Tränenkanäle bereits kurz vor Öffnung. Sie waren offenbar ebenfalls uninformiert. Die ringsum raumgreifende allgemeine, mit Panik unterfütterte Ratlosigkeit wurde plötzlich unterbrochen von entfernten Gesängen und skandierten Parolen. Angehörige der Sabena-Bodenbelegschaft seien mit Fahnen und Transparenten um die Ecke gekommen, leicht zu erkennen an ihren phosphorgelben Schutzjacken. Sie machten halt bei den leeren Check-in-Schaltern, kletterten wie Affen darauf herum und brüllten, dass es eine Freude war. Felix eilte zum Geschehen, als reiche Radau schon als Informationsquelle der Beruhigung, ein Flugblatt gesellte sich zu seinen Schuhen. SABENA PAS À VENDRE – L'ÉTAT DOIT NOUS REPRENDRE.

«Euphorie ergreift mich, ich bin sofort solidarisch, womit auch immer. Nachdem meine erste Neugier gestillt ist, tausche ich Geld um, denn es ist klar, dass wir hier noch Stunden herumhängen werden. Die Schweine ziehen mir von 50 Mark ganze 10 Mark für Gebühren ab. Kapitalistische Kellerratten! Egal, ich schnappe mir das Geld und fangen an zu trinken, und zwar belgisches Bier, das schlechteste der Welt. Wie bringt dieses kleine Land es fertig, 1000 eigene Biersorten zu verzapfen? Und fast alles Schrott? Mit Namen wie ‹Kriek›, ‹Het elfte gebod› (das elfte Gebot – Du sollst nicht trinken, hahaha) und ‹Delirium Tremens›, Letzteres eine üble schleimige Flüssigkeit mit 11,6 % Alkoholeinlage, dargereicht, since 1654, in einer schmutzigweißen Flasche mit schwarzen Punkten, deren Inhalt man nicht erkennen, nur befürchten kann.»

Hier nun muss ich bei allem Respekt dem Freund in seinem Furor in die Parade fahren, er, der in meinem Beisein einst in einem Wiener Kaffeehaus zur Melange Nüsse verlangte, und als der Ober diesen Wunsch nicht zu erfüllen gewillt war, einen kleinen gemischten Salat forderte, begleitet von einem so durchdringenden Lötkolbenblick, dass der Ober den Salat dann tatsächlich brachte. Geschmack ist ein zweischneidiges Messer, und auf beiden Seiten ist es stumpf, aber sich als Connaisseur zu gerieren, wenn man selbst schon einmal als Gastrowirrkopf enttarnt wurde, lässt einen auf anderen kulinarischen Rollfeldern nicht unbedingt reüssieren. Das belgische Bier ist gut so, wie es ist, Bier dient dazu, betrunken zu machen, und man braucht sich gar nicht durch die Sorten durchzukosten oder darüber zu echauffieren, ab dem dritten Schluck sollte sowieso egal sein, was man da trinkt, und weil belgisches Bier in so kleinen Maßeinheiten ausgeschenkt wird, kann man sehr kontrolliert betrunken werden. Das Leben in Belgien ist sowieso schon so ereignisarm und eirig, das kompensiert man eben hier mit Spielzeugbier, auch wenn Trinken kein Spiel sein sollte, sondern bitterer Ernst. Wer wirklich schlechtes Bier trinken will, soll nach Skandinavien fahren.

Felix, immer noch am Gespensterflughafen, inzwischen schon die siebte Stunde, berichtet, dass in einer der Fluchten ein barfüßiger Bärtiger ohne Bleibe wie ein Spulwurm zusammengeringelt lag, von niemandem beachtet. Er hatte unverständliche Pappschilder in Sanskrit aufgestellt, anscheinend drohte ihm Abschiebung. Die gestrandeten Fluggäste passierten diese Installation des Elends mit Unbehagen, sie ahnten nur zu gut, was es bedeuten mag, in der Fremde ausgesetzt zu werden. Nach zehn Stunden im rechtlosen Raum und vielen, vielen Bieren, über die er sich ärgern konnte, um den Ärger über den gekappten Anschluss zu kompensieren, Ärger durch Ärger zu neutralisieren, bekam Felix dann doch noch einen Ersatzflug. Fidel, wenn auch völlig geistesabwesend, wankte er zurück in die Empfangshalle. Dort herrschten Sodom und Gomorrha. Trotz des strikten Rauchverbots qualmten die angetrunkenen Mitarbeiter der Konkursfirma wie die Schlote und feierten ihre eigene Entlassung. Aus den Plastikbehältern, die sonst mit Metallgegenständen beim Check-in durch den Scanner gejagt werden, hatten sie lustige Türmchen gebaut. Andere schoben sich auf Bürostühlen durch die Gänge. Um zwei Bongo spielende Südländer saß eine größere Traube wie um ein Lagerfeuer, sie sangen irgendwas von Metallica, dazu kreischte eine deutlich angetrunkene Gewerkschaftsführerin Politisches durch ein Megaphon in die gierigen Objektive der Sendeanstalten. Ihre bleierne Zunge bemühte sich, die richtigen Worte zu finden. Es ist anzunehmen, dass es die abschließenden Sätze aus Felix' Epistel wohl eher nicht waren:

«Sabena, Du Grande Dame aller Fluggesellschaften! Noch in der Stunde Deines Ablebens hast Du Würde und Anstand bewiesen! Gerne habe ich mich in Deine sterbenden Arme geworfen! Gerne habe ich ein letztes Mal an Deiner alten Brust gesaugt!»

Wenn Ostende im November ein Lied wäre, wäre es zweifellos «I'm not in love» von 10 CC, jemand tut nur so, als sei er nicht verliebt, und hängt doch seiner Liebe nach, will das Bild der oder des Geliebten nicht von der Wand nehmen, weil es, wie er sagt, einen Fleck verdeckt, diese große Ratlosigkeit, das Flüstern («be quiet»), der endlose Hall, der durch die schmalen Schächte der Stadt wabert, Waschbeton, Häuser ohne Augen, zu wenig Schubladen in den Schränken, der Nebel, der vom Ärmelkanal in die Stadt kriecht und in den kahlen Ästen der Ginstersträucher hängen bleibt. Ich lecke ein paar Tropfen ab, sie sind leicht salzig, wie Tränen, und es bleibt der Eindruck, dass hier nichts mehr blühen wird, der November nie mehr weggeht. Und warum soll auch etwas anderes wiederkommen? Es passt doch alles perfekt zusammen, so etwas kann man sich doch gar nicht ausdenken, und über allem hängt ein eingedickter, dumpf säuerlicher Geruch, zwischen vergorenem Wirsing und stockfleckiger, nasser Wäsche changierend. Die Fähre, die nach Dover ablegt, scheint leer, sie ist vollkommen unbeleuchtet, ein Nebelhorn tutet. Man kann nur etwas vergessen, was man vorher gewusst hat; Ostende scheint schon immer ratlos gewesen zu sein. Ausgemergelte Frauen mit harten, altgerauchten Gesichtern in der Bar Slachtenhuis hinterm Rangierbahnhof, ein schwarz-weißer Borderline-Collie verbellt die Gäste, aber wenn sie mal in diese liebliche Oase des Trübsals vorgedrungen sind, legt er einem den vor Wut schweren Kopf aufs Bein. Wenn man rauchen will, muss man vor die Tür (warum eigentlich?), zu essen gibt's hier nur kalte Garnaalkroketten (faustgroße, hartfrittierte Klumpen mit kompostiertem Beifang), aber die nicht vorhandene Regierung verlangt es wohl so. Man muss einen schwelenden Aschenbecher mit hinausnehmen, Modell Finnland, also ein umgedrehter Blumentopf, ins Wurzelloch schnickt man seine Asche. Felix schickt eine SMS aus Kattowitz in Oberschlesien, er habe gerade «einen Fünfer» gehabt. Größer könnte die Kluft zwischen ihm und mir in diesem Moment nicht sein, dort die pralle Lebensfreude, hier der rußende Glühstrumpf des Daseins, ausgeleierte Nihilisten, sie trinken Kirschbier, während ich mich frage, wie so ein Fünfer geht, wie viele Frauen, wie viele Männer, wer macht den Rammbock? Mich schüttelt's bei der Vorstellung, dann doch lieber hier im Slachtenhuis mit all den Nachzehrern, bald bin ich ja sowieso einer von ihnen. Ich schicke ihm nach Stunden, weil mich das Rätsel des Fünfers so hart hernimmt, eine SMS zurück: «Du Eimer», von ihm kommt prompt ein zynisches: «Steck dir einen Besen in den Arsch und feg den Gerichtshof.» Also auf dieser Frequenz wird kein Trost gesendet, kann man von einem kregelen Sarghasser ja auch nicht verlangen. Ich will jetzt Muscheln essen, immer nur Muscheln, ich esse sie bis zu zweimal am Tag, und ich habe das auch jetzt vor. Meine dramatisch schielende Concierge im leeren Vampirhotel warnt mich jedoch, ich müsse aufpassen, man bekommt schnell einen sogenannten Feuerkopf, das glühende Gesicht mit knallroten Flecken übersät, Jodschock, klarer Fall. Die Fritten, die fette Mayonnaise und das süßsaure Kirschbier täten ein Übriges.

Die Kneipe Stad Oud Kortrijk ist vielleicht das beste Wirtshaus der Stadt. Der herrlich unwirsche Chef, graubrotgesichtig und kahlköpfig wie Nosferatu, manchmal kommt er direkt vom Fischkutter in Gummistiefeln in seinen Resopalladen und bedient auch so, verlangt für das Kwak, das ich bei ihm zur Abwechslung bestelle, Kirschüberdruss jetzt, einen Schuh. Ich verstehe zunächst nicht, und er murmelt in einem altertümlichen Deutsch, das sei eine Art Pfand, zu viele Gäste (vorwurfsvoller Blick) hätten ihm schon die Kwakgläser mitgehen lassen. Den Schuh hängt er an eine Schnur, die er unter die Decke zieht, da baumelt er nun über mir, der Sand rieselt auf den Salat, der ausschließlich aus Kresse besteht. Ich bestelle einen Platvis (Seezunge) mit klobigen Fritten und Mayonnaise, so dick, dass man mit ihr malen kann, das essen hier alle, deswegen kann ich das heute mit den Muscheln lassen, morgen dann die doppelte Jodladung vielleicht, und die Zunge ist wunderbar, ich würde mir am liebsten ein Bett aus ihr bauen. Und mich mit der Kresse bedecken. Kwak, Kresse, Zunge, auch da ist Schwung drin. Ich traue mich nicht, nach oben zu schauen, natürlich habe ich Mitleid mit meinem Schuh. «Warum ich?» Und die gleiche Frage stellt sich mein Fuß, der auf dem kalten Kachelboden steht. «Warum nicht der andere?», von oben und unten also keine guten Schwingungen, das Glück in der Mitte mit dem perfekten Plattfisch kann nicht davon ablenken, also bleibt der Aufenthalt hier kurz.

Ich stochere mir meinen Weg durch den Nebel zurück in die Bleibe, unten ist die Brasserie du Parc, ein Art-déco-Juwel, noch ein Corsendonk Agnus Dei zur Nacht, ein Abteibier, es soll mögliche Schrecken der kommenden Nacht fernhalten, aber prompt kommt mir, als ich mich ins seufzende Bett werfe, das hässliche James-Ensor-Bild (gilbender, billiger Druck) von der Wand auf den Kopf gesegelt. Ich träume, dass die UNO beschließt, Ostende in Suhl umzubenennen, in Belgien die DDR weiterleben darf, ABBA aus der DDR kommen und Agnetha so aussieht wie Margot Honecker, mit geblähtem Unterbauch, einer prachtvollen Erektion also, wache ich auf.

Im Frühstücksraum bin ich der einzige Gast. Es gibt Papiersemmeln, fast leichter als Luft, analogen Käse und einen herrlich dünnen Kaffee. Der Traum von der DDR geht hier also weiter, aber falsch, die Schrippen in der DDR waren ja hart wie Steine, mit denen konnte man Fensterscheiben einschmeißen. Ich brause, wasche mir mit der grünen Flüssigseife aus dem Sensor Soap Dispenser die Haare, mache mich stadtfein. Ich muss natürlich ins Ensor-Museum, und die Sensor-Seife hat mich eben wieder an dieses mein Vorhaben erinnert, das Pflichtprogramm, Ensor, der große Sohn Ostendes, obwohl es wohl niemanden in der gesamten Kunstgeschichte gibt, der dermaßen scheußlich gemalt hat. Ein Witz eigentlich, und man ist ja tolerant, oder glaubt es zu sein, aber hier hört alle Toleranz auf. Ich könnte mir sogar vorstellen, dass das, was Jonathan Richman einst über Pablo Picasso sang: «Well some people try to pick up girls / And get called assholes / This never happened to Pablo Picasso / He could walk down your street / And girls could not resist his stare and / So Pablo Picasso was never called an asshole», für Ensor genau umgekehrt galt. Das Museum ist dann auch eine Farce, da hängen natürlich keine Originalwerke, nur ganz schlecht abfotografierte, teilweise mit Blitzreflex und auf Leinwand gedruckte Bilder, so als würde durch die Verdoppelung der Scheußlichkeiten der Schrecken gebannt. Ich vermisse die Radierung «Le Pisseur» (Der Pisser) von 1887, aber auf Anfrage ist zu erfahren, dass das in Washington DC in der Privatsammlung Keeger hängt. Das Schönste am Museum ist ein riesiger ausgestopfter Hummer nebst ein paar verstaubten Seepferdchen, wohl aus seiner Sammlung, die bauen einen dann doch etwas auf, das Seepferdchen als Hoffnungsspender. Ensor hätte vielleicht besser Seifenspender produzieren sollen, Ensors Sensor Soap Dispenser.

Draußen Nebel, was sonst, graue Menschen führen ihre kleinen Hunde zum Strand, im Schutze des Nebels, die Flut wird die Scheiße schon wegschwemmen. Ich besteige die Kusttram und fahre nach De Panne, einen Meter weiter und man ist in Frankreich. De Panne war mal österreichisch (1782), auch so unnützes Wissen, in Belgien grenzte Österreich an Frankreich. Vor den Toren De Pannes liegt Plopsaland, ein verwaister Vergnügungspark, eine tote Eiderente im Eingangsbereich, was wollte sie hier? Auch hier: kein Trost, etwa durch Kindergeschrei, also wieder zurück nach Ostende, Muschelhunger, Jodgier, Waschbeton.

Ich setze mich in den wunderschönen Tearoom Benny, natürlich nach oben in die Ringgalerie mit verstaubten Plastikfarnen und den ausrangierten Möbeln, von hier schaut man hinunter auf die Manege der roboterhaft Eierlikör löffelnden Rentner, ich werde wohltuend traurig, auf der Speisekarte aber nur Paling und Pladijs, Aal und Scholle, oder aber Waffeln, dick mit Sprühsahne verschmiert, das kommt für mich nicht in Frage. Ich kann mich nicht zwischen den Fischen entscheiden und hole das Foto von meiner Zugbekanntschaft von vor so vielen Jahren hervor, als könne es, könne SIE mir bei der Entscheidung helfen. Immer wenn ich in Belgien bin, nehme ich es mit, in der Hoffnung, sie mal wieder zu treffen, aber das ist natürlich unsinnig. Neben mir steht plötzlich eine junge Kellnerin, fragt, was ich möchte, und sieht das kleine Foto. Sie macht ein merkwürdiges gutturales Geräusch, etwas zwischen Oh und Ah, deutet auf das Foto, sagt: «Mijn moeder», sie muss das nicht übersetzen, ich erkenne die Ähnlichkeit auch so, dieselben rotblonden Haare und das Gesicht so weiß, das wird nie braun in der Sonne. Das ist sie also, ihre Tochter. Ich habe keinen Hunger mehr, will nur ein Bier jetzt, ein Duvel, das hat 8,5 % Alkohol und wurde zur Feier des Endes des Ersten Weltkriegs als «Bier des Sieges» gebraut, kurz danach jedoch, weil es so stark ist, benannten sie es um ins attraktivere «Teufel», ich brauche das jetzt. Als das Mädchen das Bier in der schönen Michelinmännchenflasche bringt, behaupte ich, ich hätte das Foto eben auf der Vlaanderenstraat gefunden, und frage sie (woher kommt der Mut so plötzlich?), ob ich sie nach Dienstende treffen könne. Sie sagt ja, ich soll sie hier um sechs abholen, sie heißt Vanessa. Ich stürze das ölige Bier herunter und will mich anderswo stärken, will auch nicht mehr Muscheln, ich kann doch Vanessa nicht nachher mit einem Jodfeuerkopf abholen, gehe also in die Taverne Koekoek, eine widerwärtige Brathuhnstube (Kip med Brod, € 5,80), man muss mit den Fingern essen. Das Brot, das wie ein

Lappen ist, dient dazu, die fettigen Finger abzuwischen. Auf die Frage nach Besteck lacht der Kellner nur abfällig und geht kommentarlos. Weil das Mahl so billig ist, muss man hier wohl an Antworten wie an Messern und Gabeln sparen. Das Huhn ist glühend heiß, ich verbrenne mir die Fingerkuppen, dafür dann aber nicht die Zunge, auch gut, die könnte man später ja vielleicht noch brauchen.

Pünktlich stehe ich vor dem Tearoom. Vanessa kommt, ich schäme mich sie anzusehen. Ihr Anblick macht mich ganz betrübt, ich komme nicht drauf, warum. Vorausgaloppierende Schuld? Aber was ist denn meine Schuld? Ich bin jemand, der sich pausenlos schuldig fühlt und schämt, da scheint noch ein schwacher, deutscher Ofen in mir zu rußen. Wir gehen durch die grauenvolle Fußgängerstraße, die auch noch mit Musik berieselt wird wie in Japan die Shopping-Malls, und retten uns in die Brasserie du Parc wie vor einem feindlichen Regen. Sie bestellt einen Tee, ich ein Leffe blond. Ich frage sie, wie es ihrer Mutter gehe, und bemerke zu spät, dass die Frage falsch ist. Warum soll ich mich nur aufgrund eines gefundenen Fotos für ihre Familienverhältnisse interessieren? Aber sie ignoriert meine Zweifel und erzählt ihre Geschichte. Sie ist in Knokke geboren, ihr Vater habe die kleine Familie schon früh verlassen, da war sie zwei Jahre alt, er lebt jetzt in Venezuela, ihre Mutter habe noch einmal geheiratet, einen Schlagersänger, na ja, eher Alleinunterhalter, er nennt sich Eddy Storm, tingelt mit seinem Programm «Ask me something I can play» durch flämische Kaschemmen und spielt Musik auf Zuruf. Vanessa ist ihr Stiefvater peinlich (er tritt sogar heute in Ostende auf, in einem kleinen Lokal namens Kombuis, aber sie will nicht hingehen, auf gar keinen Fall), und dann schaut sie mich an, sie sieht jetzt aus wie ein Grashüpfer, ratlos, wohin er jetzt springen soll. Mir scheint, sie fragt sich selbst in diesem Moment, warum sie das alles ausgerechnet mir erzählt, wer bin ich denn? Ja, wer bin ich? Und vor allem, wer bin ich hier an der Küste Belgiens? Ich erzähle ein bisschen von mir und von meiner Liebe zum Land, also, Liebe ist es ja nicht direkt, es ist Sympathie für das, was in uns allen rotiert, dieser hierzulande ewig schlingernde Kurs der Kompromisse, nichts wird fertig, man kommt nie an, Ostende ist ja nicht das Ende, obwohl es sich furchtbar anstrengt, es zu sein, diese unerträgliche, aber auch unerträglich süße Schicksalsergebenheit.

Sie weint, ich nehme sie in den Arm, in meine *petrochemischen Arme*, fällt mir ein, nur so was kann mir einfallen, ich habe es verlernt, ernsthaft zu sein. Mein Trostspender ist verdorrt, wo und seit wann eigentlich? Vielleicht gerade hier und gerade eben, diese Zeile aus einem Laurie-Anderson-Lied, «So hold me, Mom, in your long arms. So hold me, Mom, in your long arms. In your automatic arms. Your electronic arms. In your arms. So hold me, Mom, in your long arms. Your petrochemical arms». Aber ich bin nicht ihre Mutter, ich bin nicht einmal ihr Vater, knapp daneben, ich bin auch nicht der Staat, den Laurie besingt, ich habe überhaupt keine Rechte, ich habe das Recht ihr zuzuhören, mehr aber auch nicht. Flüsternd fragt sie mich, ob ich ihr einen Gefallen tun könne, ob ich jetzt mit an den Strand käme. Ich sage, kein Problem, gerne, gehen wir. Unten stürmt es, es ist sehr kalt, der Nebel ist endlich weg, man sieht die Sterne, ein paar, nicht alle. Wir gehen zuerst durch den weichen Sand, man versinkt fast bis zu den Knien. Überall an der Albertpromenade stehen Schilder und warnen, dass der Sand gefährlich sei, Treibsand, sie bauen gerade eine neuen Strand, er muss wohl erst festgeklopft werden. Unten am Wasser ist er aber hart und geriffelt wie ein Gaumen. Sie fragt, ob sie für mich pissen könne. Ich verstehe nicht, was sie meint, ob ich ihr beim Pissen zusehen soll, oder was, sage aber: ja, und ohne, dass mir komisch vorkäme, was nun passiert, lasse ich sie machen. Sie stellt sich hinter mich, ganz dicht, dass durch den Druck ihre Wärme und meine zu einer einzigen Wärme werden, und öffnet meine Hose, holt meinen Penis heraus, ihre Hände sind kalt, aber das ist gut, wie eine bei Fieber willkommene Kälte, und ich pisse in den großen, schwarzen, zähen Ärmelkanal. In meinem Kopf singt ganz entfernt Laurie weiter: «And I said: O. K. Who is this really? And the voice said: This is the hand, the hand that takes. This is the hand, the hand that takes. This is the hand, the hand that takes.» Meine eigenen Hände habe ich währenddessen nach hinten in ihre vorderen, engen Hosentaschen gesteckt, eng, aber warm wie ein Handschuh, und interessanterweise innen, zu ihren Schenkeln hin, ebenso gerillt wie der feuchte Ebbesand, auf dem wir gerade stehen, der seinerseits einen riesigen Gaumen imitiert. Nach dem Service schüttelt sie meinen Hosenbruder und verstaut ihn fachgerecht, zieht den Reißverschluss zu, dreht mich zu sich und gibt mir einen Kuss. Ihre Augen sind geöffnet, ein fragender Blick, den ja nun eigentlich ich haben müsste, mein Blick aber kann nur mit einer Gegenfrage antworten. Ich habe noch niemals so einen traurigen, fragenden Blick gesehen, so gewaltig, als würde mich der ganze Kosmos ansehen. Sie löst ihre Lippen von meinen, dann stößt sie sich ganz von mir ab, so als würden unsere unvereinbaren Blicke nicht schon reichen. Sie sagt «Vaarwel» und geht, und ich bleibe stehen, kann mich nicht bewegen und mir ist so, als würde alles in mir zu einem enorm festen Kiesel zusammengepresst. Ich habe nichts mehr, auch keine Wünsche, ich bin nichts mehr als ein lebender Stein, ich bin weder erschreckt noch erleichtert, nicht glücklich, nicht traurig, auf eine komische Art frei, ohne zu wissen, wovon, und das Foto ihrer Mutter habe ich auch nicht mehr, das habe ich ihr eben in die Hosentasche gesteckt. Ich brauche Jod.

Inhalt

MIX
Papier aus verantwortungsvollen Quellen
FSC® C083411
FSC
www.fsc.org

Das für dieses Buch verwendete FSC®-zertifizierte Papier
Lux Cream liefert Stora Enso, Finnland.